U0438318

冰瀑

ICEFALL

[美]马修·J·科尔比 著
MATTHEW J. KIRBY

周莉 译

人民文学出版社
PEOPLE'S LITERATURE PUBLISHING HOUSE

著作权合同登记号　图字　01—2018—5405

ICEFALL
By Matthew J. Kirby, 2011
Copyright© [as per original material]. All rights reserved. Published by arrangement with Scholastic Inc. ,557 Broadway,New York,NY10012,USA.

图书在版编目(CIP)数据

冰瀑/(美)马修·J.科尔比著;周莉译. —北京:人民文学出版社,2019
ISBN 978-7-02-015373-2

Ⅰ.①冰… Ⅱ.①马… ②周… Ⅲ.①儿童小说—长篇小说—美国—现代Ⅳ.①I712.84

中国版本图书馆CIP数据核字(2019)第124333号

策划编辑	王瑞琴
责任编辑	张海香
装帧设计	刘　远
责任印制	徐　冉

出版发行　人民文学出版社
社　　址　北京市朝内大街166号
邮政编码　100705
网　　址　http://www.rw-cn.com

印　　刷　北京华宇信诺印刷有限公司
经　　销　全国新华书店等

字　　数　201千字
开　　本　880毫米×1230毫米　1/32
印　　张　10.375　插页2
印　　数　1—10000
版　　次　2019年11月北京第1版
印　　次　2019年11月第1次印刷

书　　号　978-7-02-015373-2
定　　价　38.00元

如有印装质量问题,请与本社图书销售中心调换。电话:010-65233595

目 录

第 一 章　寒冰　· · · · · · · 1
第 二 章　北地歌者　· · · · · 14
第 三 章　希尔达　· · · · · · 30
第 四 章　秘洞　· · · · · · · 44
第 五 章　石碑　· · · · · · · 60
第 六 章　渡鸦　· · · · · · · 73
第 七 章　狼王　· · · · · · · 86
第 八 章　饥饿　· · · · · · · 101
第 九 章　故事　· · · · · · · 115
第 十 章　怀疑　· · · · · · · 127
第十一章　毒发　· · · · · · · 143
第十二章　死亡　· · · · · · · 159
第十三章　融化　· · · · · · · 174
第十四章　恐惧　· · · · · · · 191
第十五章　信使　· · · · · · · 204
第十六章　战斗　· · · · · · · 217

第 十 七 章　叛徒和谎言 ・・・・・・ 234

第 十 八 章　奥丁的神鸟 ・・・・・ 248

第 十 九 章　佩尔 ・・・・・・・・ 259

第 二 十 章　枷锁 ・・・・・・・・ 274

第二十一章　烈火 ・・・・・・・・ 290

第二十二章　末日 ・・・・・・・・ 300

第二十三章　新生 ・・・・・・・・ 315

献给阿祖尔

大家静一静,我有故事要讲……

第一章 寒 冰

峡湾正在封冻。我站在城堡附近的悬崖边眺望，眼见寒冰将那弯窄窄的海湾日渐冻结，将海浪和深蓝色的海水推挤在外，将我们封堵在内。这正是父王的打算，让这里的严冬为我们筑起高墙，用大雪掩藏住我们，保护我们平安。

今天的寒风中只有阴冷的气息，我感到它穿透了皮衣和羊毛裙，直抵我的肌肤。我的弟弟哈拉尔德站在我身边，看着他自己呼出的成团的白气。

"你觉得他们今天会到吗，索尔薇格？"他问我。

"父王说过，"我说，"他们很快就会来。"

"但愿如此。"哈拉尔德转身吹着口哨走了，"储藏室快要空了。"

哈拉尔德是一个充满自信的孩子，他率性倔强，十分顽皮。他走到城堡周围的泥墙边，把门的战士向他欠身行礼，他停下了脚步与他们攀

谈。从战士们亲切的笑容里能够看出,他们未来的主君现在已经得到了他们的喜爱。将来他会成为一名强壮的勇士,一位英武的君主,只要父王还有王国可传的话。

天空灰白,清冷萧瑟,完全是清晨的炉中木柴燃尽后的样子。哈拉尔德说的没错,我察觉到贝拉已不像在家中父王的城堡里那样总是烹煮大量的菜肴,我们在饭桌上分得的食物越来越少。带来的给养不足以维持整个冬天,父王送我们离开并奔赴战场前准备得太过仓促,但他承诺会派船送来食品、衣物和毛毯。可我们还不见有船来。

今天也没有船。

而峡湾正在封冻。

我离开悬崖,朝守门的卫士颔了颔首,走入堡门。堡内的大殿光线昏暗,泛着油烟味。我的姐姐阿莎坐在殿中央,在火边打着寒战。我走进大殿时她抬起了头。她双眼充血,脸颊发红,但很快她又仿佛没有看见我一样把目光投向了别处。她现在不怎么吃,不怎么睡,也不再和我或哈拉尔德出门。我怀念以前的我们俩。我不知道她的快乐去了哪里,但她依旧是肤如新脂、秀发如金的美人。

我多么希望拥有她的美貌,可我相貌普通,父王看我时,眼里没有骄傲的光芒。我愿意手持盾牌和长枪,欣然跟随父王奔赴战场,可我没有哈拉尔德那身力气,父王也没有像夸耀继承王位的儿子那样笑着夸赞过我。

我离开悬崖,朝守门的卫士颔了颔首,走入堡门。堡内的大殿光线昏暗,泛着油烟味。我的姐姐阿莎坐在殿中央,在火边打着寒战。

我只是索尔薇格。

我们几周前离家来到了这里,那会儿正是秋收末期,农民们在收割最后的大麦和小麦,宰杀熬不过冬天的瘦弱家畜。冬夜的庆祝活动我们是赶不上了,哈拉尔德对此很有怨气,我只好在我们坐在火边吃淋蜜的凝乳时,给他讲狂猎①的故事。

不管我们愿不愿意,在过去的几周里,我们的日子已经陷入了某种重复的模式。我开始在堡里帮忙干活,包括给我们唯一的一头羊希尔达挤奶。

哈拉尔德叼着一截稻草在齿间滚动着,倚着牛棚的门柱看我紧握着希尔达下垂的奶头拼命挤奶。希尔达挫败地看了我一眼。它是我们带来的唯一的家畜,给它备的饲料也不足,它的奶水在干涸。白天,希尔达在院子里溜达,或者在牛棚里躺着,但晚上它睡在大殿的壁炉边,因为没有其他牲口可以互相取暖。有时,在阿莎睡不安宁的时候,我会离开卧房,睡到希尔达身边,把脸贴在它冬季的皮毛上。

"你干吗做仆人的活儿?"哈拉尔德问我。

我吹开横在脸上的一缕头发:"贝拉母子俩要干的活儿够多了。再说,干干活儿对我也有好处。"我手上挤得有点太狠,

---

① 狂猎是欧洲一带,包括不列颠、中欧、西欧和北欧共有的地区性神话。在狂猎的神话中,精灵、妖精、幽灵等组成大军,进行狩猎。在不同的地区,狂猎大军的组成有所不同,其领军人物也不尽相同,如不列颠的狂猎首领是亚瑟王,我们这个故事所讲的斯堪的纳维亚地区的狂猎首领则是神王奥丁。

希尔达缩身躲开了我,"你也可以主动承担一些杂务。"

哈拉尔德又发出了他轻松的笑声:"你没看见我每天都在和护卫的战士们一块操练吗?"

"可你的木剑能让我们吃饱吗?"

"不能。"哈拉尔德握着细细的稻草,像利刃一样横在身前,"但如果父王的敌人发现了我们,大家就会庆幸,幸好我学会了战斗。"

他劈着空气。我摇头笑道:"也许吧。"

哈拉尔德又做了几个格挡戳刺的动作,自己也笑了出来。笑过之后他安静下来,过了一会儿才说:"也许我是该多帮帮忙,干些杂务。或许跟奥勒一块去捕鱼。堡内情况变了。"

我放弃了挤压希尔达的乳房,拎着桶站了起来,桶里几乎是空的。没有奶做酸奶、凝乳和奶酪,我不知道我们该怎么办,我们要靠这些奶制品保证撑过冬天。希尔达摇摇脑袋,放松下来。我转开念头,不去想或许得把它这头奶羊杀了吃肉。

"堡内的情形是大不一样了。"我说,"我要把这个给贝拉送去。"

哈拉尔德让了开来,我出了棚门,穿过场院,羊奶在桶底晃荡。城堡坐落在峡湾尽头的一角,南北两侧都是高山。南侧的群山低矮一些,生着细嫩的松树。北侧延绵高耸的嶙峋峭壁则宛如一列巨怪,正组队在外,趁着黑夜将人类的姑娘偷偷掳去成亲。

贝拉在大殿里炉火边搅着炖菜。她腰臀粗壮,一头花白的头发编成了发辫,厚厚地拢扎在颈根处。贝拉从我孩提时起就在父王手下服侍,母后因为生哈拉尔德去世后,是她照顾我长大。

贝拉听见了我的脚步声:"希尔达还有奶吗?"

"快没了。"我说。

我把桶递了过去,她看了看桶里的奶:"唉,不过至少那头老山羊尽了力。"贝拉瞥了一眼阿莎,她躺在墙边的一条长椅上,定定地望着天花板。

"还有什么我能帮忙的吗?"我问。

"罗迪想把最后那点胡萝卜从地里挖出来。"

"我能帮忙挖。"

"土地差不多冻上了。"

"我知道。"我说着迈步就走,贝拉要留在殿里烧饭。阿莎一动不动。我一时间对她生出了恼恨,把身后的殿门重重关上。

要下雪了,那份雪意候在空中,就像叹息前吸的那口气。我绕到后面的菜园,霜冻已经毁了残留未收的蔬菜。罗迪跪在硬邦邦的地上用锄头刨着,身边的篮子里躺着几根胡萝卜。这些胡萝卜在地里待得太久,一个个疙疙瘩瘩、奇形怪状的,又遭了霜冻,颜色成了跟罗迪头发一样的铁锈色。

我矮身跪在一旁:"我帮着挖吧?"

罗迪没有停手。

"罗迪？"

"好吧。"

我抄起另一把锄头，在那垄黄叶丛生的菜园的另一头找了个地方，跟罗迪一道默默地干了起来。天虽然冷，但我干了几分钟额头上就出了一圈汗。罗迪比我大一岁，是我曾经的好友，我们经常一起游泳，一起奔跑玩耍，但后来他哥哥战死后，他决意要跟男性待在一起。我努力让自己理解，事情本该如此。可即便罗迪开始拔着身子走路，提高嗓门说话，以前我们在院子里遇见的时候，彼此依然会微笑着打招呼。

但是来到这里以后，他变得疏远冷淡，对我寡言少语，虽然没有公然失礼，却丝毫没有朋友的友善。没有了他这个朋友，我心里隐隐作痛——尽管他就在旁边，在只有几英尺开外的地方干着活。

我挖出来的胡萝卜都有胳膊有腿，还有其他一些附件，很有几分人的模样。挖完后，我们起身把胡萝卜送进了储藏室。储藏室是一间大半掩在地下的棚屋，顶上铺着草皮。我们摸着黑把胡萝卜挨着为数不多的芜菁和洋葱放了下来，然后回大殿去吃晚饭。

哈拉尔德已经拿着木碗和骨勺在殿里等着吃饭，老奥勒坐在他边上补着渔网，贝拉在锅边唱着歌。我和罗迪坐了下来。不一会儿，我们的

三名战士齐步走了进来。其中叫艾吉尔和古纳的两位战士我不熟悉,但我认识最和善、最英俊的那一位,他叫佩尔。战士们跟平日一样,不加入我们主仆的圈子,在下首不远处落了座。哈拉尔德无疑很想和战士们同坐,但还是选择跟我们坐在一处。罗迪的椅子在我们和三位战士之间,真算起来,与哪拨人都不在一起。阿莎起身走来了,脚下发着飘穿过房间,在我身旁坐下来。家里的人这下全都到齐了。

晚餐吃的是加了鱼肉和猪肉的炖菜,因为是贝拉煮的,十分美味,金色的油珠在表面上闪闪发亮,可是量不多,不一会儿大家就用硬邦邦的陈面包把碗里刮得干干净净。吃完后,我们在渐渐降临的夜幕中一块坐着,男人们喝了点麦芽酒。

殿门突然咚的一响,年纪最长、头发已经花白的战士古纳从椅中站起身来,抱怨道:"那头该死的羊。"他一开门,希尔达就蹿了进来,摇晃着脑袋咩咩叫了几声,在地上的草垫中卧了下来。接着它瞧瞧我,又起身走过来,躺在了我的脚下。它的青睐让我很是喜欢,我笑了起来。

佩尔清了清喉咙,环顾着殿内说:"峡湾很快就会封冻。"几点火光映在了他金色的头发和深蓝色的眼睛上。

一开始谁也没有应声。

"你想说什么?"后来奥勒低着头补着渔网问道。奥勒是奴仆,是多年前我还没有出生的时候从战场上俘来的奴隶,见过很多世面,至少他声称如此。他渐渐已对父王有了爱戴之情。

"船怕是来不了了。"佩尔说。

"他们会在峡湾封冻以前赶来的。"奥勒说。他和我们处得久了,能够谈论别的奴仆无法置喙的事情。

佩尔看向了阿莎,阿莎也回望着他,两人无声地交流着,有某种东西在他们之间传递,但我看不明白其中的含义。我对佩尔一直很有好感。作为国君平凡的次女,很多时候我感觉人们见到我鞠躬致意不过是迫不得已。可是佩尔不同,他向我行礼时面带灿烂的微笑,我感到了他的真心。他是真正瞧见了我。

罗迪朝佩尔探身问道:"你觉得峡湾封冻还有多久?"

"难说,"佩尔说,"一周。也许两周。"

"他们会来的。"奥勒重复道。

罗迪盯着自己的大腿,喃喃说道:"我们就不该来这儿。"

"闭嘴。"贝拉呵斥儿子。

我忽然明白了罗迪闹脾气的原因。他怨我们,要不是因为我们姐弟,他们母子俩会安全地待在家里,而不是一道被困在这个被人遗忘的地方,面临饿死的危险。如果父王的敌人发现了我们,情况或许更糟。所以他才总对着炉中滚烫的煤块生闷气,好像它们是他的怒火烧出的余烬,正在发出灼热的红光。我想要我以前认识的那个男孩回来。

"对不起,罗迪。"我说。可是他眼神木然。

一个星期过去了,峡湾虽然还没有封冻,却也只差一线。从悬崖高处望去,海上进入峡湾的航路不过是织布机上散落的一道黑丝。但只要峡湾还没有冻上,奥勒就不必破冰捕鱼。

奥勒想宰杀希尔达,可我不让,虽然现在它吃着我们的粮食,却回报不出一滴奶水。我对它已经有了感情,除非我们断了粮,海里也没鱼可捕的时候,我才会允许奥勒把刀抵到它的喉咙上。我知道我这样不对,是在犯傻。

可是会有船来的。

哈拉尔德拿着木制的盾牌,正和佩尔在院子里练习格斗。天阴沉昏暗,随着季节的转换,太阳照耀的时间越来越少。雪粉尘似的飘在空中,它们不愿意落到还没有积雪的封冻了的地上,一片片凉凉地飘落在我的脸颊上。哈拉尔德随着佩尔的剑招移动着脚步。

"不要试图直接挡对手的剑,"佩尔说,"那样盾牌会被劈碎,手臂也会被砍掉。"

"那么我该怎么做?"哈拉尔德问道。

"你要顺势移动,用盾牌滑开对手的剑。"

佩尔缓缓地劈下一剑,缓得足以让哈拉尔德举盾抵挡。

"我劈往哪个方向?"他问道。

哈拉尔德哼哼说:"左边。"

"那就把剑滑向左方。"

哈拉尔德将盾牌移向左方,带开了佩尔的剑尖。

"很好,"佩尔退后几步,说道,"再来。动作再迅速一些,我的小王子。"

"我不小。"

佩尔朗声笑了起来,他的笑总是从腹腔里发出来。佩尔高大强壮,头发用纱线扎在脑后,身上的皮甲上了油,保养得很妥帖。他作战出了名的英勇,但是不同于某些战士,在家里的时候,他身上总有股欢快的劲儿。有些战士其实始终没有离开战场,就算下了战场,也把亡者的鬼魂带了回来,一副父王陷入黑暗情绪时的样子。

我发现阿莎半张脸掩在阴影里,在门边张望。她的目光似乎追随着佩尔。见我瞧见了她,回身躲入了大殿。

"很好,小王子。再来。"佩尔的剑啪的一声击打在哈拉尔德的盾牌上,发出清脆的回响。

"我不小!"

我带着笑意抬头朝堡外望去。南北两侧的群山交合的地方是一道蜿蜒的峡谷,如同恶战的伤口未经妥善缝合,留下了锯齿状的疤痕。在那道弯曲疤痕的深处有一座高耸入云的冰川,巨大的浮冰一直悬在我们的头顶。自身的重压让冰川发出不堪重负的脆响,似乎随时会冲下来,碾碎脚下的我们。一道冰川雪水的小溪从堡旁潺潺流过,去往大海,溪水寒冷的程度是冰冻前的极限。到了夏天,这个时节尚且细小的冰溪会暴涨成洪流,在巨怪般的群山间形成瀑布,仿佛是巨怪长长的白胡子。

越过冰川是一处山口,但是冰封的山口在冰雪融化前没有人能够通过。

"船!"

我看向大门,奥勒一瘸一拐地走进来,挥舞着双臂叫道:"有船来了!"

大家你看看我,我看看你,忽然全冲出堡去,跑上悬崖。看到了,是有一艘船驶进了冰面上那道尚未封冻的窄缝。大家欢呼起来。

佩尔一拍奥勒的后背:"你说对了,老头儿。"

奥勒挤了挤眼睛:"老人家说的话总没错。"

那艘从峡湾中驶来的船起初看着像滑行在水上的小虫,划动的船桨是一条条的虫足。可当船越驶越近,船上的特征渐渐清晰起来。我扭身慌乱地看向奥勒,他和佩尔也皱起了眉头,移动着脚步,交换着犹疑的眼神,望着海面。那艘船不是我们盼望的运送货物的商船,而是一艘龙首的战船。

"大家进堡去。"佩尔说,"快!"

那是一个夏日,太阳正在西沉,落日的余晖把随风摇摆的燕麦染成了黄褐色,我赤脚跑进高高的麦田,追逐着你,罗迪。你跑得比我快得多。我们笑着闹着在垄上奔跑,迂回闪躲,最后你决定开一个小玩笑,自己偷偷回了家。那会儿还是小孩子的我独自在麦田里走丢了。我走啊走啊,垄间的阴影越来越深,我哭了起来。

那时候来找我的是你,阿莎。

"索尔薇格!"你呼唤道,"你藏在什么地方?"

"我没在捉迷藏!"我叫道,"我迷路了!"

你笑了:"你没有迷路,朝着我的声音走,我会待在这里不动,等你走过来。"于是你一遍一遍地叫着我的名字,直到我找到了你。

我这才发现我根本没有走丢,我一直在麦田的边缘,父王的城堡就在看得见的地方,鼻端还能闻到炊烟的气息。但我却感觉迷了路,是姐姐你的声音引领着我走了回来。

你牵起我的手,说:"走吧,我们回家。"

第二章　北地歌者[①]

我们急忙离开悬崖。佩尔的脸没有了一丝笑容，现在我见到的是这个男人在战场上的样子。他沉着眉头，紧闭着双唇，咬着牙关，样子坚毅强干。他的样子让我敬畏，让我透过皮衣也感到了寒意。佩尔迅速而高效地行动着，他关闭堡门，上好了门闩，同时命令另外那两名战士去堡墙上放哨。

"奥勒，"他大声说，"带他们去秘洞。"

"秘洞？"我问道，恐惧令我的声音发颤。

"我要留下来，"哈拉尔德说，"我可以战斗。"

"不行，小王子，"奥勒伸臂揽住我弟弟的肩膀，说道，"你要像陛下安排的那样，安然无恙地待在安全的地方。"

"什么秘洞？"我再次问道。

[①] 古时斯堪的纳维亚的居民认为文字有神秘的力量，因此没有文字记载，北地歌者则成了历史记忆的载体。他们讲述古代的神话故事，歌颂同时代的英雄传奇，并把这些故事以口口相传的方式传承下去。

佩尔扭脸问罗迪:"你更擅长用剑还是枪?"

罗迪挺着胸膛站着,看着佩尔。他的个子长了好多。他没有眨眼,可也没有回答,我知道他在害怕。上阵杀敌他还太小,但他已经过了承认这一点的年纪。想到他会有什么不测,我的心直往下坠。

"枪。"他最终开口说道。

佩尔点点头。这时,贝拉走出大殿,摇头说道:"阿莎不肯走。"

奥勒骂了句脏话。贝拉拽住我的胳膊:"索尔薇格,进去劝劝你姐姐。"

我摇了摇头:"恐怕她不会听我的。"

"你必须把她带出来。"奥勒说。

可我知道阿莎。我相信她心里对我有几分喜爱,我怀念以前她流露出的关爱,怀念以前我们俩之间亲密的关系,但是早在来这里之前的几个月,她就变得跟我疏远了,现在她根本不和我说话。不过,我还是朝贝拉点了点头,答应努力去劝她。

"好孩子,"贝拉说,"我们等你,不过要快一点儿。"

奥勒抬手指入山中:"秘洞是一处能让你们藏身的地方,在那道峡谷上方,就在冰川底下。"

"我会赶快的。"我说着跑进了大殿。

阿莎曲着腿,把脑袋靠在膝盖上,席地坐在

壁炉边。我尽量放柔声音向她走去,但是情况紧急,我不由得加快了脚步,上手去拉她。

"姐姐,"我说,"我们得离开。"

她没有应声。

"阿莎,求求你,大家都在等着呢。"

"你们走吧,别管我。"她说。

她应该知道这话有多荒谬。我挨着她在地上坐了下来:"你知道我们干不出那种事。我不会抛下你。"

她朝我扭过脸来:"你们走吧!"

怒气使她瞪大了双眼。我很久没有见过她情绪这样激动了,我一时惊得说不出话来,过了好一会儿才轻声说道:"不,我们大家一起走。"

她转开了眼睛。

"你为什么不走?"

"无所谓了。"

我听出了她声音里的痛苦,她藏在心中的痛苦,但她觉得无法让我分担,这刺伤了我:"可是我有所谓,哈拉尔德有所谓,他需要你。"

阿莎看向了我的眼睛。她含泪的双眼冰凉空洞,仿佛春天的冰穴。

我站起身,把手伸了过去:"我需要你。求求你,走吧,阿莎。"

她呆呆地望着我的手,望了好一会儿才握住了它。

我宽慰地叹了一口气,扶她站了起来,相互倚靠着出了大殿。院中气氛变了,没有人在奔跑,大家都紧盯着堡门。

"现在我们可以走了。"我对奥勒说。

"太迟了。"他说。

堡外已经传来了人声,还有沉重的脚步声。佩尔上了堡墙。片刻后,他低头看了一眼阿莎。我头一回发现,他的神色中,他眼边的细纹里,有着惧意,这让我感到一股别样的寒意。佩尔从堡墙上跃了下来。

"外头是什么人?"我问奥勒,但是他没有理我。

堡外的声音越来越近,越来越响。我听见了咳嗽声和低沉的说话声。

佩尔站在堡门前,背着手挺立着,下令说:"开门。"

艾吉尔和古纳面面相觑,但还是服从了命令。他们抬起门闩,开了堡门。我一时间屏住了呼吸,探着脖颈看去,在大门另一侧等待的是什么?

不一会儿,一队身着狼皮和熊皮的巴萨卡战士从打开的门中走了进来,他们一个个身材都像巨人,最矮的站着也差不多比佩尔高一头。见到他们,我吓得心里发慌,双腿发软。他们是受奥丁神佑的战士,作战不穿铠甲,而是身披动物的毛皮。在战场狂怒状态下,他们像野猪一样力大无穷,无论是刀砍还是火烧都毫无感

觉。虽然他们是父王的御前护卫,可我害怕他们。他们太狂野,太不可预测,对我来说,他们在堡里与父王的敌人杀来的念头几乎一样可怕。

他们进了院子,就像一堵由胡子、毛皮、战斧和盾牌组成的高墙,但是佩尔面对着他们,稳稳地站着。

"立定。"佩尔说。他们站住了。

其中一个走上前来。他披着一头巨大棕熊的毛皮,巨熊龇牙咆哮状的大口像头盔一样盖在头顶。灰色的体毛覆盖着他宽阔的胸膛,一道伤疤爬在他的手臂上。他背挎着一柄沉重的战锤,那柄锤子我怕是连拿都拿不动。他说话的声音就像巨石滚落一样隆隆作响。

"你好,佩尔。"

"你好,哈克。"佩尔应道。

山一般的熊皮战士点点头:"陛下派我们来保护王储。"

大家都扭脸看向哈拉尔德。

佩尔清了清喉咙:"我们没有足够的给养提供给你和你的战士。我们盼的不是……"

"我们带来了食物,还有物资。"熊皮战士说。

佩尔哑了声,呆愣了一会儿,咽了口唾沫,说道:"堡里不够大……"

"我们能将就。"

"我们不需要你们来保护王子。"

不一会儿,一队身着狼皮和熊皮的巴萨卡战士从打开的门中走了进来,他们一个个身材都像巨人,最矮的站着也差不多比佩尔高一头。

"你是在赶我们吗?"哈克又上前了一步,"你算哪号人物?"他的目光越过佩尔的头顶,扫向站在后面的我们,"我们要留下来,这是王命。"

"虽然你话这么说,"佩尔说,"但我是……"

"我能说两句吗?"有人在那队巴萨卡战士的身后说道。趁巨人们低头往下看的时候,父王身边的北地歌者阿尔里克轻巧地从他们中间挤了出来。阿尔里克身材矮小,蓄着一把黑黑的山羊胡子,头发剪得很短。见到他和巴萨卡战士们在一起,我吃了一惊,佩尔似乎也同样惊讶。北地歌者是谱写鲜活过去的诗人,是祖先历史的承载者,他们述说的是牺牲和勇气。阿尔里克朝两人走去,哈克眯起了眼睛。

"大统领,"阿尔里克说,"我想佩尔他只是想要一些保证,你手下战士的到来不会使这里陷入混乱。而你,佩尔,承认陛下首席战将的权威才是明智的做法。"

阿尔里克的目光在两人间扫了个来回,脸上的神情温和淡然。周围轻盈的雪花飘荡着,飘入三人之间。

"你来这里做什么,阿尔里克?"佩尔问道。

"是陛下让我来的。"

哈克哼了一声:"骗子。懦夫。你应该待在陛下身边,但你却求着跟了来。我们全应该待在陛下身边,跟那个暴君古劳格战斗。"

站在我身边的罗迪咽了口唾沫。

阿尔里克耸耸肩:"你们手上的剑能赋人不朽吗?我的声音却可以。你们光荣守护的是陛下的身体,但我守护的是他的传奇。大统领,你觉得哪个会更长久?"

哈克瞪着眼睛,没有说话。

"我该做的,"阿尔里克说,"只要我还有呼吸,就会尽力做好。"

佩尔盯着阿尔里克看了一眼,扭脸对哈克说:"欢迎你,大统领。有你带领的战士在这里保护王子,他一定会感觉安全许多。"

那么我和阿莎呢?对他们来说,我们就无关紧要吗?我们难道不是同样身在险境吗?

哈克点点头:"我们不会成为拖累和负担。陛下让我们带来了食物,足以让全堡度过冬天还有余。"

"但愿冬天过后我们不会还在这里。"奥勒对我说。

可我正咬着唇,因为突然想到的事情而忧心忡忡。父王需要一切物资用于作战,为什么会送多余的给养来?为什么会在正需要他最信任、最令敌人胆寒的战士在战场杀敌的时候,把他们派到这里来保护哈拉尔德?

看来有什么让父王更担忧的事。尽管还没有人说出口,但是危险正向我们袭来。这队巴萨卡战士的到来没有令我心安,他们让我对未来的局势产生了更大的恐惧。

傍晚的时间全花在了卸船上。贝拉叉着腰、点着手指挥着,她是掌管食品储藏室的女皇。船上的物资搬空后,大家回到大殿休息,享用盛宴。与过去几周的伙食不同,这一回食物充足。巴萨卡战士们带来了咸肉、熏肉、鱼干、一袋袋没有生虫的面粉和粮食、几只能让大伙吃上新鲜鸡蛋的母鸡,外加好几罐琥珀色的蜂蜜。哈拉尔德见到蜂蜜时,眼睛瞪得就好像看见了黄金。然而最重要的是他们带来了两头母牛和大量的草料,这下我们有做酸奶和奶酪的牛奶了。必要的时候,还可以把牛杀了吃肉。

火光跳动着,占据着大殿,拥挤的殿中充斥着油烟味,以及被汗水打湿的动物毛皮散发出的阵阵酸臭。巴萨卡战士们一个个用溺在了蜂蜜酒里的舌头吹着牛调着侃,骂着脏话,相互叫板。

佩尔、艾吉尔和古纳没有加入他们,陪我们几个待在大殿的角落里。我和阿莎紧紧地挤在一起,像兔子一样警惕着这些狼一般的外来者。连哈拉尔德都很沉默。

阿尔里克在这群新来者中走动着,他拍着他们的背,试图同他们说笑,却没得到好脸,但他始终面带笑容。过了一阵子,他朝我们走来。奥勒往长椅的另一头挪了挪,让出了地方。阿尔里克向奥勒感激地点点头,在奥勒身边坐了下来,双手扶膝,探身说道:"我看,有军队的代价大概就是没有战事的时候也得与其生活在一起。"

"可现在是在打仗啊。"贝拉说。

"这里没有打，"阿尔里克说，"仗打不到你们这儿来，因此陛下才选择了这里。"

"如果打不到我们这儿来，那为什么让哈克还有他手下那帮人来？"贝拉问。

我竖起耳朵听答案。

阿尔里克揉了揉下巴："是过度谨慎了吧。"

这话让我质疑。父王从不没有根据地焦虑担忧，他经常好似完全不动声色。他的行动都是有目的的深思熟虑。

"陛下近况如何？"奥勒问。

"很好。我最近一次见他，他挺拔得像大树，强壮得像奔涌的河流，一双乌鸦似的利眼，令任何人都无法遁形。"阿尔里克顿了顿，"但战事的结果还远不能确定。"

"虽然我不该抱怨，"贝拉说，"可我发现陛下没有再派一个厨子来。这么多人，谁来喂饱他们啊？"

阿尔里克点点头："他们的吃相是惊人了点儿。不过，"他朝贝拉一探身，掩着嘴密谋似的说，"你就是给他们上的都是生的，他们大概也察觉不出来。"

突然一声巨响，吓了我一大跳。一个巴萨卡战士从不远处的椅子上摔了下来，周围的人全用手点着他哈哈大笑。他爬起来，挥拳就朝一个笑他的人打了过去，却反被一拳揍失了平衡，再次摔倒在地。

这一回，他起不来了。

阿尔里克大笑起来，我们却都没有笑。

阿尔里克察觉后垂下眼睛，把目光投向了地板："我想，我是和这些人待久了。"

但我觉得这和他跟什么人待了多长时间无关，他似乎总能随心把自己重塑成想要的形状。歌者叙事的天赋和他投人所好的舌头让他能够根据听众的愿望塑造自身。但是我不知道，在听众离开后他是什么样子。他一层层的面貌下，有没有真实的样子？

阿尔里克的目光落在了我身上，我微笑颔首，他朝我举了举杯。

我想睡了，但那群巴萨卡战士却不想睡。夜可真长。

黑夜里传来了羊叫声，还有人在骂娘，我睁开眼，出了卧房，朝外面的大殿里望去，那群巴萨卡战士围着殿中央的壁炉挤挤挨挨地团着，正在睡觉。我借着余火的微光眯着眼张望，一双眼睛也亮亮地向我瞧来。

"这头羊到殿里来做什么？"一个团身睡觉的巴萨卡战士问道。

希尔达又咩咩地叫了起来。

"别叫。"我对它说。希尔达朝我走来。虽然现在棚里有了两头牛与它做伴，但它已经习惯了随我们睡在大殿里。然而新来的这群人它不熟悉,又不能让它进卧房同我和阿莎睡在一起,于是我把它安顿在卧房门边,在那里它碍不着人。我对它道了晚安后,拉上门,爬回到床上,在头顶冰川的呻吟声里沉沉地睡去了。

堡里到处都是人。

一周过去了,我们居家的城堡一日间变成了军屯,二十个巴萨卡战士,十二头"狼",八头"熊",个个粗鲁又野蛮。更糟糕的是,峡湾彻底冻住了,把我们和他们封在了一起。我不想知道他们的名字,他们的目光也几乎不在我身上停留。或许,他们也跟罗迪一样,怨恨被无端地送进了监狱。不过,我也讨厌他们。

不管我走到哪儿,他们都在眼前——在悬崖上杵着,在大殿里打鼾,在院子里大笑。一看到我,他们就沉默下来,等我走开他们才又聊起来。在这已经够让人不舒服的地方,我似乎成了个讨人嫌。

我决定到下面的海岸边去走走,看能不能觅得片刻清净。我出了堡门,沿着小路下了陡峭的山坡。小路穿过一片高高的松树林,松树带着甜味的辛香令我神清气爽。已经下过了第一场雪,在洁白新雪的衬托下,松林显得黑黝黝的。积雪在我脚下吱嘎作响。

那艘战船已经被拖上了岸,做出这一壮举的

肯定是那些巴萨卡战士。船要是留在水中,冬日里活动的寒冰会把船挤碎。高耸船头的龙首朝我龇着牙,我转开了视线。

"这船很气派,是不是?"

我转过身,身后的岩石上坐着阿尔里克。跟他待在一起,我总忍不住有些紧张。他言语太过仔细,字句斟酌得太过妥帖,我从来不清楚他真实的想法。

"对,很气派,"我说,"我想,我现在知道,那些爱尔兰人看见我们去劫掠的人出现在海平线上的时候,是什么感受了。"

阿尔里克张开嘴像是要说什么,但过了好一会儿才说了声:"是啊。"

有阿尔里克在旁边,我在这里是找不到清静了,于是我迈步朝小路走去。

"等等,索尔薇格,"阿尔里克说,"我们能聊聊吗?"

我并没有真正想要去的地方,也想不出离开的托词。我说了声"好吧",挨着他在一段被沙子和海浪打磨光滑的圆木上坐了下来,目光越过城堡,放眼远望。已经变成了白色的城堡夹在两侧陡峭的群山间,静悄悄的。

"你发现了没有,唯一能驯服大海的是寒冰?"阿尔里克问道。

"也许吧,但是人们看不见冰面下的情形,那算真正的驯服吗?"

阿尔里克又张开嘴,再次露出无言以对的表情,说道:"是啊。"

真是古怪,我们人在海边,却听不到声响,只有偶尔的一丝风声和冻结寒冰发出的咔嚓声。

"你知道吗,"阿尔里克说,"在你观察别人的时候,我也在观察你。"

我盯着冰面,但想到他在我不注意的时候观察着我,我不安地动了动身子。

"你很善于观察,索尔薇格。而且你很聪明。你能成为一个出色的北地歌者。"

这话让我扭转了头:"什么?"

阿尔里克举起两根手指:"要的不过是观察力和记忆力。观察力和记忆力之外所有的东西,比如动听的声音和威严的仪态等,这些都是淋在凝乳上的蜂蜜。"

"观察力?"我问道。

"是的。歌者必须观察他人,必须在他们自己意识到之前察觉出他们情绪的变化。你的父王总在提高嗓门的前一天就已经动了怒。"

"你怎么知道?"我问。

"他会把右手像握剑一样攥成拳头,走来走去。"

我想了一下,惊奇地睁大了眼睛:"你说的对。"

"你清楚在听众身上观察什么的时候,就会知道他们想要什么,就可以在合适的时候或逗人发笑,或恭维讨好,或敬重致意,或宽慰鼓励。只

要能记起所学的应景的故事、歌谣或诗篇,就能做到。"他再次举起两根手指,"要的只是观察力和记忆力。"

"你认为我有这两种能力?"

他点点头:"是的。"

虽然说话的人让这句赞扬打了折扣,我还是有点飘飘然。我知道我一直喜欢讲故事,大多数时候听众是哈拉尔德,我们小时候罗迪也常听我讲。但是我从来没觉得那是歌者的样子,我说的总是一些傻傻的小事,用来充填冬日寒冷漫长的时光。"女歌者多吗?"

"不多,但是有一些。"

"父王不会同意的。"

"为什么?他为你有什么其他打算?"

我的视线忽地越过城堡,再次投向远方。一切表面上都那样平静。

"我不知道。"我说。

几周后就是全国收粮进仓,清点牛群和羊群,屠宰瘦弱家畜的季节了,之前从未谋过面的叔父过来小住。

亲人团聚是宴饮的时刻,是让人欢笑的时刻,阿尔里克的嗓子都讲哑了。父王把子女叫上前,展示、夸耀他的幸运。但我缩在阴影里观望着。

"这是我儿子哈拉尔德,"父王说,"哪家的城堡里也找不出比他更精神的小子。"

你那会儿才三岁,哈拉尔德。你弯腰一把拽住了一条猎狗的尾巴。猎狗跳起来想要跑开,你嬉笑着跌跌撞撞地追在后面。父王和叔父都大笑起来。

"这个,"父王说,"是我的女儿阿莎。"

"真漂亮,"叔父说,"很像她的母亲。"

"像极了,"父王说,"看到妻子的生命在她身上延续是我悲伤时安慰的源泉。"

父王当时已经坐了下去,他把我忘了。

叔父四下瞧了瞧:"你不是还有一个女儿吗?"

"哦,对,是的,"父王说,"索尔薇格。是个安静的孩子。她到哪儿去了?"他找了找,把我从藏身的地方找了出来,拉着我带到叔父面前:"向叔父问好,索尔薇格。"

"你好,叔父。"我说。

叔父朝我点点头,露出了怜悯的笑容,然后扭脸对父王说:"嗯,至少她说话的声音很好听。"

父王叹道:"是啊。"

第三章 希尔达

阿尔里克错了,那些巴萨卡战士不喜欢吃生的。过去这几周,我一直在帮贝拉烧饭,罗迪在劈柴火。工作量大,时间又紧,但是贝拉依然坚持准备体面的饭菜。

"陛下知道我的厨艺,"她对我说,"我得保住名声。"

阿莎自那些巴萨卡战士来后,绝大多数时间都很少出卧房,更别说出大殿了,除了洗脸,还有看看是不是吃饭以外,她都躲着不出来。尽管我还不知道她在痛苦什么,她内心的痛也已成为我心中的痛,我对她更加耐心。我真希望能进卧房把她拉出来,帮助她。

今晚我们熬了浓稠的肉卤配芜菁和豌豆,还准备了发亮的猪油浇在干硬的大麦面包上。香味勾得我的肚子咕咕直叫。

晚饭时间到了,那些巴萨卡战士不管先前在哪儿,现在都挤进了大殿。他们不喜欢被圈禁,烦躁的情绪与日俱增。他们抱怨一切,彼此间更是越发动不动就起争执。哈克在场还有管控,可是哈克不在时,我真害怕他们会干什么。在家的时候,听说有些巴萨卡战士如果太长时间没有劫掠或者上阵杀敌,就会洗劫自己的村子。我还听过许多他们突发狂怒的故事,他们一旦爆发狂怒,无论敌友都会没命。

连希尔达好似也知道他们不可轻信,大多数时候都紧挨在我身边。在它不安的时候,它会用羊角蹭我的腿,叫我帮它挠挠耳朵,让它安心。

我们从热气腾腾的大锅里给那些巴萨卡战士盛吃的。他们道谢的声音虽然嘟嘟囔囔,但他们埋头在碗中时打出的饱嗝却表明了他们的赞许。贝拉十分满足,朝我点点头后,也朝他们点了点头。接下来排到佩尔了,我给他盛了特别大的一份,他微笑着赞美了我,这每晚不变的赞美让我脸红。

"你让这儿的生活增色了不少,索尔薇格。"

"谢谢你,佩尔。"

"盛好就走吧,"贝拉说,"还有人等着呢。"

"索尔薇格?"

阿莎出现在我背后,我吓了一跳,但看到她出了卧房,我很高兴。

"哦,姐姐,吓了我一跳。"

"对不起。"她说。

"来点今晚的晚饭吧?"

她点点头,我为她盛了一份,她独自坐去了角落。旁边那群男人都盯着她瞧,毫不遮掩,我气得直咬牙。要是父王在这里,他们哪敢朝阿莎的方向抬眼。但是在这冰封的地方,被墙紧紧地围着,远离主君,喝着烈酒,他们放纵了自我。

其中一个对阿莎说了句什么,我没有听清,但是阿莎垂眼望向大腿,脖颈都红了。我丢下了手中的长柄勺。

"怎么了?"罗迪问。

"有麻烦了。"贝拉说。

那个家伙又轻浮地说了句什么,阿莎没有抬眼。我知道我必须做点什么帮助姐姐,但是对巴萨卡战士的恐惧却让我转开了目光。这时,佩尔的声音在我耳边响起。

"向公主道歉。"他站在阿莎和那个巴萨卡战士之间,硬声冷冷地说道,"马上道歉。"

那个巴萨卡战士站起身,他的长发和长须都编成了辫子:"我可不听命于你。"

佩尔一拳打了过去,重重地打在他的嘴上,打得他一个后仰从长椅上翻了过去,瘫倒在地。佩尔舔了下嘴唇,看了看手上的血。

那个巴萨卡战士爬起身,打算拔剑。

"住手!"一声大喝惊得我缩起了身子。哈克从围着两人的人群中走了出来,"让剑待在剑鞘里,不然我就废了你那只拔剑的手。"

那个巴萨卡战士低下头,将双手垂到了身侧。

佩尔傲然挺立着:"他必须给阿莎道歉。"

哈克看向阿莎:"是我该向公主道歉。我放纵了部下,让他们变得这样放肆。对不起,公主殿下,这样的事不会再有第二次。"

阿莎微不可见地颔了颔首:"谢谢你,大统领。"

"你,"哈克扭脸对那个巴萨卡战士说,"出去。我要亲自处罚你。"

哈克押着那个垂着脑袋的巴萨卡战士退了出去。我越过其余那些巴萨卡战士的头顶目睹了殿门的开合。

佩尔转向阿莎:"我也要道歉。我不该让公主一个人……"

"我没事,佩尔,不过是嘴上的几句话而已。"

"可那是你绝不该听见的话。"佩尔看了看我,"还有你,索尔薇格。要是这些人中有谁对你不敬,告诉我或者哈克。"

我宽了心,佩尔与旁人不同,他想要保护我:"谢谢你,佩尔。"

我回到锅边,拿起了勺子。肉卤上已经开始凝出油皮了。

第二天,那个编辫子的巴萨卡战士嘴唇上一道大口子,脸颊淤血,眼睛乌青,走路还有点瘸。我对他有气,本应认为这是他活该,可是见了他的伤,心里却又有点不好受。

在我看着他穿过院子的时候,哈拉尔德走到我身边。

"无聊死了,索尔薇格。"

"你练过剑了?"

他摇摇头:"我已经练得很好了。"

"你可以看那些巴萨卡战士操练。"

"不看,我不怎么喜欢他们。"

"那我就不知道该建议你干什么了,哈拉尔德。要不做点杂务?"

他踹了一脚地面:"我就知道你会说这个。"

我笑着揉了揉他的头发:"那艘战船你去看过吗?"

"当然看过。"

我把手搁在他的背上:"好吧,那我们再去看一回。"

我们朝大门走去,但我发现有人跟着我们。是哈克。

"我们只是到下面去看看你们的战船。"我说。

哈克点点头,继续跟在我们身后。

哈拉尔德扭头看去:"不管我看哪儿,那地方总有他的身影。"

"他是在保护你。"

"我不需要保护。"

我们穿过松树林,下到多礁的海岸。战船停在岸上,船身的木头上已经凝了一层寒霜,将船变成了苍白的幽灵。船头的龙首朝我们龇着牙,哈拉尔德却抬头对它露出了赞赏的微笑。我带哈拉尔德走到那段光滑的圆木边坐下。哈克远远地站着,但是就跟肩膀上站了一个巨人一样,我无法忽略他的存在。

我想起了阿尔里克在这水边跟我说的成为北地歌者的话,就对哈拉尔德说道:"我给你讲西格尔德大战巨龙法夫尼尔的故事吧?"

"哦,好吧。"哈拉尔德说。

于是我讲了起来:"有一次,西格尔德去找铸剑师雷金,拜托他铸一把宝剑。西格尔德需要一把传奇的宝剑,持着它去战斗。雷金铸出了剑,但是西格尔德想先试一试。"

哈拉尔德呼了一口气,靠到我身边。

"西格尔德在铁砧上放了一块盾牌,握着新铸的剑砍去。剑碎了。于是他让雷金再铸一把更加坚硬的宝剑。雷金又铸了一把剑。这一回为了加固宝剑,他铸剑的时候朝剑中念了咒。在雷金铸剑的时候,西格尔德梦到了在高山下沉睡的巨龙法夫尼尔。"

"给我讲讲法夫尼尔的故事吧。"哈拉尔德说。

"法夫尼尔在洞中爬行,他的身长与一支列队上阵的连队相当,身上的鳞片像盔甲一样闪闪发亮。"

哈拉尔德拉拉我的衣袖:"还有他的宝藏。跟我讲讲他的宝藏。"

"法夫尼尔秘藏了大量的金银,还有各种宝

石。这份宝藏足以将人变成神。西格尔德梦到了巨龙身下和炙热龙息下那成堆的财宝,他动了心。于是他又去雷金那里试第二柄剑。这一回他劈砍盾牌,盾牌劈成了两半,但是剑也被铁砧磕弯了。西格尔德见后去找自己的母亲,把打算告诉了她。"

"他母亲有什么办法?"

"她把断剑神怒给了西格尔德。神怒是奥丁赐给西格尔德父亲的宝剑,但是在他父亲殒身的战役中断了。西格尔德拿了神怒给雷金,让他用断剑再铸一把剑。雷金连着锻造了好多天,终于铸成了一把闪亮的宝剑。西格尔德拿起宝剑,剑刃上寒光流转。"

"接下来他又试了剑。"哈拉尔德说。

"没错,"我说,"然后呢?"

"宝剑劈开了盾牌,把它劈成了两半,同时还劈开了铁砧。"

"没错。于是西格尔德拿着宝剑去了巨龙法夫尼尔的洞穴。那条大爬虫洞穴入口的周围是一片焦黑的荒野。西格尔德持剑走了进去,与巨龙大战起来。巨龙虽然有尖牙利爪的攻势,还有毒液的杀招,但是用神怒铸成的宝剑破开了他的鳞甲,直插心脏,结果了他的性命。"

"巨龙的宝藏就归了西格尔德。"哈拉尔德在空中挥了一下拳头。

"那就是另一个故事了。"

"再讲一个吧。"

"那讲西格尔德替父报仇的故事好不好?"

哈拉尔德大睁的双眼暗淡了,脸上退去了热切的神色,肩膀也有点发垮:"不好。"

"那是一个很精彩的故事。"

"我不想听,"哈拉尔德说着站了起来,"现在船已经看过了,我要回堡里去。"

"你怎么啦?"我问道。

他迈步走上了小路,留我在那截光滑的圆木上坐着。哈克看了我一眼,跟在了哈拉尔德身后。

细想想,我应该知道西格尔德替父报仇的故事会让哈拉尔德不安。他想成为大战巨龙的西格尔德,却不想在我们的父王身处沙场的时候,成为哀痛父亲战死的西格尔德。我想阿尔里克看错了我,我终究无法成为一个出色的北地歌者。

我独自在战船边静静地待了一会儿,反身朝堡中走去。路上,我竟然发现一棵被霜雪封冻的蓍草探在雪地上。这是希尔达最爱吃的,于是我把它从雪里挖了出来,带回堡去给希尔达。但我找不到它。我问了奥勒他们,还问了几个巴萨卡战士,可是没有人见过它，我有点担心。到了晚上，希尔达没有到大殿里来睡觉，我开始慌了。我冲到院子里，大声召唤它，殿内昏黄的光线洒落在我的肩膀上。我叫了很久，最后没有办法，只好回到了屋内，但我睡得很不安稳，次日早上一起来就又去找它。

我找了外头的每一处棚屋，都不见希尔达的踪影。恐怕它是白天出堡迷了路。想到它也许迷失在了林中，在夜里被寒冷或者狼群夺去了生命，我的眼泪夺眶而出。

但是守门的战士发誓说没有看见希尔达出去。他们说，一头羊出去不会看不见。

唯一还没找的地方就是储藏室了，但我觉得它怎么也不可能进去。为了提防那些食腐的动物，还有饿急了也会想办法闯进储藏室的狼和熊，储藏室的门一直牢牢地锁着。贝拉拿下用胸针别在身上的钥匙给了我，我去了储藏室。

刚进储藏室，里面一片昏暗。过了一会儿，我的眼睛才适应过来。一个身影在我眼前，吓了我一跳。之后我醒悟过来那不是人，而是吊在天花板上的某样东西。我伸出手去摸了摸。那东西摸上去冷冰冰的，还有点黏，是一只被剥了皮的动物在挂在那里风干，熟成后贝拉好切。但是那群巴萨卡战士只带来切好了的猪肉。也不可能是鹿，这只动物体型太小。这时我看清了眼前动物的头脸和那对羊角。

"不！"我掩嘴低声叫道。

我飞奔出储藏室,冲到院子中央,环顾场中所有的人,所有那些巴萨卡战士。我想尖叫质问,是谁干的?谁杀了希尔达?但是我叫不出来,我的胸口生疼。我记得希尔达的叫声,记得它在这群陌生人中寻找安身之处时,从昏暗大殿的另一头望向我的眼神。

我倒在地上哭了起来,捶打着手边冰冻的地面,眼泪和拳头不断地落在冰上。我心里空洞洞的,只能感受到无边的怒火和紧握的双拳。

有人围到我身边。又过了一会儿,我听见了贝拉的声音,但我听不清她在说什么。

一个巴萨卡战士清了清喉咙:"她突然就发脾气了。"

"肯定是发生了什么事。"贝拉说。

我抬头看着贝拉:"他们杀了它!"

贝拉蹲在我身边,揽住了我的肩膀:"杀了谁?"

"希尔达!"我说着又哭了起来。

贝拉猛地抬起头,盯着那些巴萨卡战士:"你们杀了那头羊?"

巴萨卡战士们交换着很没有底气的眼神。"它好像已经没有奶了。"一个巴萨卡战士说。

"这孩子对它已经有了感情,"贝拉说,"它是她在这里唯一的一点家的慰藉。"

不,希尔达它并不是一点家的慰藉。它是我

的朋友,我也是它的朋友。"

"你们都走吧,"贝拉说,"让我们单独待一会儿。"脚步声踢踢踏踏地远去了。

"我恨他们。"我说。

"索尔薇格,孩子,他们不知道。"

我抬眼看着贝拉,激愤地说:"你没有阻拦他们!"

"我不知道,不然我肯定会阻拦的,"她摇了摇头,"它是头好羊。"

"它是……"我刚开口,脑中就浮现出那具吊在储藏室里的血淋淋的尸体,我一阵恶心,弯下了腰。

"好了。"贝拉轻拍着我的后背说。

我咳嗽了两声,直到想要呕吐的感觉消退才坐起身看了看周围。院子里所有的人都在盯着我瞧。我怒目看向他们每一个人。唯一没有与我目光相对的是哈克。

"好了,擦擦眼泪,"贝拉说着拎起围裙边给我擦脸,嘴里嘘嘘作声,让我不要再哭,"哭够了就好了。"

她不明白。"佩尔在哪儿?"我问。

"佩尔?"

是的,佩尔。他告诉过我,如果那些巴萨卡战士对我不敬,或者伤害了我,就去找他。

"他在后头跟罗迪一块劈柴。"贝拉说。

我挣开贝拉,沿着大殿的侧墙跌跌撞撞地走去。佩尔会给我一个公道。虽然我不知道他会怎么做,但他会给我一个公道。我绕过墙角,看到了他和罗迪,一段段劈开的木柴散落在他们身旁。佩尔抬头看见我,放下手中的斧子。

"索尔薇格?"

我跑过去抱住了他,再次呜咽起来。

佩尔一手抚着我的头,一手揽着我的背。

"出什么事了,孩子?"

"希尔达。"我张开嘴,却结结巴巴地说不出话来。罗迪站在一旁,一脸困惑。

佩尔叹了口气:"哦,是那件事情。"

过了好一会儿我才明白他这话的意思。我立刻挣开他的手,抽出身来:"你知道?"

他转开目光,望着地面说道:"我是事后才知道的。"

"可是知道以后呢?你不告诉我?"

"索尔薇格,我不想让你难过。"

我喃喃说道:"我还以为你……"

"你以为我什么?"

可是先前我怎么想的,我已经不记得了。我唯一能做的就是木然地看着他,失望像冰冷的铁锚一样拉着我坠入了更深的痛苦。

"索尔薇格?"佩尔说。看我没有反应,他挫败地举起双手:"天哪,那不过是一头羊。"

罗迪在他说这话的时候上前了一步。我的心中一片冰冷,佩尔他完全不明白,我关心喜爱希尔达,希尔达也需要我。没有了希尔达……"你和他们没有一丝不同。"我说。说完,我像受惊的麻雀一样跑开了。

我不知道要去哪里,我只是一路飞跑着离开了城堡,穿过野地,进入峡谷,上了山。连贝拉、阿莎和哈拉尔德在内,我要远离他们所有的人,远离那些肮脏、暴力、残忍的巴萨卡战士,远离佩尔。

雪很深,但我没有停。我越走越远,越走越高,身后的城堡越来越小。我停脚时,发现自己已经站在了冰川下方。高耸的冰川白中带蓝,似乎把部分的天空也封冻了起来。冰川深处传出了它的哀叹。我弯腰掬了一捧从冰川脚下的岩石上涌出的溪水喝,水冰得我牙疼。喝完,我又撩起一些洗去了脸上的泪痕。

我坐了下来。我不想再哭了,因此我不再去想希尔达,侧耳听着冰川的声响。它在跟我讲述凛冽的寒风、无云的黑夜和无尽的严寒。年复一年,大雪无声无息地落下,层层的重压度量着它的孤寂。我听人说过,冰川的哀叹在夏季来临前最为剧烈,仿佛它也知道那是它最临近融化的时刻,它似乎在渴望着自身的消亡。然而它只能荒凉孤寂地存在着,直到世界的末日。

隆冬时节,在霜雪铸成的巨人们集会、城堡外风雪肆虐的时候,父王的将士们坐下来喝酒,敞开畅饮比平日更烈的麦芽酒和蜂蜜酒。不止一个人动了手,要是没有父王加以管束,他们险些斗殴起来。

没有人留意,我没进卧房,在他们中间的一张长椅上睡了过去。

有人大声地骂了句娘,我被吓醒了,从椅子上滚下来,摔在了地上。周围的人见了都强忍着笑。我两颊通红,跪在地上又怕又窘,都没了起身的念头。

那时候在我身边的是你,佩尔。是你弯下腰,把手伸给了我。

"好了,好了,"你说,"没什么好怕的。"

你朝我露出了笑容,但你的笑同旁人不一样,你的眼神里没有嘲讽。我接受了你的帮助,站了起来。

"你没事吧?"你问道。

我说不出话来,只能点头。

"那就好。"你说。说完,你扭脸叫来了灶火边的贝拉。

贝拉过来,伸手掸掉了粘在我羊毛裙上的稻草,又摘去了我头发上挂着的稻草,问道:"你怎么不在床上睡啊?上床去睡吧?阿莎已经睡下了。"

贝拉带我离开的时候,我听见佩尔说:"晚安,索尔薇格。"

"晚安。"我十分感激地对你说道。

第四章 秘 洞

我记得奥勒说过这里有一个秘洞,就在冰川脚下不远处,是一个安全的藏身之所。眼下我需要一个安全的地方,于是我开始寻找。那个洞一定很隐秘,不然无法作为安全的藏身处。我顺着谷边向上攀爬,探出地面的岩层下方和突出的岩架都是我留意查看的对象。突然,我感到风中有一丝暖意,鼻端还闻到了浓重的硫黄味。我扭身寻找这股硫黄味的来源,发现一波蒸气正从岩石间升腾而起。这是地球的呼吸,不过也可能是在深深的地下沉睡的巨龙喷出的气息。这波蒸气标出了巨大群山间的一处洞口,是那个秘洞。

我攀爬到洞口,又迟疑起来,会不会有两眼放光的毒蛇龇着尖牙在等我呢?我吸了一些清冽的空气,攀入了洞口,影子轻巧地滑行在我的身前。进洞后等了一会儿,我的眼睛才适应过来。我进了一处空荡荡的石室,石壁粗糙,几个空麻袋堆在一角,离我手边不远的地方还有一个没有用过的火把。石室里暖洋洋的,如同大壁炉中燃着旺火的大殿,炉前还烧着几口大锅,正热腾腾地冒着气。硫黄味虽然不好闻,但还能忍受。

再往里走,通道越来越窄,伸入下方一个昏暗的出口,通向暗沉沉的山峡。我可以点起火把,我的胸针上挂着燧石,但我没有继续深入的意愿。我不是西格尔德,手中也没有神怒。石室这里很暖和,不需要生火。

我挨着石壁坐了下来,把头仰靠在石壁上。想起希尔达,我又有了哭意,但我没有哭。真是奇怪,不过这么短的时间,希尔达对我竟变得这样重要。我知道我这样喜爱希尔达不大正常,但我怀念照顾它的感觉。以后我再也不能给它挤奶,再也不能把它安顿在我的卧房外过夜;它再也不会蹭我的裙子,让我知道它想挠耳朵了。我的心里空荡荡的。

我闭上眼睛,这下泪水涌了出来。我把眼泪挤出眶外,让它们从我的脸颊上滚落下去。我吸了吸鼻子,用手掩住了脸。我一无所有。

我睁开眼,看见外面天已经黑了,这才发觉我睡了过去。我知道应该回堡去,但是我不想回去,我不想面对他们任何一个人,尽管那会儿对佩尔说的话让我心里很抱歉。佩尔完全不像那些巴萨卡战士。可我为什么不能待在这里呢?这个小小的石室温

暖安全,在这里只是平凡次女的索尔薇格同山羊做朋友也没有关系。

我闭上眼睛,不知不觉又进入了梦乡。

我站在悬崖上,眼睁睁看着敌船驶入了下方的峡湾。那是一艘艘全船护甲的战船,有着睥视一切的桅首。船上刀枪林立,站在甲板上的战士摇晃着手中的兵器,口中嘶喊着。风把他们粗野的喊杀声送进我耳中,我缩身向后退去。

我飞也似的逃向安全的堡墙,却发现堡门洞开,院中满是巴萨卡战士苍白的尸体。他们一个个张着嘴,耷拉着舌头,空气风干了他们的眼珠,等着乌鸦啄食。他们身上没有丝毫的伤痕,简直像是有某种巫术让他们倒在了站立的地方。城堡上空,有一朵云是一个狰狞狼头的形状,在头顶洞开着大嘴,露出匕首般的利齿。

敌人的喊杀声越来越近。我知道那些船已经靠了岸,敌军在坡上正向城堡杀来。我冲进大殿,闩死殿门,拼命喘息着匆忙环顾殿内。阿莎死死地拉着哈拉尔德,躲在远处的角落里,像受伤的母鹿一样眼中满是惊恐。哈拉尔德哭叫着妈妈,尽管他从未见过母亲,我也几乎想不起母后的样子了。这一刻的哈拉尔德不是勇士,而是一个受惊的孩子。

贝拉在冰冷的炉灶边,面无表情地用木桨在一口空锅里搅动着。"陛下知道我的厨艺,"她说,"我得保住名声。"

我挨着石壁坐了下来，把头仰靠在石壁上。想起希尔达，我又有了哭意，但我没有哭。真是奇怪，不过这么短的时间，希尔达对我竟变得这样重要。

罗迪坐在贝拉身旁的地上瞪着我,那双眼睛仿佛是火葬的柴堆里熊熊燃烧的木块。"这都怨你,"他说,"因为你,我们都要死了。"

"不,"我说,"佩尔在哪儿?他会救我们的。"

阿莎把哈拉尔德又往身边拉了拉。"佩尔走了。"她说。

脚下的地面似乎崩塌了,火焰不在罗迪的眼中,而是烧向了各处。四周的墙壁起了火,柱子烧黑了,柱子上雕刻的蔓藤和动物的图案在烈焰中扭动着。热浪灼烧着我的脸颊,浓烟呛得我喘不过气。忽然,传来一声震耳欲聋的脆响,紧接着是仿佛上千个巨浪拍岸的声音。冰川终于投下巨大的身躯,碾下高山,冲向了我们的城堡,我感到了大地的震动。很快它就会压向我们,压灭大火,压碎城堡,将我们的身躯碾碎,把碎渣推入大海。

有黄光在洞壁上一闪而过。我眨眨眼睛,甩开梦境,这才回过神来,岩洞并没有着火,是洞外有火把在移动,还有许多的人声。其中一人的声音就在不远处,我听出了那是奥勒。其他人的声音要远一些,听上去他们像是在搜寻整个峡谷。我想招呼奥勒一声,让他知道我在洞里,可还没来得及,奥勒已经把火把伸进岩洞,头也随后探了进来。

"你在这里啊。"他闷哼着发力攀入石室,说道。

"是啊。"我说。

他草草地一点头,穿过石室向我走来。我以为他是要拉我起来,可是他站在我身前,却没有伸手。我发现他手上握着骨刀。

我爬起身:"但愿我没有造成太大的麻烦。"

奥勒没有说话,只是冷冷地看着我。他冰冷的眼睛跟我梦中那些巴萨卡战士的眼睛一模一样,但他的嘴在石头般的脸上抿成了一条细线。

"奥勒?"我说。

这时,佩尔进了石室。"索尔薇格!"他说,"你没事吧?"

"我没事。"我说。

"找着她了。"奥勒说。他眯起眼睛瞥了我一眼,往洞外走去,我看着他出了岩洞。他这一走,我才醒过味来,岩洞里只剩下了我和佩尔。我们俩都没有说话。

"我应该对你说,"过了一会儿,佩尔才开口说道,"对你说,希尔达它不只是一头羊。"

听到他这么说,我心里好受了一些:"对不起,我那样说你。你一点也不像哈克还有他手下那帮人。"

佩尔摇摇头:"公主无须向我道歉。"

"可是我真的很抱歉。"

"这是不是意味着我们还是朋友?"

"对。"我说。我想把我的梦告诉他,但我没有说。我在他心里肯定已经是傻瓜了,说了只会

让他越发地认为我愚蠢。"我们回堡去吧。"

"好,"他说,"见到你,大家就放心了。"

他领着我出了岩洞,走入夜色中。一丝丝银色的流云从黑色的夜空掠过,冰川仿佛是一角坠落的月亮。峡谷两边周围的山头上浮动着一支支火把,摇曳着放出点点跳跃的火光。所有的人都出来找我了。我的脸颊突然红了起来,但并不是因为冷。我不好意思地垂下了头。

"我给大家添了这么多麻烦。"我低声说。

"别放在心上。"

佩尔招呼其他人,说已经找到了我。所有的火光都停了下来,然后一道折返,下了山峡。"小心脚下这些岩石。"佩尔扶着我的胳膊说。他体贴的扶持让人安心,我心头一暖。

没多久,我们就回到了堡里。贝拉正在院中焦急地走来走去,见到我,她冲上来狠狠地一把抱住了我。

"哦,你个胆大妄为的孩子,"她说,"可别再出走了。"

"不会了。"我说。但是知道贝拉她关心我,我心里很高兴。

"她是发现了那个秘洞,"佩尔说,"看样子她一直在里面睡觉。"

"哦,老天,"贝拉翻了个白眼,"睡觉?在我们其他人煎熬地走来走去,以为你会冻死在外面的时候?你个坏孩子。"

"对不起,贝拉。"

阿莎和哈拉尔德出了大殿。阿莎用一种我读不懂的表情看着我,哈拉尔德则奔向我,展开双臂搂住我的腰,把脸埋在我的衣裙里。

"我没事,哈拉尔德。"我说。

哈拉尔德推开我。"我就知道你不会有事。我告诉过阿莎,"他看向阿莎,"我是不是说过?"

阿莎点点头。我想知道阿莎有没有也在为我担心。

"好了,我们都进去暖和暖和吧。"贝拉说。

我们都乖乖地让贝拉领着进了大殿,我挑了把椅子坐了下来。坐在旁边的阿尔里克朝我点了点头。阿莎过来,把一碗新鲜的酸奶放在我腿上。

"你肯定饿了。"她说。

我的确是饿了,那碗酸奶被我一下子就吃光了。

巴萨卡战士们陆陆续续走了进来,他们跺着脚,脸颊冻得通红。我很羞愧,只能偷眼悄悄地瞧着他们。他们都沉着脸,看我的目光里带着不解和怒气,还有明显的敌意。

阿尔里克清了清喉咙:"有人想听故事吗?"

没有人应声。他扭头望向我,说:"那么二公主呢?她喜欢听什么?"

"请讲一个活跃气氛的吧。"我说。

阿尔里克低下脑袋,垂在胸前,像是睡着了似的,又像是在凝视大腿,好一会儿没有抬头。

然后他站起身,安静的氛围像壁炉散发出的光一样,慢慢在听众中蔓延开来。阿尔里克放眼整个大殿,迎着所有观者的目光,开口讲了起来。

"在高高的云路之上是阿萨神族的地界,阿萨神界。一天,神界之主、掌管雷电的雷神索尔一觉醒来,发现他巨大的雷神之锤不见了。"

这是一个神族的滑稽故事,故事虽然熟悉,但是阿尔里克的声音暖得像温泉,让我想沉浸其中。

"没有雷神之锤,开山碎石的雷神索尔就不能保护神界。在寻找到神锤以前,他和神界的众神都有危险。于是他召来了火神洛基,让洛基身穿羽衣,风驰电掣地飞越神界,寻找失踪的神锤。洛基四处搜寻,最后遇到了一个坐在坟丘上的巨人。巨人对洛基笑道:'看来阿萨神界丢了东西啊。'洛基告诉他,雷神之锤不见了。

"巨人坦承是他偷走了神锤,并把神锤深埋在地下藏了起来。他说可以把神锤还给索尔,但要让美丽的爱神芙莉亚嫁给他。

"洛基飞回神界,通报了情况。索尔雷霆大怒,一道闪电劈开了大地。可尽管他平山开峡,却无法找到埋藏神锤的地点。

"他只好去找爱神芙莉亚,令她戴上出嫁的头纱。可是芙莉亚……却不愿意嫁。"

阿尔里克在这里做了一个小小的停顿，一丝自得的笑容爬上他的嘴角。

"爱神气愤的怒火撼动了神界所有的神殿，索尔迫不得已逃走了。可是爱神不嫁，索尔就没了办法。最后，洛基出主意，让索尔自己戴上头纱扮新娘出嫁。于是雷神穿上裙子，戴上珠宝，一身新嫁娘的装扮，下界去同偷神锤的巨人成亲。"

阿尔里克描绘的画面让我笑了起来，巨人可真好骗。

"婚礼开始了，许多巨人前来观礼，索尔没把持住，吃了整整两头牛。巨人新郎惊叹新娘子的胃口，洛基说：'她太饿了，因为她盼着婚礼，八天都没吃东西了。'巨人又想向新娘子索吻，却发现新娘眼中满是火气。洛基说：'她是累的，因为她急着出嫁，八天都没合眼。'巨人被奉承得高兴，收下了这样的两番说辞。"

我又笑了起来。

"巨人随后让人把雷神之锤抬上来，说：'这是新婚的礼物。'说完，他把神锤放在了索尔腿上。雷神低头看了看神锤，微微一笑，一把甩掉伪装，抄起神锤，跃起就打，声势震撼大地。有了雷神之锤在手，他砸了婚宴，宰了那个窃锤的巨人。"

故事说到这里一般就结束了，我正准备鼓掌，阿尔里克却抬起手。

"索尔拿回了武器，赢得了胜利，坐着战车返回神界，"他说，"拉车的是他那两头力大无穷的

山羊——咬齿和磨齿。"

听他提到山羊，我一惊之下咽了口唾沫。这个故事本来一开始已经让我忘记了希尔达，可是现在又让我想起了它，勾起了失去的痛苦。

"它们蹬着云，搅着风，在天上飞行，经过一处偏僻的峡湾时，雷神瞥见了地面上一头孤零零的奶羊。虽然那头奶羊已经很老了，但是看得出来，它是一只高贵的动物，将自己的一生都献给了主人。巴萨卡战士们却要杀了它吃肉，作为回报。

"雷神降下战车，但没来得及救下它。于是雷神在它被宰杀后，收起它的毛皮，带着飞向父神奥丁雄伟的神殿。他把奶羊的毛皮摊在地面上，拿起寻回的雷神之锤，用神锤的力量使羊皮充盈骨肉，令奶羊重新活了过来。

"奶羊刚一跃起，就径直蹿到神殿一扇巨大的门前，用脑袋顶着门，想要进去。"

想到希尔达顶门的样子，我笑了，这一回笑容中带着泪。

"看哪，"阿尔里克说，"巨大的殿门开了，奶羊被迎了进去，在候在殿内陨落的英灵中找了个地方安然睡去。"

说到这里，阿尔里克微微一笑，鞠躬行礼，故事结束了。周围那些巴萨卡战士都沉默不语，也许是愧疚了吧。他们是奥丁的战士，阿尔里克令希尔达跻身于奥丁的神殿，让他们对希尔达生出了前所未有的尊重和艳羡。而希尔达获得荣耀，安居在朋友们中间，这个念头则让我得到了安慰。

等最后的余音隐去后,阿尔里克走到我身边。

"谢谢你。"我对他说。

"公主太客气了。"他说。

我环顾殿内,发现那些巴萨卡战士换了脸色。他们看我时会点头致意,脸上还带着微笑,看得出他们对我的态度变温和了。我感激又敬畏地再度扭脸看向阿尔里克。

"你织下了魔咒,先生。"

他摇摇头:"只是观察力和记忆力。"说完,他走开了。

阿尔里克走后,罗迪过来坐在我身旁,虽然离得有点远,但我觉得他是过来和我说话的。

可他清了清喉咙,说了声:"对不起。"

这话让我惊讶:"你没有错啊。"

"我指的是之前,在柴堆那里。"

我扭脸对着他,我听不明白他在说什么。他瞧我的目光里多了善意,自从来到这里以后,我还没有见过他这样友善。

他低头看着脚上的靴子:"佩尔说希尔达只是一头羊的时候,我应该帮你说话的。"

"它确实只是一头羊。"我摇摇头,"虽然我很喜欢它,但我知道,我是在犯傻,"我垂眸望着大腿,"不好意思的人是我。"

罗迪皱起眉头:"我不认为你是在犯傻。生了眼睛的人都看得出来,它喜欢你,仰仗你照顾它。而且我能看出,你也喜欢照顾它。你和它有

点像是互相关心。"

我知道罗迪说的对。我和希尔达的确彼此需要,相互关心。这是我以前从未拥有过的感觉。在父王的规划里,阿莎和哈拉尔德都是重要的角色,都有明显的作用,可我没有。父王从来没有夸赞过我的优点,我甚至不知道我有什么长处。阿尔里克说我拥有观察力和记忆力,可那有什么用?要是能换来美貌或者力量,我会欣然交换。或者换希尔达活转过来,让我再次被需要。

罗迪站起身,他的脸颊有点发红,胸膛也没有挺得那么高:"我要是知道,会拦着他们。"

"谢谢你,罗迪。"我想给他一个拥抱,但他不自然地点点头,在我还没拿定主意前就走开了。

那天夜里,我和阿莎一道躺在黑乎乎的卧房里。阿莎的呼吸沉重缓慢,我觉得她是睡着了,但我却思绪繁多,无法入睡。就像我们需要吃饭喝水一样,我们也需要阿尔里克所做的事,虽然他供给的是水和食物以外的东西。我们需要并珍视作为北地歌者的他。我也想有那样的感觉,为他人提供重要的东西。也许加以练习,我也能成为一名歌者。当然,前提是父王准许。

冰川在呻吟。在它的脚下站过,并且挨着它在大山下的岩洞中睡了一觉以后,我感觉对它多了一些了解。我和冰川,我们已经有了交情。

尽管阿莎就在我身边,我仍然觉得很孤单。我的姐姐封闭了她自己,隔绝了我,隔绝了所有的人,她已经成了一个陌生人。有一刻,我的脑中浮现出只要我探头看去,希尔达就睡在门外的想象,但那一刻非常短暂。

"索尔薇格?"阿莎说,我吓了一跳。

"我还以为你睡着了呢。"我说。

"我没睡着,"她还是那样缓缓地呼吸着,"我真高兴有你陪在我身边。"

我愣住了:"是吗?"

"是的,我需要你。"

她的声音在黑暗中那样无力,那样虚弱,我简直要以为同我在卧房里的只是一个鬼魂。我怕得微微发起抖来。我伸出手,碰了碰她,好安下心来。她的皮肤凉冰冰的,我把手放在她的胳膊上,紧紧地抓着没有松开。

"我会陪着你,"我说,"可我觉得你并不需要我。你这样美丽,阿莎,你是父王的荣耀,你会通过婚姻让父王的王国交到有力的盟友。"

她没有回应,过了好一会儿才说道:"所以我才需要你……"她的声音越来越轻。

我侧耳等待着,但看样子这会儿她真的睡着了。我依然拉着她的胳膊,依偎在她身边,闻着她头发上薰衣草的香味。下山抢新娘的巨怪似

乎已经来过了,他们闯入堡中偷走了我的姐姐;我充满活力、满身光彩的美丽的姐姐,却换了一个空壳留下,提醒着我他们掳走了什么。

我记得以前你替我梳头的样子,阿莎。我棕色的头发说直不直,说卷不卷。贝拉,你还记得吗? 那会儿你想把我的头发染成金色,跟阿莎的一样。可即便是最浓的碱水也漂不去那暗淡的棕色,只把它洗成了一头枯叶的颜色。

　　但是姐姐你却不停地帮我梳辫子,还把鲜花编在辫子上。我们常常坐在火边,轻声说笑,闲聊城堡里发生的事。贝拉也在火边做着针线。

　　本来我会一直烦恼我的头发。

　　我棕色的头发。

　　你还记得你对我说了什么吗,阿莎? 你还记得是怎么安慰我的吗?

　　"你有一头摸上去最最柔软的头发。"

　　你说。

第五章 石 碑

次日，我信步走到冰封的海岸，又独自进了树林，我想一个人静一静。我太想希尔达了，我想念它在堡里四处欢腾跳跃的样子，但是昨晚阿莎对我说的话减轻了我内心的痛苦。阿莎需要我。我回到堡里的时候，哈拉尔德拥抱我的样子说明他也需要我。虽然我拿不准他们为什么需要我，但是被人需要的感觉真好。

而且罗迪那样子同我讲话，也许我们还能成为朋友。要是能得回他这个朋友，我会多么高兴啊，尤其在现在这种时候，堡里的一切都这么不确定。

树林静静地环绕着我。我向更深处走去，我喜欢这份完全的静谧。

忽然，不经意间我发现了一块刻着铭文的石碑。

它细细高高地探在雪地上，与周围黑色的树干很相似。我不知道这里有一块石碑，从来没有人提起过。上面的铭文早被风化成了窃窃的低语,我摸着残留的浅淡的纹路和凹痕,揣测它曾经纪念的是哪位君王或者族长。

刻有铭文的石碑通常说明有古时的坟冢。我移动脚步四下打量,看雪下有没有隆起的土丘或石堆。忽然一丝冷风,有什么东西刺了一下我的后颈,我扭头看向身后,没有人,但我感觉不对劲。

我知道人死并不是终结。死人还能继续活在……不,不是活着,而是能在坟墓里化成不死的僵尸。我听过很多黑暗僵尸的故事,黑武士化身的僵尸拥有恶魔一般的力量。他们戒备地守护着自己的坟地,防止任何人破坏。虽然我只是在这里站了站,却有可能惊起了什么东西。我的心跳在加快。

我的脑海中浮现出某个僵尸王拖着腐烂的躯体在我脚下的泥土中挪动的画面,那块高高的石碑也化身成了邪恶的角色,它的颜色变得越发黑暗,边角也变得更加尖利。从暗处投来的目光在我的皮肤上冷森森地一路游走。我对自己说,这只是我的想象。可就在这时,林中传来了一声树枝被踩断的脆响。我屏息聆听。

没有动静。

只有头顶树叶的声响和脚下不安的大地。我缓缓后退,离开墓碑,退开好几码才转身飞跑起来。说不清道不明的恐惧追逐着我,我跑出树林,跑向附近巴萨卡战士停放着战船的海岸,冲上

了回堡的小路。

过了好几个小时我才缓过来,已经快中午了,我去找阿尔里克。堡里的人中只有他可能知道那林中埋葬的是谁。他躺在殿中的长椅上,用一条胳膊挡着眼睛正在打盹。我在他身边坐下,他醒了过来。

"你好,索尔薇格。"

我也向他问了好,然后说了那块石碑的事。说完,我问道:"你知道可能是谁的墓吗?"

"说不准,"他揉揉眼睛,"我得瞧瞧。你能带我去看看吗?"

在坟冢边那种阴森森的感觉又回来了,我回答得有些迟疑。

他点头笑道:"大白天的,我想僵尸伤不了我们。"奇怪,他拥有的是什么样的观察力,竟能看穿我心里的想法。

他站起身,伸出手。"走吧。"

我搭着他的手站起来,与他一道出了大殿。

在外头院子里,哈克迎上来走到我们身边。"你们这是要去哪儿?"

"索尔薇格发现了一块被人遗忘的石碑,打算带我去瞧瞧。想一起去吗?"

不,我不想让哈克去。从昨天我发现希尔达惨死,在院中爆发以后,他没有和我说过一个字,我怀疑希尔达就是他杀

我不知道这里有一块石碑,从来没有人提起过。上面的铭文早被风化成了窃窃的低语,我摸着残留的浅淡的纹路和凹痕,揣测它曾经纪念的是哪位君王或者族长。

的。我心里的悲痛还没有过去,我希望离他越远越好。

"好啊,我很乐意。"哈克看也不看我,说道。

"太好了,"阿尔里克说,"索尔薇格,行吗?"

我没有办法,只好眼睛不看哈克,点了点头。他们跟着我出了堡门,一路走到冰封的水边,进了树林。没多久,我瞥见了那块石碑,如同一道阴影,埋伏在林中。我指了指,让阿尔里克和哈克往前面瞧。很快我们就站在了石碑前。阿尔里克径直走上前,用手指勾勒着寥寥可数的几条尚能看清的纹路。哈克站在后面揉着胡子问道:"怎么样?"

阿尔里克没有回答。

哈克笑道:"看来这块石碑存在得比传奇长久,是吧,北地的歌者?你选择用来保护君王的利器在这块石碑上似乎失效了。"

"那可未必。"阿尔里克皱着眉头撤回身,瞟着那块石碑,"这块石碑的确非常非常古老,比我知道的所有的故事几乎都要古老。"

"但你知道是谁的墓了?"我问道。

他扭身对我点点头:"不过我需要时间回想他生前的细节。"

"然后可以讲给我们听,"哈克说着转身朝林中望去,"我得去转转,察看一下。"

他迈开大步悄无声息地走了,在林间他活脱脱是一个巨人。等他走到安全的距离之外,我舒了一口气。阿尔里克见了抬了抬眉毛,望了一眼哈克离去的方向,又回眸看了看我,但一句话也没有说。

他绕着石碑走了几圈,上下打量。坟冢上白色的雪地被他脚上的靴子撕开了一道口子。

"你觉得这墓里可不可能真有僵尸?"我问他。

他停下步子,看着脚下的土地:"我不知道,我从来没见过僵尸。我很怀疑僵尸是不是真的存在。"

"可你平时说过不少僵尸的故事。"

"没错,"他摊开手掌抚着石碑,"但如果故事讲的都是真事,愿意倾听的听众就难找了。"

"这么说,你并不相信自己讲的故事? 它们都是假的?"

"原谅我的坦承,但公主你问错了问题。故事并不是事件,而是表演,它只存在于讲述时那短暂的时刻。你应该问的是,故事能够做什么。行动的真实与思维的真实可是非常不同的。"他抛下石碑,走过来站在我的身前,低头看着我,"我昨晚讲的故事,有没有安慰到你?"

"有。"

"那份安慰是不是真实的? 是不是实实在在的?"

"我感觉很真实。"

"那么昨晚的故事就是真实的,而这才是故事最重要的价值所在,不管拉雷神战车的是否真

的是两头山羊。"

我抬头看着阿尔里克的眼睛。一开始我在他的眼中只见到了戏谑,但后来我意识到他的眼神中还有别的东西。阿尔里克眼中的世界与我们的不同,他掌握着旁人都不知道的秘密,为此他好像十分愉悦得意。

哈克从林中走了出来。

"公主之前见到这下头有人吗?"他问我。

"没有,可我好像听到了动静,还感觉有人在盯着我。"

"我发现了脚印。"哈克说。

"这没什么奇怪的吧,"阿尔里克说,"肯定是你手下的哪个战士……"

"我的人没来过这里。"哈克声音低沉。

"你怎么这么肯定?"阿尔里克说,"也许你手下哪个战士来过,却没有告诉你。"

"如果是那样,我的人就对公主掩藏了行踪。我手下的战士们绝不会那么做。"他扭过头来对着我,"我向公主保证。"

可我记得那天晚上在大殿里,他手下那个巴萨卡战士调戏阿莎的样子。我之前的感觉是对的,虽然或许不是僵尸,但当时是有旁的人。这个念头让我心中不安,但这份不安与先前大不相同。

"我们回堡去。"哈克说。他大步走出几码后又扭回身来:"走吧,索尔薇格。"

我不喜欢他叫我的名字,但我还是与阿尔里克跟在了他身后。

那天傍晚,太阳西沉,冬季的暮色如冰河一般涌入室内时,我去殿后取木柴。快走到转角的时候,我无意间听到有人在轻声交谈。

"我盘问了手下所有的战士,"说话的是哈克,"没有人去过那里。"

"我也查了艾吉尔和古纳,"这是佩尔的声音,"还有那些仆人。"

我探出转角看去。他们两个站在柴堆边,劈柴的木墩在两人中间,上面还嵌着一把斧子。他们说话的声音很轻,但是我站立的地方能够听见他们说话。

"那个老奴呢?"哈克问道。

"奥勒?"

哈克抱着双臂。

"不会的,"佩尔说,"他很忠诚。"

"他被俘前侍奉的是另一位君主。"

"他是忠诚的。"佩尔用更坚定的语气说道。

"那就只剩下一种可能,有暗探不知道用什么办法来到了这里。"

我紧挨着殿墙,屏住了呼吸。有暗探?怎么

可能？峡湾和山口都被封冻住了。难道在这里我们终究还是不安全吗？先前我是不是很危险？我又感到了那种被人盯梢时的刺痛。

"夜里我们得站双岗,"佩尔说,"连白天或许也该安排双岗。"

"没错。我来安排。"

"大公主没有人护卫绝不能出堡。"

哈克侧了一下脑袋:"那王储殿下呢?"

佩尔有些结巴:"对,当然,也得保护王子。"

那么我呢?佩尔把我忘了吗?我低下头,强忍住灼热的眼泪和不被人看重的痛楚。

"还有索尔薇格,"哈克等了一会儿,说道,"必须也有人保护她。"

"当然。"佩尔不再结巴,顺畅地答道。

哈克咕哝着同佩尔道了别,转身要走。我急忙反身顺着殿墙一路小跑,在哈克和佩尔绕过墙角前跑到了另一头,装出好像刚从殿前过来的样子,迎着他们走去。哈克一言不发,从我身边走了过去。佩尔停下了脚步。

"做什么要冒着寒气出门啊?"他问道。

"取木柴。"我抿着嘴低声说。他又一次让我失望了,他并不关心我。反倒是哈克没有忘记我。

"我替你去取木柴,"佩尔说,"你回屋里去吧。"

我点点头,反身走回温暖的大殿。贝拉见我两手空空,问道:"木柴呢?"

"佩尔在拿。"

贝拉叹道:"真不知道没有他我们该怎么办。"

我勉强附和着点了点头。以前我也那样觉得,可是现在我不知道自己会不会还那样想。我本以为他是我的朋友。

我看向殿门,佩尔抱着满满一捧木柴走了进来。他把木柴放在炉边的地上,弯着腰码放整齐。火光下,他的五官是那样英俊,头发像古铜一样闪着光。他一抬头瞥见了我,冲我笑了笑。那是他对我惯常露出的笑容。

我回了他一个微笑,然后立刻转开了目光。以前我觉得他的笑容里有真心,与旁人不同,但现在尽管那笑容依然让我的心头有几分暖意,可我看不懂那笑里的意思。我实在不懂。

我在卧房里翻来覆去地睡不着,满脑子的思绪就像被困在桶中的冬季的狂风。原本到堡里来是为了避开战争的危险,保护我们平安,可如果真像哈克和佩尔说的那样,敌人已经发现了我们,那么这座城堡就成了监狱。冰封的峡湾可以阻拦敌人,但也实实在在地封住了我们。或许,危险已经与我们一道被封在了里面。

我完全失去了独处的天地。

不管我去哪儿,都有佩尔的人或者巴萨卡战士陪同保护。虽然那些巴萨卡战士尽量不去打扰我,但他们总在身后,穿着臭烘烘的熊皮和狼皮,迈着大步。我更喜欢佩尔的人。不过我最想要的人选是佩尔,但他一直守护着阿莎,有时也守护哈拉尔德。跟在哈拉尔德左右的通常是哈克。哈拉尔德对哈克已经有了十分的好感,总像小狮子一样抬着头在这位巴萨卡战士的统领脚边打转,眼中满是仰慕。

"等我当了国王,"一天晚上他说,"跟父王一样,哈克,我会任命你当大统领。"

哈克垂首说道:"但愿我能活那么久,小王子。"

"我不小。"哈拉尔德说。

"你很快就会变得高大强壮。"

"到时候我要当你这样的巴萨卡战士。"

"国王当巴萨卡战士?"我问道。

"为什么不行?"哈拉尔德耸耸肩,"我想当什么都行。"

我张口想要提出异议,却又闭上了嘴。哈拉尔德有能力成为他想成为的人。

"巴萨卡战士的生活与国王的职责不符。"哈克说。

"这话是什么意思?"哈拉尔德问道。

"首先,国王必须娶妻生子。巴萨卡战士却不能成家,分去对王的忠诚。如果为家人而活,那如何为王而死?"

哈克说这番话时,我注意到他眼边的细纹微微一缩,他似乎在极力掩藏痛楚的表情。第一次,我正视了那个掩在巨大熊皮下的男人。

他很孤单。同我一样,他也会痛。就像生来的次序困住了我一样,那身熊皮也困住了他。忽然,我意识到那次序也困住了哈拉尔德,还有沉默地坐在大殿另一头的阿莎。贝拉和罗迪则受困于他们仆从的身份。我们全都是囚犯,与生俱来的枷锁束缚着我们,而且在我们成长度日的时候越收越紧。只有阿尔里克似乎是自由的,他在笑看我们其他的人。

哈拉尔德向后倚身,抱起双臂说:"真不公平。"

"大海也没有公平可言,"哈克说,"可是有哪个凡人能改变海水的走向呢?"

冰 瀑

　　在冬日最黑的夜晚，在奥丁的狂猎最狂热的时候，我同阿莎和哈拉尔德在屋外为奥丁在空中飞驰的骏马供奉了糖和燕麦。作为回报，奥丁给我们各留了一样礼物。哈拉尔德的是一条用上好的皮子做的新皮带，还有纯金的带扣。阿莎的是一个镶嵌着宝石的银色胸针，上面巧妙地装点着小鸟和动物的花样。可你们还记得我得到的礼物是什么吗？

　　一把新的餐刀和一个汤匙。

　　当时你们听见了父王拍着我的头，对我说的话吗？"也许这能帮你在这身瘦骨头上添点肉。"

　　我拿着礼物去了角落，看着哈拉尔德系上了皮带，看着贝拉把胸针戴在了阿莎的围裙上。我握住腿上的餐刀和汤匙，流下了眼泪。

　　那时候，奥勒，是你把我叫去了你坐着修补渔网的角落。你古怪地笑了笑，拿出你那把骨刀，截了几段渔绳，然后手指翻飞，捻转结扎，在我眼前做出了一个娃娃。做好后，你把娃娃递给了我。

　　我接过娃娃，紧紧地抱在胸前。那个娃娃带着大海的味道，我抱着它睡觉，带着它逛父王的城堡，一直到它破损得散了架。

第六章 渡 鸦

几天后,哈克怀抱着一样东西到院子里找我。那样东西很大,方方正正的,裹在麻袋里。在大伙的注视下,他在我面前局促地扭了扭脚跟。这是一个粗人,然而在佩尔忘记保护我的时候,却是他想了起来。

"我有样东西给你,索尔薇格,"他说,"算是礼物吧。"

我勉强地点了点头。

"我们进屋去好吗?"

我又点点头,跟他一道转身朝大殿走去。到了殿门前,哈克显然想替我开门,但他看看怀里那个大包裹,一时有些尴尬。

"我来吧。"我说着推开了门。

哈克局促地走入殿中,四下望了望,似乎要确保没有旁人。看来确实只有我们俩。贝拉和罗迪去牛棚挤奶了。阿莎我说不准,大概是躲在

卧房里面。

哈克把那个大包裹放在了地上,我听到里面有鸟拍动翅膀的声音。"首先,我得向你坦白一件事。"

我等待着他的下文。

他清了清喉咙:"是我杀了你的羊。"

我就知道,我早猜测希尔达是他杀的,不过他的坦诚还是触动了我。他的声音越说越轻:"对不起,我不知道你那么喜欢它。为了弥补我做的错事,我想送你一样东西,一样你也许会喜欢的东西。"他看了看我,似乎在等待我回应,但我没有吭声,他跪在地上,一把掀开麻袋,说道:"这是送你的礼物。"

那是一个用树枝编成的笼子,还用皮绳加了固。里面蹲着一只小渡鸦,朝我忽闪着黑宝石一般的眼睛。它的羽毛黑得发亮,几乎有点蓝莹莹的。小渡鸦敷衍地叫了几声,在笼子里面跳来跳去。它的脑袋上像是被动手要吃它的人薅了似的秃了好几块,都能看见粉色发皱的头皮了。一双翅膀由于被修剪了飞翎的缘故也很短,其中一根飞翎还以一种古怪的角度弯曲着。

哈克注意到我在看那根弯曲的飞翎:"它就是因为翅膀那样,没法真正飞起来,所以好抓。看样子像是折了有一段时间了,你也能看见别的鸟啄它的地方。它能活下来,我挺惊讶的。"

"可怜的小东西。"我说。它也是被排挤的,这种不被人接受的感觉我经常体会。

"渡鸦很聪明。我曾经见过有人训练渡鸦在农场里帮着取东西。它们甚至还能学说话。这只渡鸦还很小,等它跟你关系亲了,能架在你肩膀上。"

养只渡鸦当宠物,我有点担心,但是出于礼貌我还是谢了哈克。

"它什么都吃,"哈克说,"你吃剩下的,还有厨房的厨余。渡鸦是食腐的鸟儿。"

"谢谢你。"我又道了回谢。要是能想出别的话说就好了。

哈克背着手,看看渡鸦,又看看我,踌躇地问道:"你喜欢吗?"

笼中的小渡鸦咔咔地叫着,跳过来抬着头看我。我学着它的叫声回应,小渡鸦歪歪脑袋又叫了起来,好像在和我对话。

"我真的很喜欢它,"我说,"谢谢你,哈克。"

"不客气。你给它起个名字吧?"

"好啊,可我不知道起什么。"忽然,我想起神王奥丁有两只渡鸦,它们在奥丁耳边低语,汇报飞越大地时的所见所闻。那两只渡鸦叫尤金和曼尼,代表思想和记忆。"我想就叫它曼尼吧。"

哈克露出愉悦的笑容。"好名字。"

我矮身蹲在笼边。哈克又留了一会儿,这才

说道:"那么,我告退了。"

"再见,哈克。"

他大步出了门。虽然只过了这一小会儿,我却已经对他改观了,他是最粗野、最狂暴的巴萨卡战士,但他也会体贴人,关心人。

我看着小渡鸦的眼睛,它也看着我,我有新朋友了。"你好,曼尼。"我轻声说。现在我有了记忆,唯一欠缺的就是观察力了。

晚饭后,哈拉尔德想把树枝伸到笼子里去捅曼尼,曼尼拍着折损的翅膀拼命闪躲。我一把夺下哈拉尔德手里的树枝:"别捅它。"

"瞧瞧这只鸟的丑样,"哈拉尔德笑道,"怎么是个秃头?"

"它不丑,"我说,"是别的鸟看它弱小欺负它。它的羽毛会长回来的。"

哈拉尔德又哈哈地笑了起来。佩尔走过来。

"小伙子,别招惹这只鸟儿,"他说,"这是哈克送的礼物。"

哈拉尔德皱起鼻头:"要是我,立马就把它还回去。"

佩尔稍稍耸了耸肩,朝我笑了笑。我微微地翻了个白眼。

除了哈拉尔德,大家都很喜欢曼尼。罗迪对我始终面带笑意。那些巴萨卡战士崇拜奥丁,更是带着敬意对着鸟笼点头赞赏。巴萨卡战士把渡鸦唤作血天鹅,因为它们在激烈的大战过后以死者的血肉为食。哈克或许认为这是一份体面的礼物,但是曼尼半秃的样子并不是很体面,我也不喜欢想到它吃浆果和小虫以外的东西。

我想用手拿着食物喂曼尼。一开始它很警惕,总用嘴巴啄我,像是想让我把食物扔在地上给它。但是我很执拗,也很耐心。它必须学会从我手中取食,这样它才会信任我。就寝前的时间渐渐过去,它越来越凑近我的手,下嘴的力道也越来越轻。不久,它就在我的掌中啄食了。

哈克走过来,看着我给曼尼喂了点吃的:"它已经开始喜欢你了。"

"但愿如此,"我说,"但让它停在我的肩膀上我想还不行。"

"现在不行,以后就可以了。"哈克笑了笑,朝手下的巴萨卡战士们走去。

阿莎在哈克离开后走了过来,默默地坐在我身边。我给了她一小块面包,她拿着探在笼口。曼尼扑了过来,阿莎一缩手,面包掉了,曼尼一下叼了去,还发出一声活像嬉笑的叫声,仿佛它赢得了什么胜利。阿莎也笑了,我已经很久没听见过她的笑声了。

"你的鸟儿让我想起了古劳格,"她坐直身子,说道,"开战前他来过我们的城堡,你还记得他的长相吗?他那颗泛着粉色的秃头简直跟这

只鸟儿一模一样。"

我想起了古劳格在父王的宴席上喝多了蜂蜜酒后的样子："他笑起来也很像渡鸦。"

阿莎点点头,但她的唇边没有了笑意。她伸手又拿起一块碎面包,也不再费心用手拿着喂鸟,直接丢进了鸟笼。

"他想要娶我。"她说。

我望着她,惊得目瞪口呆:"我怎么不知道?"想到阿莎要离开城堡,嫁给古劳格,我简直不知道要说什么才好。

"父王拒绝了他,"阿莎说,"所以才开了战。都是因为我。"

不,不是这样。"这不是你的错,"我说,"也不是父王的错。开战的是古劳格。"对阿莎一直在背负的烦恼我这才有了感受。所以她才陷入了沉默和悲伤。

阿莎呆呆地凝望着大殿的另一头,我顺着她的目光看去,她在望着正与哈克说笑的佩尔。她忧愁地蹙着眉,一动不动地望了好一段时间。

最后她站起身:"我很累,想去睡了。"

"那晚安了。"

"我羡慕你,索尔薇格。"她离开时回头说道。

我惊呆了。我有什么好羡慕的?阿莎是父王的珍宝,我却什么也不是。

曼尼拍打翅膀的声音让我回过了神。我喂了它一点芜菁，看它吞了下去。它的样子的确很像古劳格，稀疏的黑发、发皱的头皮，我越回想，越是意识到了这一点。我盯着曼尼，但我眼中看见的不是笼中的渡鸦，而是那个老强盗头子。

我一直对自己说，我乐意为了父王出嫁，但是我从来没有想过，这誓言有可能意味着嫁给一个糟老头，样子活像一只毛发稀疏的乌鸦。我竟然从来没有想过，我真傻。我替阿莎难过，她的美貌在我眼中头一回不是福分，而是负担。我感到了这段时间她一直在承受着的愧疚的压力。

那天夜里，我进卧房的时候，阿莎已经睡着了。我窝在她身旁，努力思考怎样才能帮上忙，可是思绪却像雪花一样不是飘飞而去，就是刚触碰到就融化了。

接下来的几个星期带来了深冬的严寒。苍白虚弱的太阳在没有几个小时的光照里提供不了暖意，而夜晚却在扩张，似乎用无尽的夜空充填了整个世界。冰川渐渐安静下来，陷入冬季的沉睡。伸向大海的峡湾已是一条窄窄的白色小路。

我们大部分时间都待在室内，大壁炉中的火一刻也不能熄。巴萨卡战士们停止了抱怨，然而这比他们喧嚣斗殴更让我恐惧。哪怕他们像被铁链拴住的狗一样在大殿里踱来踱去，至少我知道他们的感受。沉默却使他们越发地无法预测。

奥勒拿着骨刀坐在角落，向哈拉尔德演示如

何修补磨损的渔绳和破了洞的渔网。他动作娴熟,几乎带着爱意,像是老奶奶在给孙女编辫子。哈拉尔德打了个哈欠,绞起了手指。

曼尼朝我嘎嘎地叫着在笼子里跳来跳去。它头上的羽毛还有些稀疏,但翅膀上的飞翎已经长长了。哈克把它送给我以后,我还从来没有放它出过笼。我觉得在能够放心它不会飞走以前,必须得圈着它。不过也许已经够久了,圈禁可以稍稍放松一些。

"罗迪,"我说,"能帮我看着门吗?"

罗迪站起身:"看着门?"

"我打算放曼尼出笼。"

罗迪看了一眼小渡鸦,点了点头,朝殿门走去,抱臂立在门前。大殿里的人包括几个巴萨卡战士都把目光投向了我。

我深吸一口气,直视着曼尼的眼睛:"我打算让你在大殿里稍微转转,不过就一小会儿。如果你停在我的肩膀上,至少停一下,我会很高兴。"

曼尼抖了抖身子,梳理着脖子上的羽毛。

我抽去两根笼条,敞开了一面的鸟笼。曼尼歪着脑袋跳了出来,回头瞧了瞧笼子,这是它第一次看见笼子的外面。然后,它摇摇摆摆地飞了起来,虽然有伤翅拖累,但它还是成功地飞到了房梁上。它欢叫了几声,开始整理羽毛。

我在掌心里放了一点吃的,低着头走过去坐在它的下方。我开始把手放在腿上,渐渐抬到颈边,并且轻轻拍了拍肩膀。

"别心急,小姐,"一个巴萨卡战士说,"它正在看你。"

我召唤道:"过来,奥丁的小鸟。"

"它偏着脑袋,一只眼睛瞟着你呢。"哈拉尔德小声说。

我打了个呼哨:"来吧,曼尼,我的记忆。"

它的爪子在木椽上咔嗒一响。

我笑了,抬头看去。曼尼把小屁股移到了房梁外,一个蹲身,一坨鸟屎正正地落在我的头发上。我低低地惊呼一声,大家都笑了起来。罗迪似乎想忍住不笑,用手掩着嘴,一个不注意,殿门开了,一阵寒风刮进屋内。曼尼嘎嘎地叫着振动翅膀,摇摇晃晃地扑入风中,径直朝门口那一线自由的天空飞去。

"罗迪!"我叫道。

罗迪在曼尼飞到门口的那一刻甩上了门,小渡鸦重重地撞在门上。它在空中转了个身,想要重新找一个落脚的地方,疯狂地拍打翅膀,却再也飞不高了。它慢慢地落到了地上。我把它从地上托起来,放回笼内,合上那一侧的鸟笼,将笼条插回原处。曼尼蹦跳着发出刺耳的尖叫,像是头一回被关进鸟笼。

"对不起。"罗迪说。

他刚才一直在抵着门,不过现在松开了手。

佩尔走进门来,不解地瞪了罗迪一眼,但转眼他瞥见我站在笼边。

"你放它出来了?"他问我。

我点点头:"差一点它就停在我的肩膀上了。"

哈拉尔德哈哈大笑:"可接下来它就在索尔薇格头上拉了泡屎!"

我苦着脸抬手挡住头发。鸟屎得等干了以后才好刷掉。

佩尔笑道:"它准是还想要弄清楚,是不是能信任你。"

"不是的。"奥勒说。他依旧坐在他的角落里,腿上、脚边都散着渔网。他抬头看了看我:"是你想要弄清楚是不是能够信任它。需要那个笼子的是你,不是那只鸟儿。"

"这话是什么意思?"我问道。

"野生动物一旦被困,总想着要逃出去。所以人不得不始终圈着它,要不然每次打开笼子,就怕它搞个突然袭击,拍拍翅膀就飞走了。"

"它会飞到我身边来的,"我说,"我相信它。"可尽管我话这么说,心里却知道,短期内我不会再放曼尼出来飞了。在大殿里也许还行,但不能在户外。

奥勒看了看鸟笼,又把目光转回到了手中的渔绳上。

下午剩余的时间和之后的晚间都平静无事。我们吃了晚饭,阿尔里克又讲了几个故事,给困在殿中的我们解闷,然后就到就寝时间了。

我站在悬崖边，一切都跟上次一模一样，那艘带来了灾难的战船，死不瞑目的巴萨卡战士苍白的尸体，还有那朵宛如狼头的云在发出毁灭性的咆哮。大殿着了火，我们注定要死在冰川的脚下，我无力阻止。我抽了一口凉气，惊醒过来，躺在黑暗中喘息。

这个梦我已经梦到了两次，这一定是个凶兆。我想起了哈克怀疑有暗探在林中盯着我的事。

要出事了。我们会被敌人发现，也许已经被发现了。我抱住自己的身子，心脏在胸膛里怦怦直跳，让我难以再度入睡。

就是去年仲夏吧,阿莎,你第一次试穿了母后一件最美的衣裙。父王说,你已经是女人,到了该出嫁的时候了。我还记得你立在那里的样子,身后是炉火的光芒,那件衣裙柔软的质感和布料浓郁的色泽让我惊叹不已。

"哦,阿莎,你真美。"我说。

你微微一笑,可转眼就哭了起来。你跪在地上,掩面哭泣。我茫然四顾,不知道该说什么,该做什么。

"没事的。"我说。我想要抱住你,你却推开了我。

那时候,贝拉,是你走了过来。

"好了,好了,"你抚着阿莎的背,说道,"她要是看见你穿这条裙子的样子,一定会很高兴。"

阿莎含着眼泪说:"我想她。"我才明白过来,她们说的是母后。阿莎你还记得母亲,可我却记不得了。但是现在我知道了,你当时哭不仅仅是因为想念母亲。

"我希望能够哄你,"贝拉对你说,"可我得对你说实话,孩子。你会在成婚的时候流泪,会在你的第一个孩子,还有之后的每一个孩子出生的时候流泪,因为你的母亲不会在场。但是她会为你骄傲。"

阿莎,当时你带着泪痕,抬头看着贝拉问道:"是吗?"

"我知道她会为你骄傲。"贝拉说。

你又问道:"你会在场的,是不是,贝拉?"

贝拉说:"永远都会。"

我站在悬崖边,一切都跟上次一模一样,那艘带来了灾难的战船,死不瞑目的巴萨卡战士苍白的尸体,还有那朵宛如狼头的云在发出毁灭性的咆哮。

第七章 狼　王

又过了好几个星期我才决定说出我的梦境。下定决心后,我去找阿尔里克,拉着他避开其他人,坐在大殿的角落,向他轻声讲述了我的噩梦。讲的时候,我自己听着都很傻气,我以为阿尔里克会把它看作小孩子的梦魇,完全不当回事。可是他没有,他倾着身子,严肃地点着头聆听着。

"那么那个狼头代表的是什么人?"我讲完后他问道。

"我不知道。"

"在你的梦里,雪有多深?"

"雪?"我反问道,"那有什么要紧?"

"对,在你的梦境里,积雪有多深?"

我回想着那些躺在地上的巴萨卡战士的尸体:"不像现在这么深。积雪在融化。"

"那么说,冬天快要结束了。距离现在应该有几个月的时间。"

"我想是吧。什么？你认为这真的会发生吗？"

阿尔里克耸耸肩。"我不知道。但还是小心为妙，不是吗？无论如何，在积雪开始消融，我们遭遇厄运以前，还有一段时间。"

他站起身，抛下我数着日子走了。难道短短几个月后，那个狼头就会出现，巴萨卡战士们就会死去，城堡就会被彻底烧毁？

罗迪从一根柱子后面绕出来，走到我身边，用双手垫着坐了下来，望着我脚边的地面，说道："你跟阿尔里克说的我听见了。"

我并不介意被罗迪听了去。在冬季的大殿里很难避免无意的偷听。

"为什么你会认为我们待在这里是你的错？"他问道。

"我没有真的那样想，罗迪，那只是个梦。"

"我不觉得是你的错。那样的话我永远也不会说。"他抬眼看着我，"所以，我认为你梦里的事不会真正发生，你明白吗？"

"至少那部分不会噩梦成真。"我说。

罗迪似乎满意地说出了想要说的话，他一点头，站起身来。

"等等。"我说。

他顿住脚步。

"如果你不觉得是我的错,"我说,"那你为什么一直那么生我的气?"

"我没有生你的气。"

"罗迪。"

罗迪脸上还没有长胡子,但他却一副已经留了胡子的神气,像成年男子那样揉了揉下巴:"我只是恼火我们被困在这里,我们所有的人。按说我应该和其他人一起并肩战斗,可他们认为我还不行。"

我不喜欢想到家乡的战事。罗迪待在这里,而不是在战场上,我很高兴,不过这话我没有告诉他:"你在这里并不意味着你不行。"

"为什么?"

"嗯,那些巴萨卡战士也在这里,可见父王派来的全是他最信任的人。这其中也包括你。"

"这话好像不假。"

我倾身在他胳膊上轻轻捶了一拳。

"你这是做什么?"

"让你这段时间对我一直没有好脸。"

他笑了,但笑意没有到达眼底,看得出来他还存了事情没有说:"我得给我妈打下手去了。"

"好。"

罗迪迈步走后,我将目光转向卧房边鸟笼中的小渡鸦。

我多想能像奥丁那样,让它飞回父王的城堡,或者飞赴战场,然后返来告诉我它看到的情况。

次日上午,我帮哈拉尔德盛他白天那顿饭的酸奶。虽然我们的两头母牛不能让全堡喝上新鲜的牛奶,但还是有足够的产出让大家感觉离家不是那么遥远。等我们不得不杀牛吃肉以后,我会怀念酸奶和凝乳的味道。从猪肉和鱼干的存量来看,那个日子已经不远了。

我帮哈拉尔德盛好后,又从罐子里给我和阿莎舀了一些,坐下来准备开动。但在吃头一口前,我抬头看了看那些坐在旁边吃不上酸奶的人。

贝拉总是坚持先把酸奶和凝乳给哈拉尔德、阿莎,或者我吃,剩下的才让其他人分,而且分的时候也有次序,头一个是佩尔,接下来是哈克,再下来是佩尔的手下,然后是那群巴萨卡战士。可怜的奥勒总是最后一个,因为他是奴隶,所以从来分不着。贝拉自己一口也不吃,但我想她应当会给罗迪偶尔吃上一点儿。但愿罗迪偶尔能吃到。

哈拉尔德将酸奶一勺勺地送进嘴里,把一碗吃得精光。大伙都瞧着他,他咧嘴一笑。

我犹豫着没有下口,盯着眼前那碗酸奶待了一会儿,然后起身离凳,朝挨着坐在大殿另一头的奥勒和罗迪走去。

"你们俩把这个分着吃了吧。"我说。

他俩抬起头看了看我,又相互对视了一眼。

"谢谢。"罗迪接过我手里的碗,说道。

奥勒一副为难的样子啜了啜一侧的腮帮,说:"这是你的。"

"我想让你们也吃一点儿,我们大家应该分享。"我看着罗迪说道,"吃吧。"

可是罗迪没有吃,他的目光在我和奥勒之间游移,奥勒的话似乎让他拿不准该怎么办。

奥勒看了看搁在罗迪腿上的酸奶碗:"如果你非得……"

"非吃不可。"我说。在奥勒还没能说出进一步推拒的话的时候,我掉转身走开了。

这个地方让我认识的人都变得有些异常。来这儿之前,奥勒对我一直很友善,可现在他却好像对我怀着恨。变的还不止奥勒。贝拉在灶火边做饭的时候不再哼唱歌曲;哈拉尔德也显得比往常更加急躁,更加任性;阿莎以前美得熠熠生辉,就像金秋的傍晚,田野被夕阳照耀着好似着了火。现在,她的美丽却变得像冬天的树林一样,覆盖着霜雪,荒凉死寂。不知道我变成了什么样。

我坐回凳上时感受到了贝拉的目光,我的举动似乎让她很高兴。我朝大殿的另一头望去,奥勒和罗迪正在享用酸奶。不一会儿,奥勒舔着双唇将空碗举了起来,向我致意。

饭后,贝拉叫我去挤牛奶。挤奶的时候,我好想希尔达。

不过,在我吃力地拿着晃动的奶桶穿过场院时,头顶灰蒙蒙的天空忽然放晴了,像是有巨人扯去了一大团云,阳光沐浴在我身上,实实在在的阳光,虽然不暖和,但是很明亮。我笑了。

将牛奶交给贝拉后,我抄起鸟笼出了屋,找了处雪堆放下鸟笼,胳膊搭着笼顶,挨着笼边坐下。曼尼安静下来,东张西望,阳光的丝缕透过它的羽毛,带着点点闪烁的银光。我闭上眼,抬脸迎着阳光,与曼尼一道享受着。

过了好一会儿,一道阴影忽然落下。一开始我以为是云,可睁开眼睛却发现面前站着哈克。

"我能在你旁边坐坐吗?"他问道。

他的请求让我吃了一惊,但是我已经不像从前那样怕他了:"当然可以。"

哈克低哼一声,挨着我在雪堆上矮身坐下。他探头看了看曼尼,微微一笑,然后眯眼望向太阳。两个人好一阵子默默无语,我觉得有些尴尬,哈克却好像浑不在意。

"我要再谢谢你,送我小渡鸦。"我说。

"不用客气。"

又是一阵冷场。忽然,他与哈拉尔德的那番对话闪过我的脑海。

"哈克?"我大着胆子问道。

"嗯?"

"你有没有过成家的念头?"

他没有回答,我很担心,也许我激怒了他。但过了一会儿,他叹道:"我要是有女儿,大概会和你差不多大。"

他的语气很平淡,但是与之前一样,我觉得我听出了那平淡语气下隐约的痛苦和遗憾。我为他难过,虽然这份缺失他从未拥有过。

那天傍晚,阿尔里克把我拉到一旁,一人一张椅子面对面坐了下来。一开始他一句话也不说,只是盯着我瞧,还不时侧侧脑袋,像是要从各个角度观察我。在他审视的目光下,我感觉无遮无拦,很不自在。

"我确定了。"他终于开了口。

"确定什么?"我问道。

"你能够成为歌者,如果你想当的话。"

"我想不想不是问题,恐怕父王他不会准。"

阿尔里克不在意地摆了摆手,好像在驱散烟雾一样。"现在不用操心那个,"他探身说道,"我们先假设陛下准了。你想当歌者吗?"

我迟疑了一会儿,答道:"想。"

"那就试试,怎么样?"

"怎么试?"

"我教你。没准你会学得很好,等回到陛下的城堡,你就能向他展现技艺,好让他同意。"

"我不想浪费你的时间。"我说。

"这不是浪费时间。"

"恐怕我没有歌者的才能。"我说。

"那还有待观察。"

我没有吭声。

"很好,"阿尔里克一拍大腿,"我们明天就开始。"

我张开嘴,却发现无话可说,又把嘴闭了起来。这时,殿门开了,一阵风雪抢在一位双眼圆睁的巴萨卡战士身前涌入大殿。那个巴萨卡战士扫了一眼殿内,匆匆去往哈克身旁。两人抵着头低声交谈了几句,哈克起身朝佩尔打了个手势,与佩尔一同随那个战士朝殿外走去。

他们这一走,大家都看在眼里。等他们出门后,殿内顿时炸开了锅。我和阿尔里克还坐在一处,我的脸上准是现出了疑问的表情,因为阿尔里克耸了耸肩,好像在说他也不知道答案。我们等了好几分钟。那几分钟真漫长。

之后,哈克回来了,站在殿门口宣布说:"没事,不用担心。"接着他扭脸对哈拉尔德说:"哈拉尔德,来瞧瞧。"

哈拉尔德跳起来,跟着哈克出了大殿。我也被好奇心勾着起了身,尾随他们走进屋外的夜色里。我听见阿尔里克跟在我身后。穿过场院时,大片的雪花在我们身边纷纷飘飞,月亮仿佛一枚银色的胸针,在丝绒般的云层里偷偷向外张望。几名岗哨持着火把,正

站在泥堡墙上往林子里张望。我们也上了堡墙。

哈克指引着哈拉尔德的目光,往林子里瞧。我也探身看去。起初我没瞧见什么,只有黑色的树林和林间黑乎乎的空地。突然,我发现了动静。有灰色的东西在贴着地面快速移动,仿佛是一道虚影,一道幽灵。一道,又一道,到处都是灰影,在林间飞速穿行,还有喘息声传来。

"好大一群。"阿尔里克在我身边说。

是狼,是幽灵的化身,是使得奥丁丧命的狼①。

"它们只是经过这里,"哈克说,"去南边捕猎。"

一时间,我的脑海中浮现出我困在寒冷的林中,毫无防护的景象。我打了个寒战,转身打算回屋。可就在这时,我看见了两个小亮点,是映着火光的眼睛。我瞪大双眼,回身凝望。林中走出了一头狼。

这头狼是我见过的最气派的生灵,那派头我只在到父王堡中来的那些强权首领的身上见过。它体型巨大,肩颈粗壮,一身狼皮闪着霜雪的寒光,四条长腿使它像丰碑一样立在雪中,讴歌着世上所有自由、野性的生灵。它完全不惧怕我们。

巴萨卡战士们见了它都静了下来。

---

① 恶狼芬里尔是北欧神话中恐怖的巨狼,是邪神洛基的长子,在世界末日前,被北欧诸神囚禁,因为它最终的宿命是吞噬神王奥丁。末日来临时,芬里尔已经变得能吞噬天地。它在吞噬奥丁后,被奥丁之子维大杀死。

我瞪大双眼,回身凝望。林中走出了一头狼。

"猎到它就厉害了。"一个巴萨卡战士轻声说。

可在我看,他大概无力猎杀这头狼王,恐怕也没有人有这种力量。

"我们不是来这儿狩猎的,"哈克说,他的语调里带着一丝遗憾,"谁也不许出堡。"

"说不准,"阿尔里克说,"这是个机会,让你们学习学习,知道欣赏不俗的生灵,除了取其性命以外,还有其他的方法。"

"或许是你派上用场的时候了,"哈克说,"等我们回到大殿里,不如你给我们讲讲恶狼芬里尔的故事?用其他方式满足一下我们的渴望。"

"荣幸之至。"阿尔里克说。

我一直目不转睛地望着那头狼王,它好似也在凝望我,目光充满自信,没有丝毫的敌意。它不是我梦中的那头狼。它知晓它在这世上的位置。我多么希望也能拥有这份认知。

最终,狼王忽然自行转身离去,消失在了林中。

狼王走后,大家默默无语,鱼贯下了堡墙,返回殿中。见到狼王的人向那些没有见到的聊起了它,还有人吹嘘说猎杀过个头更大的狼。我在外面冻得够呛,找了个靠火的位置,在火上搓着手取暖。

不一会儿,阿尔里克站起了身,大殿里一下没了声音。阿尔里克抬头看了看房梁,开口讲了起来。

"在遥远的东方,在铁森林的深处,一个女巨人生下了邪神洛基的孩子。其中一个正是巨狼芬里尔。他跨着大山巡行,追逐月亮,令诸神也心生恐惧,因为他们知道,芬里尔成年后的力量将无人能敌。于是他们想了个办法,叫地下的矮人打造一条丝绸般柔软,却又足够坚固的铁链,作为口络,在世界末日前缚住芬里尔。"

说到这里,阿尔里克忽然停了下来。我们等着他开口,他却环顾着殿内,找到我后,抬手示意我站起来。我困窘地瞥了一眼,疑疑惑惑地起了身。

"索尔薇格,"他说,"你能给我们讲讲,那条铁链是矮人用什么打造的吗?"

大家都无声地把脑袋转向了我,我咽了口唾沫。这个故事我知道,每个孩子都是听着它长大的,但是讲述这个故事必需的节奏、方法和技巧我拿捏不准。在众人的目光下,我脸颊发烫。这时,我瞥见了坐在不远处一条长椅上的哈拉尔德,这个故事以前我给他讲过很多次,他看着我,似乎奇怪我在等什么。我又看了看罗迪,他给了我一个鼓励的微笑。我意识到,要成为歌者,必须习惯人们的目光。我如果想当歌者,就必须开口。于是,我开了口。

"矮人们打造铁链用的是猫的脚步声、女人的胡须、山的根、熊的筋。"一开始我的声音很轻,就像小丫头在讲故事,我觉得很傻。

可是说着说着,故事好像从记忆里冒了出来,讲起来轻松多了。我有了点信心,想试着润色一下词句:"还有潭中银色游鱼的呼吸和空中翱翔黑鸟的唾液。由于被矮人们用了去,这六样东西现在已经不存于世了。"

几个巴萨卡战士轻轻鼓起了掌。哈拉尔德笑了起来。阿尔里克点了点头,看样子很满意。看见他们流露出的赞许,我感到血管中热流涌动,一股兴奋和激动之情顶起了我的胸膛。

阿尔里克伸手示意我继续讲下去,但我摇了摇头。我怕毁了这微小的时刻。眼下这就已经足够了。

阿尔里克点点头,接下去讲完了芬里尔的故事。众神挑逗巨狼,激它不敢尝试崩开铁链。芬里尔不相信神族,因此战神提尔把手放进巨狼口中,以示诚意。巨狼在铁链绕颈时意识到上了当,一口咬断了提尔的手。

我坐下专心地倾听,并以全新的意识观察阿尔里克如何讲述,留意他何时扬起声音,何时压低调门,留意这些抑扬顿挫对听众的影响。他眼神的接触和抽离提醒人注意着故事中特定的时刻。他说出的字字句句都像是在成熟的一刻从树上摘下的完美的果实。

那天夜深时,我在卧房中枕着手仰面躺着,叹息着回味当歌者时的激动之情。突然,阿莎伸出手来,拉住我的手,我吃了一惊。

"你今晚讲得真棒。"她紧握着我的手,轻声说道。

通常我会想自我贬低,会想说:"不,我讲得不好。"可是今晚我却想简单地接受她的夸奖。我想要相信,我的身上确实也有我人见人爱的姐姐羡慕的地方。

"谢谢。"我说。

冰 瀑

冬天接近尾声了,黑乎乎的地面被融化的积雪泡得湿漉漉的,罗迪,你准是早觉得我的头发看上去太干净了,因为你明显想都没想,就毫无预兆地抄起一把烂泥掷向了我。凉冰冰的泥巴正打中我的脖根。

可我那会儿投掷的本领不比你差多少,就算没你扔得远,至少准头一样地好。我也抄起同样的武器装备,瞄起了准。转眼间,我们俩就笑闹着抹了一身黑泥,活像两个矮人。

那时候,阿莎你走了过来。

"索尔薇格!"你叫道,"你这是在干什么?"

我高举起拳头:"在打泥巴大战!快加入我方,阿莎!"

"我可不再是小孩子了,"你说,"你也不该这样。"

我抱起双臂:"为什么?"

"父王会生气的。"

"不,他才不会,"我说,"我做什么他都不会管。"

"你可是位小姐。"

罗迪,你在这时开口说道:"我不是小姐,是不是说我能扔泥巴?"

这话让我笑了起来。忽然间,我觉得阿莎的头发也显得太过干净了。

"你做什么我不管,罗迪,"阿莎说,"可是我的妹妹要明事理。"

罗迪,我的好朋友,你挺身为我辩护说:"别对她发火,是我的错,是我挑的头。"

阿莎朝我摇摇头:"你真叫人失望。"

第八章 饥 饿

第二天一早,罗迪被派去挤牛奶,可他出门没一会儿就拎着空桶回来了,皱着眉站在门口,回头往牛棚张望。

"怎么啦?"贝拉问,"出什么事了?"

罗迪又回身望了一眼:"牛不见了。"

"这话是什么意思?"贝拉追问说。

"它们不在棚里。"

佩尔起身朝罗迪走去。

贝拉还是一脸疑惑的样子:"这,它们不在棚里还能在哪儿?"

"我去看看怎么回事。"佩尔说。

但大家全跟佩尔出了门,朝场院另一头的牛棚走去。棚门敞开着,就像罗迪说的那样,牛不见了。

"它们能到哪儿去呢?"贝拉说。

大家在堡内迅速地搜寻了一番,哪里也没有

母牛的踪影。牛不会捉迷藏,它们也藏不住,这下只剩下了一种可能,那就是它们不知怎么搞的出堡去了。昨晚几乎下了一夜的大雪,它们留下任何痕迹也会被盖掉。

"我们组队到林子里面去找,"佩尔说,"人人都要去。"

虽然佩尔没有说,但是大家都想到了。那两头母牛如果是昨晚悄悄溜出去进了树林,现在早被冻死了。我们找的不是活牛,而是它们的尸身。牛肉我们损失不起。

我被分派与奥勒、艾吉尔和古纳一组。哈拉尔德同哈克和另外几个巴萨卡战士一组。连阿莎都出来帮忙了,她和佩尔、贝拉和罗迪一组。我们绑好雪鞋,出了堡门,各组朝不同的方向搜找。

分开搜找时,佩尔嘱咐说:"大家散开找,不过要待在旁边人的视线之内。"

我们小组各人间隔开大约十码的距离,进了树林。松软的积雪很深,即便穿着雪鞋,我的腿也开始冻得发烫,呼出的白气成团地积在面前。艾吉尔在我的左侧,奥勒在我的右侧,我不时看向两边,查看两人的位置。林中很静,雪地吸收了声音。我紧盯着地面,寻找母牛的痕迹,却没有任何发现,连野外小动物们的踪迹都没有见到。

"我得谢谢你。"奥勒往我身边凑了凑,说道。

"谢我什么?"我说。

"谢谢你把酸奶分给我。我有一阵子没吃了,味道真好。"

"别客气。"我说。

奥勒点点头，我们两人继续前行。他又说道："我担心那两头母牛昨晚被狼群发现。"

"但愿不会吧。"

"要是被狼群发现，就不会有丝毫的肉留下，剩给我们。而且，它们在这里找到了食物，没准就不那么着急走了。"

"你觉得那两头牛是怎么出堡的？"我问道。

奥勒抬眼看了看头顶的树枝："我能想到的唯一的途径，是有人把它们放出来的。"

我刹住脚步："什么？你的意思是，是有人故意的？"

他点点头。

"可是为什么？为什么有人要这么做？"

"为了削弱我们的力量。这片林子里有闯入者的传言你听说了吧？不管是什么人，想要拿下这座城堡，抓住你们几个王子王女，就得过巴萨卡战士们的关，那可不是容易的事情，除非先行削弱他们的力量。"

我记起了梦中巴萨卡战士们的尸体倒在地上的场景。难道他们是饿死的？堡里出了叛徒？我们的火边睡着内奸，是他故意把牛赶进了狼群出没的树林？我打了个寒战。要真是这样，如果那个内奸想要害我们，拿着刀在夜里潜进卧房，怎么防得住？我担心哈拉尔德，他跟战士们睡在一起。

"不过你别担心,"奥勒说,"佩尔和哈克不会让任何危险近你们的身。"他迈开步子,"最好返回去瞧瞧,免得我们看漏了什么。"

"奥勒。"我叫道。他回过身来,我犹犹豫豫地问道:"我是得罪你了吗?"

奥勒扭开了脸:"我觉得你是王室的傻瓜,还是个自私的家伙。那天晚上那样子跑了,你会发生什么事,我们这些出去找你的人会发生什么事,谁知道?这儿的山里头有比狼更可怕的东西。但是,"他瞧了我一眼,微微一笑,"昨天早上,你证明我错了。你也许还是个傻瓜,不过你并不自私。"

说完,他又迈步走了起来。

我们继续搜寻,但是与奥勒停下来讲话的工夫,艾吉尔出了我的视线,我大概也脱离了他的视线。想到这外头不知道什么地方潜伏着敌人,甚至说不准眼下这会儿就在盯着我们,我心头生出了不安。但是奥勒在林子里,我还能看见,我把注意力转回到进林的目的上。现在要找的不是冻僵的整牛,而是雪地上的血迹,是牛的残骸。

我们继续找了一个多小时,什么也没找到。我浑身发冷,雪成团地附在靴子和毛皮绑腿上,身上的羊毛裙一片雪白,冻得生硬。我遇到一处季节性间歇溪流封冻的河床,河床不深,但是得穿过去。在我攀下河床的时候,奥勒出了我的视线。几分钟以后,我匆匆登上对岸,奥勒已经不见了。我努力不发慌,保持着路线,一个人继续在霜雪的林中穿行。只要快一点,我想应该能追上他。

可我没追上奥勒,尽管我拼命抑制,心里却越来越害怕。这时,前头的树林里有人影闪动。不是奥勒。刚开始我猜或许是艾吉尔,但走近了才发现也不是。林中有两个人。

佩尔和阿莎。

他们面对面站着,距离近得就差抱在了一起。阿莎的双手紧扣在身前,佩尔则背在身后,似乎在努力克制。佩尔说了些什么,我没听清。阿莎垂眼望着地面,抹了抹脸颊。她在哭。佩尔伸手托起阿莎的下巴,凝望着她的眼睛,对她轻声私语。他们就那样亲密地待了好几分钟,两人呼出的白气都纠缠在一处。之后,佩尔轻轻地把手垂了下去,撤开了身子,与阿莎一道转身离去。我看着他们的背影,看着他们行动间相互依靠的样子,第一次明白过来。我的胸中一片冰凉,比手脚还要凉上几分,寒冰在我心中碎裂。

佩尔和阿莎在恋爱。

奥勒说得对,我是个傻瓜。

我怎么没有察觉呢?我缓缓地靠在树上,抬眼看着枯瘦的树枝,树枝化成了无数朝我摇摆的手指。我记起了许多事情,打一开始,从我们来

到这里以后我就应该看出的事情——佩尔待阿莎的样子,还有阿莎看佩尔的眼神。当时我却没留意。

佩尔,英俊和善的佩尔,与我同一张床铺睡眠的美丽姐姐……我重重地跺着脚下的雪,我太丢人了,我真气我自己。泪水模糊了天空,模糊了周围的树林,我不知道我为什么哭,不知道为什么瞧见他们两个在一起,心那么痛。

我想生他们的气,可却做不到。他们其实并没有做错什么。我气的是我自己,气我没有察觉,气我这样幼稚。

突然,叫喊声打断了我的思绪。有人找到了牛。

奥勒又说对了。两头牛已经所剩无几,全被狼群吃光或者拖走了,只剩下一些大骨头和几条坚硬的牛皮。开了膛的尸骸散落在猩红泥泞的雪地上,已有不少人围在尸骸边,沉默地看着残留的尸骨。我只希望在狼群下利齿撕咬以前,那两头可怜的母牛已经冻死了。

阿莎和佩尔站在尸骸两侧。我观察了他们一会儿,然后逼迫着自己看向别处,我不想看他们两个人对视的样子。

"把所有这些都收起来,"哈克对手下的巴萨卡战士们说,"这些骨头上还有点肉,而且有软骨和骨髓。这些皮上也还有些脂肪。"

巴萨卡战士们听命干活,我们其他人回头朝堡中走去。一行人沉闷地穿行在林中。我知道,大家都在思索我之前的

佩尔和阿莎在恋爱。
奥勒说得对,我是个傻瓜。

疑问,潜伏在我们之中的内奸是谁?

我的心中还压着其他的问题。没有了母牛,我们还能撑下去吗?我们肯定得缩减口粮,可就算缩减了口粮,食物能够吗?虽然已是寒冬,但是更寒冷的隆冬时节还没有到,林子里看来没有像样的猎物的踪迹,奥勒他有本事凿开寒冰捕到鱼吗?反正有一点已经确定无疑,我们大家都要挨饿了。想到那群巴萨卡战士要饿肚子,我的心悬了起来。

一回到堡里,贝拉就冲去盘点储藏室的存货,重新计算怎样在余下的冬日里给我们大家提供伙食。佩尔与哈克商议着走了开去。阿莎回了大殿,她的目光连瞟都没瞟佩尔。但这只是障眼法,我瞧见了他们在林中私会,那才是真相。

阿尔里克摇摇头,走到我身边:"后不后悔把那碗酸奶分出去?你知道,你或许有一阵子吃不上了。"

"不,我不后悔。"我以最断然的语气说。再来一次,我还是会分享那碗酸奶。至少,我觉得我会那么做。但这个问题让我很恼火,我迈开步子,想离他远点儿。

"我想你是会后悔的,"阿尔里克跟着我走进大殿,"但是我钦佩你的慷慨。昨晚你讲的那一小段故事我也很欣赏。"

这话让我停下了脚步:"可我只讲了几句。"

"就像我想的那样,你讲得相当不错。"

"当时我心里很慌。"

"你见过怕水的孩子吗?哪怕用尽世上所有的耐心,也没法叫他们下水,只能把他们扔进淹不死人的浅水里。"

这一点他推测得不错。我绝不会自愿站出来当着满殿的人讲故事,虽然结果我并没有沉下去。

"你想不想上第一堂正式的课程?"阿尔里克问道。

我刚要说想,却又忽然疑心把两头母牛放出堡去,遭狼群残杀的人正是阿尔里克。除了他此刻身在堡中,我并没有其他可怀疑他的理由,但是现在堡里任何人都可能是内奸。阿尔里克有可能,哈克有可能,那些巴萨卡战士有可能,奥勒也有可能,虽然是他点醒了我。还有佩尔?不,不会,他正恋着阿莎。也不可能是贝拉,她是我们姐弟几个从幼时起就熟悉的人。但堡中的确潜伏着想要害我们的内奸,一想到这个,我的心头一阵恐惧。

我该怎么办?像阿莎那样,躲在卧房里,避开所有的人?不,我不要那样。那样只是在囚笼中又造了个囚笼。但是谨慎起见,我不能独自跟人离开,要待在热闹的地方,周围始终有人。

"你能在火边教我吗?"我说,"我冻得够呛。"

"好吧,虽然火边往往挤了一点儿,但是我不想让你感到不适。"

我们走到大殿另一头的壁炉边,面对面跨坐在长椅上。壁炉边还有几个巴萨卡战士,贝拉也离得不远,在我无法信任阿尔里克的情况下,至

少有他们几个在旁边保证安全。

"我注意到一点,"阿尔里克说,"你的对仗很工整。'潭中银色游鱼的呼吸和空中翱翔黑鸟的唾液',这句很漂亮,对仗用得很好。你是怎么知道这样讲的呢?"

"就是听上去顺耳。应该怎么说呢?"

"很好。尽管你自己还没有意识到,但这说明你对句式已经有了领悟。那这一句还能怎么改进?"

我犹豫了一下,想了想,说道:"海中银色游鱼的呼吸。"

"没错,好极了。"

"可当时很难想到,不是吗?大家都盯着你。"

"但现在你把这一句记在脑中了吧。再说,多练一练,你的即兴发挥也会越来越好。"

我不想练习,因为那意味着我得在他人面前一次又一次地表演,一次又一次地犯错。

"现在,你还有几句我们也来评评……"

可是阿尔里克接下来说了什么,我丝毫没有听见。佩尔走进了大殿,他站在门边,环顾着殿内。换作今天以前,我会以为他是在找手下的人,又或者只是在看看有谁在殿里。但现在我却禁不住地想,他是在找阿莎。这个念头让我有点嫉妒。

佩尔看见了我,他微笑着走到我们身边。

"对不起,索尔薇格,"他说,"让你不得不目睹了那两头母牛的惨状。"

他担心我像依恋希尔达那样喜爱那两头母牛。"谢谢你，"我不好意思地说，"可我没事。"

"我和哈克今晚有话对大家说，"佩尔说，"会很沉重。希望你能再讲一个美妙的故事，让大家轻松轻松。"

"荣幸之至。"我学着阿尔里克的样子说道。

"她会做好准备的。"阿尔里克说。

佩尔离去后，我跟着阿尔里克排练。下午剩余的时间，外加整个傍晚都花在了练习词句和语调上。阿尔里克选了世界如何形成，第一位神祇如何诞生的故事。故事要从远古的冰牛欧德姆布拉讲起。他花了不少时间，确保我记住故事的细节。

"在世界形成以前，只有冰与火，"阿尔里克说，"但是在寒霜中诞生了母牛欧德姆布拉。它舔舐着冰上的盐巴，舔得寒冰渐渐融化，露出了奥丁的父神，世界的第一位神祇。"

"你是因为我们那两头母牛才选的这个故事吧。"我说。

"没错，就跟之前我是因为你那头山羊才选了那个故事一样。这样，大家听了故事，就会明白生命源于寒冰。虽然我们被封在了这处峡湾里，但春天到来的时候，我们就能脱困。春天会像欧德姆布拉的舌头一样，融化寒冰。"他带着显然很是自得的神色坐了下来。

他或许已经忘了我的那个噩梦，忘了冬天结

束时可能会降临的灾祸。但我也理解他的想法,我相信他清楚堡内现在需要什么。只是我想到又要站在大家面前讲故事,还是紧张。

"没事的,"阿尔里克说,"试着放松一点,犯点错也没关系,你才刚开始,犯错是难免的。故事的性质,我之前提过,你还记得吗?故事只存在于讲述的那一刻。不管你讲的是什么,讲得怎么样,犯不犯错,那一时刻很快就会结束。"

可这话并没有让我安下心来。

"另外,保持自己的呼吸深沉平稳。"阿尔里克提点道。

那天晚上,哈克和佩尔站在大家面前,佩尔神色虽然严肃,但还冷静,哈克却满面怒气,咬牙切齿,带得胡子根根抽动,一双眼睛锥子似的怒视着每一个人,似乎想凭借目光看穿所有人的秘密。我吞了口唾沫,避开了他的目光。他让我无端生出了负罪感。

佩尔开了口,他的声音传遍了大殿:"眼下的情形大家都知道,两头母牛没了,我们原本是要靠着牛奶和牛肉过冬的。希望大家都作出牺牲,缩减口粮。我们是会挨些饿,但是贝拉向我保证了,我们大家不会饿死。"

削弱人的力量并不需要把人饿死。

"但是,这不是这次丢牛的事情让我最担心的地方。"佩尔住了口,看向哈克。

哈克点点头。"昨晚,在阿尔里克和索尔薇格讲故事的时候,把守堡门的战士离开岗位,进了大殿听故事,"他顿了顿,"那几个疏于职守的战士……已经受到了相应的处罚。"

他的语气让我身上发寒。

哈克抬高声音说:"趁着把守的战士离岗的时候,有人把两头牛牵出牛棚,赶进了树林。也许是敌人摸进了无人把守的大门,偷走了母牛,"他又顿了顿,"但也有可能是堡里出了内奸,把牛放了出去。"

殿内响起一片窃窃的低语声。

"听着!"哈克举起粗大的手臂,全场静了下来,"听见我这番话的人中若有谁是叛徒,我一定会把你揪出来杀掉,绝不犹豫,绝不手软,除非你自己坦白交代。如果你出来自首,返回家乡前就饶你一命。等回到家乡,再让你当庭审判,接受民众的判决。那时候,也许你只是被驱逐。"说到这里,他声音一沉,转成了低吼,"但如果你不坦白交代,被我发现,无论何时何地,都会被当场格杀。"

哈克放下了手臂,我松了一口气。刚才我的脖子上好像一直勒着一道绳索,被哈克拽着,将我高高吊起。

"天亮前是最后的期限。"哈克说。

被阿莎训斥后,我不想再玩泥巴大战了。我和罗迪垂下手臂,结束了战斗。我一身泥壳,一路掉着碎泥块,艰难地走回父王的城堡。走进庭院时,佩尔你正在和父王说话。我不想让你看见我这副脏兮兮的样子,所以想赶紧走过去。可是父王早把一切看在了眼里,他叫住了我。我努力不去看你,停下了脚步。父王刚开始一句话也不说,只是瞪着我,像是要瞪遍我身上每一寸地方,我羞臊得胃里都翻腾起来。

"索尔薇格,"父王最终说道,"去把你自己洗干净。"

"对不起,父王。"我说。

他叹了一口气:"一个人的本性,说声对不起没有用。"

佩尔,你在那个时候开口说道:"可是孩子渐渐长大,性格是会变的,不是吗?"

我不喜欢听你说我是孩子,但是你替我辩护,我很感激。

"也许过不了多久,陛下,"你说,"您就会发现,索尔薇格也能像她的姐姐一样为您带来骄傲。"

"但愿如此。"父王说。

第九章 故 事

大殿里鸦雀无声,没有一丝动静,只有彼此间瞟出的怀疑的目光。折磨着大家的种种我能想象得出的情绪,那是担心、是愤怒、是恐惧。我还感受到了饥饿临近的脚步声,这位可怖的行者携带着腰间特制的利刃正悄悄向我们袭来。

佩尔清了清喉咙,接过去说道:"阿尔里克和索尔薇格答应再讲一个故事,让大家轻松轻松。"

他看向了我,可我不知道我还有没有讲故事的力气。在哈克的那番话以后,我想没有人还会有力气讲故事,怕是连阿尔里克也办不到。

阿尔里克点点头,示意我开始。之前我们已经商量好,我作为徒弟先开场,由阿尔里克来妥善地收尾,因为照阿尔里克的话讲,结尾是揭示故事的目的和意义的地方,是故事最重要的部分。但我的双腿似乎不听使唤,舌头干得好像一条晒干的咸鱼。我按照阿尔

里克的教导深吸了一口气,终于勉强站了起来。

练习的时间全白费了。一殿的人盯着我,等着我调节气氛,可是我站在那里,脑中一片空白。我该讲哪个故事来着?哪一个故事?好像跟丢失的两头母牛有关。对,母牛。可为什么要讲关于母牛的故事?为什么还要让大家想起?

我看着听众们一双双的眼睛。现在堡外有敌人,堡内食物储备大减,说不定还潜伏着内奸,城堡安全性成疑,今后更是未卜。大家需要的是已知的事,是可以预测的事,是安全、轻松的事。可是讲什么才好呢?

我的目光扫到了哈拉尔德。他的样子变了,没有了笑容,一脸受到打击的痛苦神色,仿佛第一次挨了父亲责打的孩子。现实的情况终于刺穿了他年少气盛、无知无畏的保护。他一个人坐着,惊恐而脆弱。我想走过去安慰他,但是不行,得先讲完故事。

那么这个故事就讲给哈拉尔德听吧,讲一个他最喜欢的故事,邪神洛基和矮人们打赌的故事。哈拉尔德是我唯一的听众。我不再口干舌燥,不再害怕。

"灵巧的矮人们是锻造的巧匠,但是巨狼芬里尔的父亲邪神洛基一日在见识过他们的技艺后,却认为自己的才智不输矮人,提出要和矮人们打赌。"

众人落在我身上的目光平淡无波,只有哈拉尔德探了探身。还有罗迪,他强忍着笑意,绷住了上翘的嘴角。

"洛基对矮人们说:'献给阿萨神族的礼物数不胜数,我敢用我的脑袋打赌,你们造不出更加精巧的东西。'骄傲的矮人们接受了洛基的赌注,开始动手锻造,为神族打造了三件礼物。他们首先锻造了一头金猪,送给爱神芙莉亚。金猪的鬃毛光芒四射,在长夜里照耀着神殿,照亮了前方的路。"

周围的人似乎渐渐沉浸在了故事里。有人也许是听得高兴,枕着手斜躺了下去。

"他们打造的第二件礼物是献给奥丁的纯金指环。每隔九晚,这枚指环中就会掉出八枚全新的金指环。"

接下来就要讲到哈拉尔德最喜欢听的地方了。也许那些巴萨卡战士也会喜欢。

"矮人们最后锻造的是开山碎骨的雷霆战锤,无论是甩击还是飞掷都不会错失,是一件令人生畏的武器,能改变任何战局。收到这三样礼物的阿萨诸神一致认为这礼物值得称道,是他们得到过的最精巧的物件。看起来,这场赌局是洛基输了……"我顿了顿。

听众中有不少人探出了身子。

"……脑袋快要保不住了。但是狡猾的洛基早有打算,他开口说道:'我的脖子可不在赌注里。如果你们能不弄伤架着脑袋的颈子,可以把我的脑袋拿去。'矮人们这才意识到上了当。他们由于自负,把世上最珍奇的三样宝贝免费送给了阿萨神族。"

我低头行礼,在片刻无尽的沉默后,掌声响了起来。我抬起头,正瞧见哈拉尔德。他恢复了灿烂的笑容,又成了小勇士。大伙也都在笑盈盈地点头。看来我的故事虽然短小简单,却达到了目的,舒缓了情绪。

我不敢看阿尔里克,他会生我的气吧,我改了故事,还一口气讲完了。但我没法避开他。我向他看去,他也在鼓掌。

我抬手让大家安静,殿内静了下来。"谢谢大家,"我说,"现在阿尔里克要讲故事。"

"不,"阿尔里克说,"我可不想破坏你刚使之彻底放晴的气氛。"

阿尔里克竟要以我的故事作为今夜的收尾,这令我受宠若惊。没过多久,战士们纷纷在地板和长椅上躺倒,准备睡觉。我站起身,打着哈欠朝卧房走去,正走着,有人在我的肩上轻轻一拍。

"我有话要说。"阿尔里克说。

"对不起,我换……"但是阿尔里克比了个手指封唇的动作,让我住了口。

"我没有生气,"他说,"你看出了堡中真正的需要。明天你得告诉我,是怎么看出来的。"

"恐怕我解释不出来。"

"等明天试试看。晚安,索尔薇格。"

"晚安。"我应道。阿尔里克走后,我低头看向卧房边鸟笼中的曼尼,查看了一下它的吃食。它还有一些白菜叶和大麦粒没有吃。我轻声同它道过晚安后上了床。

阿莎已经睡下了。我一见她,脑中就浮现出她和佩尔在林中相会的画面,原本因今夜的成功而兴奋的心情顿时冷了下去,如同冰冷的床铺汲走了身体的热量。我躺在床上,不知道应该怎样对她。

"我很喜欢你的故事。"她说话的样子就好像我们俩的关系没有丝毫的改变,但其实一切都变了,真不明白她怎么会看不到,尽管以我的了解,她的确是看不出来。

"谢谢。"我轻声说。

我应不应该告诉她,我知道她对佩尔的感情,我看见了他们两个约会?她会说什么?心里会怎么想?

"多少年没听那个故事了,"她说,"勾起了很多美好的回忆。"

"我真高兴。"

"我们小时候的美好回忆。"

"哦。"

"那时候快活多了,不是吗?"

"我们小时候吗?"

"嗯。没有人在小孩子的身上真正期待什么,他们只要求孩子恭敬,甚至是敬畏,不像对女人那样有诸多的要求。"

一开始我很生气,觉得很难唤起早先对她的同情心。她这话听上去好像在抱怨生得美,抱怨被加诸了好女万家求的要求。难道她不知道我有多羡慕她吗?但是,她也许不得不嫁给一个她不爱的人。父王绝不会把她嫁给手下的军人,哪怕是像佩尔那样被看重的战将。佩尔无法给联盟带来利益,无法给父王的金库、国土或者部队带来任何的好处。

爱着一个人,却知道永远无法与他在一起,那该是怎么样的折磨?引发战争的愧疚或许并不是阿莎悲伤憔悴唯一的肇因。我又对阿莎生出了同情,但我还是想不出办法告诉她我知道了她和佩尔的事,却又不使她感到羞辱,不使我和佩尔目前的友情遭遇损毁的危险。

"是啊,"我说,"那时候轻松多了。"

没有人坦白自首,说把母牛放了出去。不过,恐怕也没有人指望内奸会真的出来自首。哈克昨晚放话并不是发慈悲,而是为了武士的操守,为了找出内奸后名正言顺地动手。

哈克抓到叛徒的时候,我可不想待在现场。

严冬继续将城堡圈入怀中,贴近它寒冷的胸膛。海上的暴风雪翻涌着灌入峡湾,冲上陆地。积雪几乎堆到了大殿的房顶,外头矮小一些的库房棚屋险些全被埋了。巴萨卡战士们担起了铲出门口和场院的重任。

曼尼在笼中已相当平静。它不再怕我。事实上，每次我走到笼边，它都会蹦跳过来，挨着笼条，尽可能地凑近我。所以，我决定放它出来。不过这一次，我先在院中打了招呼，通知了大家，这才闩上了殿门。

我又一次在围观者的鼓励声中打开笼门，撤到一旁。这一回，小渡鸦没有立刻出笼，仿佛对笼外的世界已生出了戒心。出笼后，它也没有远离鸟笼。

我抬着下巴，用目光追随着曼尼，在不远处静静地等待着。

"它的翅膀还是伸不直，"我听见哈拉尔德在一旁小声说道，"不过，至少毛长回来了！"

"别出声，孩子。"一个巴萨卡战士说。

"过来，"我轻声说，"曼尼，奥丁的神鸟，到我这儿来。"

曼尼侧了侧脑袋，一只眼睛正对着我。它跳到我脚边，攀上我的足尖，左右挪动了一下，在我的脚上安顿了下来。

"那可不是你的肩膀。"哈拉尔德说。

我不理会他，缓缓地把手指伸向曼尼。小渡鸦蹲坐在一英寸高的脚背上，看着我的手指越探越近，慢慢滑到了它的肚皮下。曼尼的羽毛柔软极了，让我无法断言是否真正触摸到了它们，但我感受到了它黑煤炭般的小身体放出的热量。

就在我快要探到曼尼的腿部时，它抬起一只

爪子，抓住了我的手指，紧接着另一只爪子也抬了起来，我感到手上一沉，它的分量比我想的重。长长的爪趾跟细树枝一样，凉凉地贴着我的皮肤。成功了，我差点笑出声来，但我忍住了笑声，我不想惊飞了曼尼。我把曼尼抬至颈边，它无须劝诱就攀上了我的肩膀，在肩头拍了两下翅膀就开始啄我的辫子。这下我笑出了声，我忍不住了，周围的人也都笑了起来。

那天余下的时间，以及那天之后大部分的日子，曼尼都停在我的肩膀上。只要在大殿里，我都试着把它架在肩上。有时候它会振翅在房梁间高飞，还有些时候，它在条椅间蹦蹦跳跳，在落在地上的稻草中翻刨，寻找面包屑和食物的残渣。虽然我还是不太放心带它去殿外，但即便殿门开着的时候，它也待在我身边。它陪着我做针线，陪着我下厨，和我一起吃饭。我没有另外给它要吃的，而是从盘中我的那份口粮里分了一些喂它。尽管它吃得不多，但我不想引起任何人不满。

跟所有人一样，我时常感到肚饿。

几周过去了，讲故事对我来说还是一样艰难。我原本以为，在那晚成功地讲了洛基和矮人的故事后，事情会变得容易一些，可那晚的状态之后再也没有出现。我不停地犯错，故事的重要片段都忘了讲，害得阿尔里克只好返回去补上。我想他一定很恼火，反正我很灰心。我尝试过那晚的做法，在听众中挑出一个人来讲给他听，可并没有效果。

我开始后悔上了这条路,看来终究不会有什么结果。大多数晚上,我站在众人面前讲故事时都怕得要命。今晚也是一样。我肩头架着曼尼,躲在角落里,希望阿尔里克没有讲故事的心情。就算他有心情,我也希望他想独霸大家的注意。

可他没一会儿就把我叫上了台。

我叹了口气,走进火光中大家都能看得见的地方。在开口前,我先在人群里找到了罗迪、贝拉和哈拉尔德,这样我乱了阵脚的时候就知道该往哪里瞧了。我是肯定会犯错的。

不管怎么样,我还是扬起了声音:"今晚,跟大家分享的故事是……"

大伙却笑嘻嘻地用胳膊肘相互推搡着,一脸好笑的神色古怪地看着我。我扭脸看向阿尔里克,他点点头,使了个眼色,看向我的肩头。啊,我忘了,曼尼还在我肩上。

我轻笑了一声,说道:"最近故事我总是记不全,所以我带上了我的记忆。"

大家也都笑了起来,我的紧张减轻了几分。

"你能不能帮帮我?"我对曼尼说,"就像你在奥丁身边那样,也在我的耳边轻声讲述故事的内容?"

小渡鸦回应了我的话,它轻轻地啄了啄我的耳垂。

我并没有听见曼尼的轻声耳语,但不知道为什么,有它陪我,那一晚的故事讲得非常顺利,是几周以来最顺利的一次,虽然不如丢失母牛后那

一晚的表现,却也差不了多少。我心中对我的小渡鸦的爱又深了几分。

"我大概永远也想不到。"阿尔里克后来对我说。

"想到什么?"我问道。

"带着渡鸦上台。太聪明了!"

"我没想带它上台。我忘了它还在肩上。"

"但是它赋予了你一种魔幻的,或者说传奇的气场,跟古时的歌者一样。而且你提出让它在你耳边轻声耳语,更巩固了你在听众心中的形象。这一手太漂亮了,索尔薇格。"

"幸好没出错。"这番表扬让我觉得有些不自在。

"从今以后,你要把曼尼带在身边,上台一定要带上它。"

"真的吗?"不过说实在的,想到带着曼尼上台很让人心安。

"你可以借助这样的事建立声名。"

阿尔里克找地方睡觉去了。他走后,我将曼尼放入笼中,倾身在笼边对它悄悄地道了声谢。道谢时,我瞥到它爪下的稻草里有一样黑乎乎的东西。

"什么东西?"我嘀咕着把手伸了进去。

曼尼拍拍翅膀闪到一旁,我把那样东西掏了出来,是储藏室的铁钥匙,贝拉总用胸针别在身上的。

"这个你是从哪儿拿的?"我问道,可是曼尼默不作声地看我夺走了它窃来的宝贝。

我把钥匙还给贝拉时,贝拉很吃惊。

"它是怎么……?"

"不知道,"我说,"反正在鸟笼里。"

"真是个淘气的小家伙,"贝拉说,"你得盯着它点儿。这下堡里丢了东西,我可知道上哪儿去找了。"她朝我挤了挤眼睛。

同贝拉互道晚安后,我上了床,带着快乐满足的心情钻进了被窝。感谢哈克送了我这个会偷钥匙的淘气的小家伙。它是我的朋友,是我讲故事时耳边的低语者,它给了我勇气。

战争伴随着我长大。有些时候,我的生活似乎只由两种情感构成:担心和宽慰。它们就像海洋和礁岩的海岸,是自然两种对立的元素,而我则在礁岩的缺口处,在两者间冲来荡去,担心在战争中失去我爱的人,宽慰父王带着军队安全地回了家。

罗迪,记得获悉你哥哥的死讯后,我替你大哭了一场。我说这个,但愿不会又引得你伤心。你站在我父王面前,替你哥哥接受表彰他生前勇武的纯金指环。

"拿着这枚指环,"父王说,"希望你能记住你的哥哥,并像他一样,有一天为我效忠。"

你深深地鞠了一躬。虽然我同你一样心情悲痛,但我也很为你自豪。

佩尔,罗迪的哥哥战死的时候,你在那片战场上。父王把重担转压在我朋友身上的时候,你就站在父王身边,披着铠甲,梳拢着头发,胡子修剪得整整齐齐。我看得出来,你有意照看罗迪,这使我宽慰了几分。

你的心里有没有宽慰一些,贝拉?我想一定有吧,即便在伤心一个儿子离去的同时,又离送别第二个儿子又近了一步。

第十章 怀 疑

猪肉吃光后,希尔达上了餐桌。贝拉提前告诉了我。身边一盘盘的肉冒着热气,我转开了眼睛。出于关心,贝拉、罗迪、奥勒、阿莎、哈拉尔德、佩尔,还有阿尔里克也没有吃。可我没想到,哈克也静静地摸着空碗坐着。我知道,他一定很饿,一定很想吃肉,我的心里涌起一股感激之情。但我受不了那味道,很快就离开了大殿,一个人在寒冷的夜晚中候在殿外。

奥勒没能凿开冰捕到鱼。继希尔达之后,餐桌上再也不会有肉了。

又过了一天。我开始后悔那时候把酸奶给了罗迪和奥勒。那可口的酸味,还有那柔滑的口感,我多想尝上一口。如果我能有一碗,就算那是全世界最后一碗,我也不会分给任何人一口。可是堡里最

后的那点黄油和牛奶早就吃完了。

饥饿使得每一个人都更加暴躁,而暴躁的巴萨卡战士是令人恐惧的存在。斗殴越发频繁地发生,斗殴后的惩处也在层层加码。光是今天就已经打了两场,一早大殿里就打了起来,后来涌到场院又打了一场。不过迄今为止,还没有重伤的人员,因为早已严令禁止,不许在堡内动用武器。我只希望,至少我们能平平静静地吃顿晚饭。

我肩上架着曼尼,坐在阿尔里克身边,与他讨论今晚要讲哪个故事。

"你来选吧。"阿尔里克说。

"我不知道选什么。"

"不,你知道。"

"我真不知道。"

"可那回你选得很好,比我选得好。"

"那回不一样。而且,我都说不好是不是还想当歌者了。"

阿尔里克皱起了眉头:"你什么时候才能学会相信你自己?你总是自我禁锢,索尔薇格。可你随时可以抛开你身上的镣铐,因为镣铐的两端都在你自己手里。"

我气得说不出话来。出生的次序,我没有选择;平凡的长相,我也没有选择;没有与生俱来的长处,更不是我的选择。他这个歌者却坐在那里奚落我。抛开枷锁?他让我怎么做?洗掉自己的脸皮吗?美貌和魅力,勇气和力量,他以为都是被我藏起来了吗？我真想一把推开他。

但我控制着声音低声说道："我就是这个样子，先生。"曼尼在我的肩上动了动，或许它透过脚爪感受到了我的愤怒。

"如果你这样想，那就是问题所在。"

"什么？"

"你并不真正了解你自己。"他揉揉大腿，站了起来，"今晚的故事我来讲，你不用担心。"

阿尔里克走后，我好长时间依然怒气不减。我才不担心什么故事。我琢磨着他的那些话，搅得怒火的余烬火花翻腾。还有谁能比我更了解我自己？如果连自己都不了解，那我了解谁？

殿里突然响起了吵嚷声，让我回过了神。两个怒气冲冲的人正面对着面站着，两人的鼻子就差碰在了一起。是艾吉尔和一个巴萨卡战士。那个巴萨卡战士龇了龇牙，艾吉尔趁机一拳打在他的嘴上，将他打倒在地。

屋里顿时炸开了锅。

叫骂声四起，拳头漫天飞舞，到处是木柴开裂和陶瓷粉碎的声音。发狂的巴萨卡战士们一边殴打艾吉尔和古纳，一边相互斗殴，打碎的是谁的下巴，开花的是哪张脸，他们似乎并不在乎。在一片喧嚣声中，忽然仓啷一声响，是利剑出鞘的声音，剑风在空中扫过，紧接着是一声闷哼。我想跑开，我想躲起来。

"住手!"在混乱中,哈克的声音几乎听不见,"住手!"哈克再次吼道。然而殿内的拳脚并没有放缓,于是他冲进了战团的中央。

哈克没有带武器。他也不需要任何武器,他挥舞的拳头就是战锤。就像巨人冲进树林,树木根根折断一样,斗殴者纷纷被他一拳打翻。斗殴者醒过神来,像海鸥一样散了开去。

突然,不知道为什么,哈克猛然站定,双眼上翻,一脸狂怒,面色血红,浑身开始颤抖,牙齿也咯咯作响。他不对劲。一瞬间,大家都僵住了。巴萨卡战士们惊恐地叫喊起来,他们奔到他身边,呼唤着他,似乎在努力唤回远方的人。

阿尔里克快步走到我身边,拉着我就走:"快走。"

"这是怎么回事?"我一边跌跌撞撞地走着,一边问道。

"他发狂了。"

我大吃一惊,回头朝哈克看去。巴萨卡战士们已经围成了一道呼唤的人墙,哈克的头和肩在人墙上起伏着,他在粗重地喘息。我以前从来没有见过巴萨卡战士战场狂怒的状态,我既好奇又害怕。

"快走,索尔薇格,"阿尔里克悄声说,"发狂时他认不得你。快走。"

我被阿尔里克拉着,去了远处的一个角落。贝拉和罗迪护着哈拉尔德也在那里。我拧着脖子张望着,等待着。野兽般低沉的吼声从那群巴萨卡战士的中央,从大殿的另一头隆

哈克没有带武器。他也不需要任何武器,他挥舞的拳头就是战锤。就像巨人冲进树林,树木根根折断一样,斗殴者纷纷被他一拳放翻。

隆地传来。巴萨卡战士们提高了声音,将人墙围得更紧。

"哈克怎么了?"哈拉尔德问道。

"他失控了。"贝拉摸着哈拉尔德的头发,说道。

巴萨卡战士们反复地呼唤着。他们在向奥丁祈祷,呼唤他抽走哈克体内狂暴的怒气,让这头巨熊冷静下来。

"我们可能都会被他杀死。"罗迪说。

哈拉尔德飞起一记眼刀。贝拉给了儿子一下。

"安静点儿。"她嘶声说。

我随同越来越响的呼唤声默默地祈祷起来。围着哈克的巴萨卡战士们也仿佛得了癔症,他们的呼唤声像奔涌的海潮一样一浪高过一浪,反复的节律惊雷似的穿过我的胸膛,叫人心惊,却又让人着迷。就在我觉得自己要承受不住的时候,大浪忽然一缓,开始缓缓退潮,我的心跳也随之渐渐平缓,使我平静下来。哈克的双肩放松了,呼吸也轻缓了一些。在巴萨卡战士们收声后,他抬起了头,眨着眼睛四下张望。我们目光相交时,我看得出来,他认得我。巴萨卡战士们散开了人墙。

哈克直起身,他满脸是汗,面色苍白。

他扫了一眼殿内,目光立刻落到艾吉尔身上,双眼顿时瞪了起来。我这才看到艾吉尔肩膀上的血。

"有人出了剑,"他说道,"如果还有丝毫的操守的话,把剑举起来。"

大殿另一头,一个巴萨卡战士举起了佩剑。

哈克朝他示意:"把剑拿过来。"

那个巴萨卡战士过去跪倒,交出了佩剑。哈克接了过去。有那么一刻,我真怕哈克会用那把剑当场处决了那个巴萨卡战士。但是哈克没有动手。

"你不再是我战队的成员,"他说,"从这一刻起,我手下不会再有哪个战士与你同宿共食。不会有人保护你,也不会有人记得你。"

那个巴萨卡战士依然跪地不起。

"起来,走吧。"

那个巴萨卡战士站了起来,殿里其余的巴萨卡战士们齐齐背转身去,这一绝情的举动让我屏住了呼吸。只有我、阿尔里克和哈拉尔德还望着那个孤单的巴萨卡战士,连贝拉和罗迪都转开了眼睛。

在我眼中,那个被人漠视的巴萨卡战士如同一个溺水的人,正虚弱地沉在水下等死,已经没有了挣扎上浮的精神。他垂着头退了出去。我生出了几分想要帮他的心。

在殿门口,他撞上了正要进殿的佩尔。阿莎与佩尔在一起。他没有抬眼,从他们身边无声地走了过去,踏入了黑暗。

"出了什么事?"佩尔问道。

阿莎悄悄撤身远离了佩尔,她似乎不想被人看见。

"在惩处部下,"哈克说,"你的人受伤了。"

"什么?"

古纳与几个巴萨卡战士已经料理了艾吉尔肩上的伤。在我看来,那伤势虽然看着严重,但细心照料的话,并不会致命。

"到底是怎么回事?"佩尔追问道。

"你的人挑头打了起来,我手下的一个战士动了剑,所以我驱逐了他。"

"你把他放逐到哪里去?"佩尔问道,"他无处可去。"

"外头有树林。"哈克说。

"你那是叫他去死。"佩尔说。

哈克没有吭声。

佩尔扭脸询问手下的战士:"为什么动手?"

艾吉尔忍着疼说道:"我站岗迟到了。那个巴萨卡战士骂我是叛徒,没有守好堡门。"

"就因为这个?"佩尔说,"现在迟到就是叛徒了吗?"

"是比不上勾引王女的背主行径。"哈克说。

我倒吸了一口凉气。

佩尔张着嘴,似乎呆住了,后来才猛然将嘴闭拢:"你是要在全堡的人面前指控我吗,哈克?"

哈克轻笑一声:"不,我没想指控你,是你的眼睛在控诉你自己。"

奥勒清了清喉咙:"巴萨卡战士失去理智,杀害王子王女,也是大逆不道的罪过吧?"

佩尔一下扭过身："什么？"

奥勒用手一指哈克："殴斗中，他险些发狂。"

"他说的没错，"哈克说，他放低了声音，"是我的错。这样的情况不会再发生。"

"你真是头野兽，"佩尔说，"你和你那帮人就不该跻身在我们之中。"

哈克点点头："也许吧。但是陛下他给我们营造出了位置。而且，我们是什么人，什么样子，我们对此坦坦荡荡。你能说，你也同样坦荡吗？"

"听着，"佩尔说，"你们都听好了！我没有丝毫有损公主名节的举止。听明白了吗？我爱戴公主，就像爱戴陛下一样。"

"当然。"哈克说。

佩尔气得浑身发抖，他扭身远离那些巴萨卡战士，转去帮忙照料受伤的艾吉尔。我知道佩尔在撒谎，但我同情他。他的确爱着阿莎，但是这样公然奚落他的爱情似乎有些残忍。显然，早在我发觉以前，堡里的人已经全都知道了。

要是那样的话，佩尔和阿莎就走在了一块危险的浮冰上，随时可能没入冰窟。只要稍有传言，父王就会处死佩尔。佩尔说他行为端正，我希望他没有说谎，不管是为了他自己，还是为了阿莎。但不管怎么说，阿莎因为他招致了怀疑。我气他这样自私，损伤了阿莎的名誉。

现在,他在我眼里就像一个陌生人。他不再是我认为的样子。我想象中下山掳走阿莎的巨怪或许一直就在堡中。

阿莎和我躺在床上,我们都没有睡着,但是谁也没说话。我很担心那个在林中徘徊的巴萨卡战士。他能去哪里?寒冬已经牢牢封死了山口,进出只有海上一条路,或许他正在努力攀爬出峡湾。但是他没有可能出去。他是不是已经被冻死了?虽然已经好一段时间没有了狼群的踪迹,可他会不会遇上狼?他的剑也被哈克收走了。

现在,我的心里对哈克前所未有地恐惧。我窥见了他体内的兽性,那兽性就潜伏在洞穴阴影的另一侧。堡里其他人却似乎很快就将那天的事抛在了脑后。在他们看来,兽性完全是巴萨卡战士本性的一部分,是父王将他们纳入麾下要承受的风险。

"你知道吗?"阿莎的问话打断了我的思绪。

"知道什么?"

"你知道我和佩尔的事吗?"

"知道。"可我感觉有些愧疚,在这之前没有告诉她,所以又加了一句,"但知道了没多久。"

阿莎叹道:"就像那个巴萨卡战士一样,我也会被父王放逐。"

"他不知道就不会。"

"他怎么可能不知道？人人都知道了。"

"可你并没有真做什么错事。"我的声音虚成了低语，"对吧？"

"对，没有。"

"那就没事。"

"没事？"阿莎大声说道，她的声音那样愤怒，我真担心会吵醒睡在殿里的人，"你怎么会认为没有事？我和佩尔……我不知道该怎么办。"

我的脑海中浮现出他们两个一道走入大殿的情景，心头感到一阵被欺瞒的刺痛："嗯，你可以从今往后不要再跟佩尔单独出去，那样……"

"哦，别说了，索尔薇格，你什么也不懂。"

眼泪涌入我眼中："对不起。"

过了一会儿，阿莎伸手握住我的手臂："不，该道歉的人是我。你没有错。"

我用袖子擦了擦眼泪。

阿莎松开了手："我心里太乱了。有时候，我真想逃走。"

"可你怎么出峡湾呢？"

"不是逃离这里，而是逃开所有的事情，逃出父王的国界。"

她在说什么？"可是……你避不开的。"

阿莎没有应声,过了很长时间才说道:"是啊,逃不脱的。"

早上我起迟了。我将白天那顿少得可怜的麦片粥分了一些给曼尼,然后出门进了场院。天阴沉沉的,天空和地面一片惨白,整个世界死气沉沉。几个巴萨卡战士在铲雪,我惊讶地发现那个被驱逐的战士也在其中奋力地干着。我心头一松。

哈克环臂抱在胸前,正站在不远处监工。

我没有过去,我对他又生出了警惕的心,我怕他体内狂暴的怒气。但他扭身看见了我。我不想让他觉出我在避着他,因为我知道他心中存着善意。我逼迫自己走了过去。

"我还以为他被放逐了。"我说。

哈克点头行了个礼:"他是被放逐了,但今天早晨有人发现他在堡门外,已经快被冻僵了。他哀求让他进堡,说要当陛下和王室的奴隶,我没有拒绝的理由。"

我又看了一眼那个人。昨天,他还是令人生畏的巴萨卡战士,强壮而骄傲,现在却成了奴隶,手中没有了兵器,名下也没有了财产。我无法判断,哈克让他回堡是出于同情,还是残忍。

"我要为昨晚的事道歉。"哈克揉了揉手指的关节,我发现上面一片青紫,还有伤口,"我知道你现在会怎么看我。你的看法没错,是我放松了警惕。不过,你可以相信我说的,这样的事不会再发生。"

我只是点了点头。

哈克抬眼望着巨怪般的群山:"这是一个奇怪的地方,能把战士变成奴隶,把公主变成歌者。"

"我还不是歌者。"

"对,但你以后会是的。比起阿尔里克的嗓音,我更喜欢你的声音。我觉得你比他更有天赋。陛下一定会为你骄傲。"

"真的吗?"

"是的,我觉得他会的。"

哈克的话触动了我内心一直沉默着的地方,深埋在那里的东西已经被刻意忽视了很久。父王为我骄傲?一股喜悦之情从我的胸膛涌出,让我欢喜,但我很难真正相信,父王他会因为我感到自豪。

"别担心,"哈克说,"我不会让那个新奴隶靠近你们姐弟几个。他很快就会体会到当奴隶到底意味着什么。"

"可那总比死强吧。"我说。

"不,那并不比死亡好过。"

那天晚上,我站在众人面前讲故事。讲得还不错,一张张脸成排仰视着我。我想象着父王的脸也在其中。可我想象出来的那张脸上是没有丝毫情感的双眼,那是空洞的漠视,我积聚起来的微薄的信心顿时全从指间溜走了。要不是肩头有曼尼,似乎抓着我的肩膀,把我拎了起来,我大概会软倒在地上。

我勉强讲完我的部分,带着怦怦乱跳的心坐了下去。如果哈克说错了,父王他并不感到骄傲怎么办?讲故事也许是我唯一的天赋,要是父王不允许,我不知道我还能剩下什么。来到这里以后,我第一次不想离开。想到回家后可能要面对的事,一股惧意压下了早先的喜悦,纠结着我的心。

阿尔里克讲完后,大家都去休息了。我给曼尼拿了点吃的。在鸟笼的稻草里,我发现了一个熟悉的形状。

"又偷来了?"我从鸟笼中掏出贝拉的钥匙。这回,曼尼朝我气冲冲地叫了起来。"这不是你的,小贼。"

这一次我把钥匙还给贝拉,贝拉笑了,尽管她还是想不明白曼尼是怎么把钥匙从她那儿偷走的。"也许它真是奥丁的鸟儿,"她说,"身上是有些法力的。"

返回卧房时,我端详了一下我神奇的鸟儿。连它也有秘密。看来这世上没有我能够完全相信的人,每个人的心里都隐藏着秘密。在这座城堡里,那里是唯一藏得住事情的地方。

事实上,如果阿尔里克没有说错,那么我的心里也有着秘密,连同我自己一起欺瞒着。

纠结的思绪和混乱的噩梦使我睡得很不安宁。床垫不舒服,房内污浊的空气令我窒息,房间也太过狭小,宛如牢笼。我需要舒展身体活动,需要自由地呼吸。于是我下了床,套上靴子,蹑手蹑脚地穿过大殿,轻轻推开沉重的殿门,殿门发出一声缓缓的吱呀声,我悄悄走了出去。

殿外的空气带着宜人的寒意,冻得人精神松快。我闭上眼睛呼吸着,将凉意纳入胸中。然后我抬眼远望,眼下正是黑夜和白天交替、非日非夜的孤寂时刻,天空和群山间混沌了界线。我决定待在外面,看太阳从峡谷中升起,于是我朝殿后走去。可走到菜园时,我发现有人。

是哈克。他宽阔的后背对着我,赤裸着胸膛站在将明未明的晨光中,那身熊皮躺在身旁的地上。他在喃喃自语。我竖起了耳朵。

他在祈祷,在恳求奥丁赐予他力量,帮助他保持警醒,控制住狂暴的怒气。"要是我再这样险些失控,"他说,"在我伤人以前,神啊,请摧毁我。"

他的声音紧张而痛苦,与他的神情一样显得那么脆弱。我从来没有想到他竟会有这样脆弱的一面。我不想窥视这样的时刻,不想侵犯他的隐私,于是我悄悄折返,回了卧房。

但是他的样子始终在我眼前徘徊不去,他祈求的声音在我耳中萦绕。我窥见了哈克的心,窥见了他流露出的赤诚善良。他或许是这里唯一坦荡的人。

我记得有一回，邻近部族的首领开始派人劫掠父王境内的牛羊。父王要求赔偿，那个部族首领却召集了儿子们，宣了战。哈克，你和你手下的巴萨卡战士们被派上了战场。那会儿，我非常怕你。我必须承认，在还没有来到这里，还没有了解你以前，每次父王派你和你手下的战士出征，我总是很高兴。

王国里每一个人都很高兴。

你们是被厌弃的人。在父王之前，没有一个君主收容过你们，没有一座城堡向你们这样的人敞开过大门。没有人信任你们，也没有人需要你们。大家只是因为父王的命令忍耐着你们。

直到阿尔里克改变了这种情况。

常胜的你们再一次得胜归来。你们夺回了被窃走的财物，守护了大家的安全，尽管大家并不信任你们。阿尔里克歌颂你们的力量、你们的勇气、你们的机变，还有你们的忠诚。他的故事一点点地改变了我的观感和看法，我和大家一样，逐渐开始接受你们。

现在，我们已把国境和性命托付给了你们，你们在我们之中也有了位置。

虽然，我们还是不敢接近。

第十一章 毒 发

隔天,哈拉尔德盯着贝拉正在准备的食物,在殿里怨气冲天地闹起了脾气。贝拉有时候为了堵住他的嘴,会盛一点锅里煮着的东西让他吃上两口,可是今天贝拉皱着眉头没有理他。现在人人都很容易上火。

"可为什么我现在不能吃?"哈拉尔德问道。

"安静点儿,孩子,"哈克说,"有点耐心。"

"哼!"贝拉哼了一声,"你手下那帮人跟这个孩子抱怨得一样大声,大统领。"

"你对我手下的战士有意见,女人?"

贝拉用长柄勺点着哈克:"没错,先生。他们一天比一天讨厌。我认为佩尔说的对。如果你和你那帮人没有来,这里会好得多。"

哈克站起身:"可是陛下不这么想。"

"我还是饿!"哈拉尔德叫道。

我起身搂住哈拉尔德:"走,我们去散散步。"

"我不想散步。"他说。

"可是我想散步,又不想一个人。来保护我,好不好?"

"你带哈克去吧。"他说。

"我想要你陪我去。"

哈拉尔德叹了口气,那样子就好像男人的负担已经压在了他身上:"好吧,索尔薇格,我保护你。"

我微微一笑,贝拉在我们离开大殿时,无声地说了句谢谢。哈拉尔德跟在场院里溜达的几个巴萨卡战士知会了一声,说要陪我去散步。

"你想去哪儿?"他问道。

"我们上冰川去。"我说。我不想去树林,反正哈克也不让去。堡后的峡谷似乎安全一些。

"好吧。"他说。

罗迪走到我们身边:"你们要去哪儿?"

"到冰川去。"哈拉尔德说。

"能不能带上我?"罗迪问。

我和罗迪的关系依然不似从前,真不知道我们俩还能不能恢复往日的友谊。但我点了点头,罗迪笑了。说定后,我们裹好皮衣,绑上雪靴,出发进了雪地。

路程比记忆中我跑上山的那一晚要远。而且这次我注意到,一块块大石头整齐地间隔着排在谷底,形成一条狭窄弯曲的小道,如果有敌人想攻上山,这是一道天然的防御。我明白了,一定是有人为了保护秘洞,滚来大石,排布成这样。

"我喜欢你讲的故事,索尔薇格。"罗迪说。

我看了他一眼,说了声谢谢。

"我也是。"哈拉尔德说。

"谢谢。"

"不过我一直很喜欢听你讲故事,"罗迪说,"在你还没有开始像歌者那样讲故事以前就喜欢。事实上,我觉得以前的故事更好听。"

"是吗?"

"真的。"

"我也是。"哈拉尔德说,"以前那会儿,你只讲给我一个人听。"

可我自认为讲故事的本领在提高,而不是变坏。我问罗迪:"为什么你觉得以前的故事更好听?"

"我不知道,"罗迪扭了扭一侧的嘴角,说,"也许是因为以前的故事听上去更真实,感觉你相信自己口中的故事。"

"阿尔里克说,我相信什么并不重要。故事的真实性也不重要。"

罗迪耸耸肩:"好吧,他是北地歌者,虽然我觉得有点不合常理。如果自己都不相信,怎么能叫别人信呢?"

哈拉尔德叹了口气:"讲故事的事你们说来说去,我都听烦了。"

我笑了起来:"那等我们上了冰川,我给你讲一个故事,就讲给你一个人听,怎么样?"

哈拉尔德点点头:"你想讲就讲吧。"

不久,我们站在了冰墙下。冰墙巍然不动,看起来越发厚重、高耸。蛰伏的冰川仿佛盘身紧缩的某种动物。寒风沿着峡谷呼啸而下,吹过冰川口,将密集的雪花带入我们头顶的空中。

"夏末的冰川为什么总吱吱嘎嘎地响?"哈拉尔德问罗迪。

"那是因为某部分的冰冻结的速度比其他地方快。"罗迪说。

"你是说,就跟烧热的水壶放到雪里会开裂一样?"

"就是那样,"罗迪说,"等到冬季结束,它会再次发出响声。"

哈拉尔德一蹙前额:"因为部分冰川在融化。"

"没错。"

哈拉尔德点点头:"那响声使冰川听着好像有生命似的。"

"是啊,"我说,"我甚至做过一个梦,梦里冰川崩塌,朝我们冲了下来。"

哈拉尔德看着我的眼睛:"真会那样吗?"

"嗯,冰川是有可能开裂,并引发雪崩,"罗迪说,"还有故事说,冰川中涌出了洪水。"

哈拉尔德往我身边凑了一步:"可这座冰川不会,是吧?"

我伸手捋了捋他的头发:"那只是我做的一个梦。"

哈拉尔德扭过身,抬眼朝山崖上看去。"是那处秘洞吗?"他指着山坡上腾起的一柱蒸气问道。

"是的,"我说,"不过,我印象里好像没这么大的蒸气。"

"我们进去瞧瞧。"哈拉尔德说。冰川已经被他抛到脑后去了。

我们爬上山坡,在雪中艰难推进,终于来到了洞口。洞中腾出的蒸气依然带着上次那股硫黄的臭味,热热地吹在我们脸上。

"好像温泉的气味。"哈拉尔德捏着鼻子说。

"这蒸气的温度也比我印象里高。"我说。

"这山底下肯定有什么变化,"罗迪说,"也许是龙?"

"我不想进洞了。"哈拉尔德说着扭头朝山下走去。

罗迪和我又逗留了一会儿。透过鞋底我感到一股若有若无的震动,仿佛是大山在自身重压下的哼鸣。难道真有龙在苏醒?是它爬出洞穴,鳞片擦在岩石上导致了地下的震动?那蒸气是它的呼吸,所以才感觉变烫了,变近了?

"索尔薇格,下来吧,"哈拉尔德在下面叫道,"给我讲故事。"

我跟着哈拉尔德朝山下走去,罗迪在我身

后。我也急着想给以往的老听众们讲故事,讲一个不必考虑节奏和音韵的故事,这个故事只需要给我的弟弟带去些许的快乐,除此之外无须考虑其他。

那天晚些时候,在我们回堡后,哈拉尔德与我一道坐在大殿里。我把曼尼放了出来,架在肩上。虽然哈拉尔德还总是逗曼尼,但我见过他在以为我不注意的时候,偷偷把自己的食物掰碎,塞进笼子里喂曼尼。

"等回到父王的城堡,"哈拉尔德说,"我想让朋友们见见你的鸟儿。你还可以给他们讲个故事。"

这时殿门开了,两个巴萨卡战士架着另一个巴萨卡战士走了进来。中间被架着的那个巴萨卡战士拖着脚,曲着脚踝,几乎站不起来。哈克跟在他们身后。

"让开!"哈克吼道。他将附近一张桌子上的东西一把扫了下去,好几个杯子叮叮当当地摔在了地上。

那个已经站不稳的战士被扶上桌,躺了下来。他眼皮直颤,脸色煞白。

"出什么事了?"贝拉问道。

"他突然就倒下去了。"一个巴萨卡战士说。

贝拉碰了碰那个战士的脸颊:"他是在雪地上躺久了吗?"

"没有,夫人。"刚才回话的战士答道。

"他冷得跟冰块一样。"贝拉扭脸对哈克说,"把孩子们带

这时殿门开了，两个巴萨卡战士架着另一个巴萨卡战士走了进来。中间被架着的那个巴萨卡战士拖着脚，曲着脚踝，几乎站不起来。哈克跟在他们身后。

出去。"

哈克点点头,走到我和哈拉尔德身边,说道:"拿上披风,跟我走。"我们依言,在他的带领下朝门口走去。

途中我回头看了一眼那个病倒的战士。他开始抽搐,颈间的肌肉一股股地抽动着,舌头伸出嘴外。

"快给我拿块布来,别让他把舌头咬掉!"贝拉叫道,"帮我把他按住。再给火里添点柴!"

哈克把我推进门外的场院,随后关上了殿门,让我和哈拉尔德待在外面。我们裹上披风,等待着被放回殿去。

截至夜晚降临,又有八个巴萨卡战士倒了下去,佩尔的人也倒了一个。他们在抽搐之后都陷入了昏迷,没有任何反应,只是奄奄一息地呻吟着,偶尔会眨动眼睛,能让人灌两口水下去。但我不被允许靠近他们。我望着他们张开的嘴与干渴的嘴唇,禁不住地想起了那个梦。

随着一个个巴萨卡战士倒下,哈克越来越愤怒,然而怒气却无处宣泄,他只能站在一边强压着怒火看着。他大概并不习惯这种无力的感觉。在如何安置我、阿莎和哈拉尔德的问题上,他和佩尔也争论不休。他们不知道让我们在大殿里与病倒的战士待在一起是否安全,可要是让我们在殿外过夜,天又太冷。

最后,我们被直接赶进了卧房,卧房的门被关得死死的,可是听着病人们的呻吟,我好长时间合不上眼。贝拉整晚都在指挥救护。不过她的声音很笃定,似乎知道该怎么做。这让我心里安定了几分。

等到早上,堡里剩下的人,包括古纳、其余那些巴萨卡战士,还有那个新沦为奴隶的战士也倒下了。大殿里已没有足够的桌椅安置他们,有些人只好躺在了灰扑扑的地板上。只有我、阿莎、哈拉尔德、贝拉、罗迪、奥勒、佩尔、哈克和阿尔里克几个还安好,没有病倒。

哈克双手在身侧紧握成拳,凝重地扫视着大殿,望着手下倒下的战士,露出无助的神情。但我感到了他心中野兽般的狂怒。他就像一只陷入绝境的猛兽,正狂怒地发着抖,随时准备出击。我从来没有见过这样的他,就连他在之前阻止殴斗时,都没有流露出这样的兽性。

"有人下毒。"他在喉咙里低沉地说道。

"什么?"佩尔问道。

"三天前,他们都吃了羊肉,"哈克看了我一眼,"而我们没有吃。"

"会不会是肉变质了?"佩尔说。

这一指控让贝拉深吸一口气,挺直了身子。我知道,贝拉她绝不会把变质的肉端上餐桌。

"不是,"哈克说,"要是肉坏了,吃的当晚他

们就会呕吐。肉没有问题。"他扭身正对着贝拉："是慢性毒药。"

贝拉抱起双臂，抬眼看着他："那你认为是谁干的？"

"吃的东西是你做的。"哈克说。

"什么？"罗迪叫道。

"荒谬。"奥勒叉着手说。

"将来庭审会给出判决。但现在，我认为你是嫌犯，贝拉。"

佩尔向前走了一步："你不能……"

"我能！"哈克吼道，"我是堡中职位最高的武士，陛下把保护他子女安全的任务交给了我。你要是阻拦我完成任务……"他的眼神越发狂暴，"……那你就是我的敌人。"

佩尔脸色发白，退了回去。哈克抓起一条绳子，将贝拉的双手反绑在背后。贝拉没有反抗，她不知所措地皱着眉，似乎无法接受眼下发生的一切。几天前，大家还平平安安的，虽然吃不饱，却都好好的。现在，大殿里满是垂死的人，而贝拉成了下毒的嫌疑犯。如果阿莎、哈拉尔德他们也吃了羊肉呢？如果毒是下在其他我会吃的饭菜里呢？会是贝拉干的吗？我的确听她说过，她希望巴萨卡战士们从堡里消失。我的心一阵抽痛。

罗迪飞起拳头，扑向哈克："放开她！"

哈克一把将罗迪推倒在地，拽着贝拉朝大殿的另一头走去。贝拉跟在后面,拖着双脚,扭头看着这个大概已经面目全非的世界。

罗迪爬起身,朝佩尔叫道:"你想点办法呀!"

佩尔只是张了张嘴,面无表情地站着:"哈克的做法没错。"

"你胡说!"罗迪叫道。

佩尔朝他扭过脸去:"小心点儿,你这个板凳上的小点缀。"

这句羞辱使罗迪陷入了沉默。

我努力让自己的头脑保持足够的清醒,走上前去说道:"你这样做是不对的,哈克。"

哈克的脚下顿了顿,看了我一眼:"我的做法没错。"

"你错了,"我说,"贝拉她绝不会做伤害我们的事。"

"你怎么知道她心里怎么想?也许她怕我们撑不过冬天,觉得这是确保食物充足唯一的办法。"他低头看了看贝拉,"是不是,女人?如果你确实是为了保住陛下的子女,我可能会有那么一点敬意。"他狠狠地拉紧手中的绳子,"但是你牺牲的是我手下的战士,英勇的战士。他们为了保护你们会不顾性命,哪怕你们厌恶他们。"

"我没有下毒!"贝拉终于抬起脸,直面着哈克,"我没有!"

"你瞧?"我说。

哈克挥了挥手,叫我让开。他把贝拉拽到大殿的一根木柱前,又拿来一根长绳,准备把贝拉

绑在殿柱上。

"哈克。"阿尔里克突然在大家身后说道。他一直没有出声,我已经忘了他的存在。哈克眯着眼睛朝他看去。阿尔里克指着绳子,说道:"你觉得她有什么地方可逃吗?"

哈克垂下眼,摸着手里的绳子。

"她为了救护你的人做了很多,"阿尔里克说,"来减轻他们的痛苦。你不想让她继续做下去吗?要是捆在那根柱子上,那可就很难了。"

哈克盯着阿尔里克,目光冷峻如同冰川。阿尔里克微微一笑,笑容与平日一样温和。他竟然还能唤出笑容!几分钟后,哈克渐渐软化,肩部松懈了下来。他垂下手臂,解开了贝拉。

"我现在放开你,"他说,"你要一心一意地救护我手下的战士。我会盯着你。如果我发现你有丝毫的疏忽懈怠,那绑你的地方就不是大殿了,我会把你绑在牛棚里冻死。明白了吗?"

贝拉掸了掸手:"我会尽力救护你手下的战士,但不是为了你,大统领。你的命令我不在乎。我是为了他们,因为我不想看见他们任何一个死掉。"贝拉迈步,想从哈克身边走过去,但哈克伸臂拦住了她。

"给我储藏室的钥匙。"他伸出手,说道。

贝拉从胸针上一把拽下钥匙,拍在哈克手上,怒气冲冲地从哈克身旁走了过去,去了炉边。

罗迪恨恨地瞪了哈克和佩尔一眼,急步朝贝拉走去。

"她依然是被捕的人犯。"哈克抛下了一句,迈着沉重的脚步走开了。

我扭脸向阿尔里克道谢:"谢谢你,先生。"

"她还没有洗清嫌疑。"阿尔里克说。

"她会洗清的。"

佩尔引阿莎去了角落。阿莎似乎很不安,她用手点着佩尔,轻声说着什么。我看着他们。我对佩尔很生气,他又一次背弃了我们。我也气我的姐姐,她没有为贝拉说一句话。

阿尔里克叹息了一声:"但愿那些战士里没有人死去。哈克他情绪不对。不过,毕竟发生了这么可怕的事,也不能说全是他的错。"

"你没有真把贝拉当嫌疑犯吧?"我问道。

"我不得不怀疑她,还有奥勒、佩尔,甚至哈克。你也应该怀疑我。"

我的心突地一跳,我咽了口唾沫将它压了下去:"为什么?"

"因为那个恶毒的叛徒怕是不会吃他自己下的毒。内奸很有可能就在我们这些没有吃羊肉的人中。"

我无话可说。他说的没错。

罗迪朝我走了过来,阿尔里克带着他温和的

笑容走开了。

"谢谢你。"罗迪说,他的声音有点哽咽。

"谢我什么?"

"谢谢你为我妈妈说话。但是我不知道等我们离开这里以后会发生什么。"

"不会有事的,"我说,"那样想的只有哈克一个。"

罗迪摇摇头:"可那是哈克。他的话足以在庭审时让妈妈被判有罪。"

"哈克很快就会自己发现真相。"我点头让他看向贝拉。贝拉正弯着腰,给一个战士盖好毯子。"看你妈妈,为了救他们,她多拼命。"

"你是真正的朋友,索尔薇格。"

罗迪紧紧地抱住了我,勒得我喘不过气。然后他松开手,头也不回地走了。我惊讶得说不出话来。罗迪和我恢复了几分往日的亲密,但代价如此高昂,我心中欣慰的同时,又十分内疚。

大殿里很安静,大家都躲着哈克。现在我们知道是中了毒,不是疫症,所以不用害怕感染,我被获准照料病人。我用蘸了水的布擦拭他们干燥的嘴唇,以防开裂,还帮着更换脏了的床单,并在他们的耳边轻声地安慰、鼓励。休息的时候,我挨着阿尔里克在火边坐了下来。阿莎不知道为什么事哭红了眼,已经上床去睡了。佩尔在阴影里闷闷不乐。

敌人的战船、狼头形状的云,还有崩塌的冰川在我脑中盘旋,让我心神不宁。

"你在想什么?"阿尔里克问道。

"我的那个梦。"我说。

他点点头:"我也一直在想。"

一个巴萨卡战士没能挺过那天的深夜。

后来，阿莎穿着那回试穿的一条母后的衣裙参加了宴会。她走出来的时候，父王一脸自豪，大殿里众人也低声惊叹不已。她递下装着美酒的角盏时，人人大概都觉得王后回来了。你当时可真美啊，阿莎，穿着母后的衣裙，像成年女子那样梳着辫子，还戴着珠宝。每一个人都爱你。

我挨着殿柱，站在一旁。佩尔，你走到了我身边。

你对我说话的时候，你的眼睛望着阿莎。

那会儿我没有在意。每个人都在看阿莎。

"有一天，你也会是那样。"你对我说。

"不会的。"我说。

于是你告诉我说："美貌并不是最重要的。聪慧和善良也同样重要，而这正是你拥有的。"

"你真这样想？"我问道。

"是的。"你看着我的姐姐，说道。尽管你看的是我姐姐，但那一刻你在我的眼中是前所未有的帅气。

"可父王他不这么想。"我说。

你看向了我的眼睛："也许是吧，所以你必须证明给他看。"

第十二章 死 亡

地被冰雪冻住了,我们无法埋葬死者。哈克和佩尔抬着死去的巴萨卡战士,艰难地穿过场院,将他停在了牛棚里。没有别人跟去,大概我们谁也不想把这看作是一场葬礼。葬礼会在我们返回家乡后举行。在家乡,我们和逝者的亲人们才能好好地纪念他。眼下,我要集中精神照顾正在忍受痛苦的生者。

贝拉让我照顾一组战士,其中一个是那个被驱逐,后来又被接纳进堡,但是沦落为奴隶的巴萨卡战士。我端了一碗凉水,拿着布片,跪在他身边。他呻吟着,但那并不像人类发出的痛苦的声音,而像是在夜晚游荡的迷失的幽灵远远的哭号。这呻吟声深深地扎进我的胸口,让我为他心痛。我流着眼泪轻轻擦拭他的额头,将水一滴一滴地挤进他嘴里。他很虚弱,但他把水咽了下去。

他发出一声粗重的喘息,夹带着一个词——

"故事"。

"你想让我给你讲个故事?"我询问道。

他闭着眼睛,浑身簌簌地发抖。我把毯子拉至他的下巴。手掌下,我感到他的身体在颤抖。曾经那样孔武有力的巴萨卡战士怎么会变得这样脆弱?在这样虚弱的时刻,他怎么会想要听我讲故事?

我不知道该讲什么。我想说一个起死回生的故事,却回忆不起来。但也许就像阿尔里克说的那样,重要的是故事的效果,我或许能讲一个自己新编的故事。我花了一小会儿时间,在脑海中组织了一下词句,开口讲了起来。

"在高高的阿萨神界,有一棵疗伤的圣树,生长在神山上。拱卫圣树的是九位神女。她们是英武的盾女,是引渡英魂的女神。英雄战死后,英灵都由她们接引入奥丁的神殿。"

说到这里,我发现其他中毒的战士也在听,那些还能睁开眼睛的都在看着我。于是,我站起身,在他们之中边走边讲。

"九位神女中有一位擅长医术的慈悲女神,她对我们凡间生出了好奇心。于是她离山下界,来到了人间。在人间,她发现一处封冻的峡湾。峡湾中有一座不大的城堡,积雪几乎堆到了房顶。"

我们这处峡湾。我们这座小小的城堡。

"她朝城堡走去,"我说,"她很好奇住在里面的是什么样的人,所以想进去看看。她发现,堡内是奥丁最英勇的战士们……"

我们的战士。悲痛令我险些哽咽。我看着身边中毒战士们的脸,眼中满是泪水,但我继续讲了下去。

"他们全是孔武的战士,可敬的勇士,怯懦叛徒的毒药却使他们倒了下去。英勇的战士们打动了女神的心,她俯下身,用指尖轻触他们的嘴唇,那触摸就像雪花一样轻柔,将圣树叶片上的露珠滴落在他们的唇上。"

我抹去脸颊上的泪水,跪倒在离我最近的巴萨卡战士身边,将吻过的指尖放在他的唇上。随后在下一个战士身上,我也做了同样的事。在故事声中,我依着顺序来到了每一个战士的身旁。

"一个接一个,"我轻声说道,"战士们从中毒的昏睡中醒来,他们的身体得到了净化。他们披上铠甲,拿起刀枪,骄傲地挺立在冬日的阳光下。慈悲女神朝他们露出了笑颜。然后,她登上云路,返回了神山,并向另外几位神女宣布,她治好了奥丁最英武的战士。"

我触了触最后一位巴萨卡战士的嘴唇,立起身来,看了看四周。贝拉和阿莎眼中含着泪。佩尔垂着头,似乎没有脸面见我。阿尔里克大睁着双眼,几乎一眨不眨地瞧着我。奥勒在大殿的一角点着头。

耳边传来了沉重的脚步声,我转身看去,哈克朝我急步走来,矮身跪倒在我脚边。我惊得倒退了一步。

"公主殿下,"他捧起我的手亲吻了一下,又将我的手按在他的额上,说道,"你不是歌者,你就是慈悲女神。"

"我不是,哈克,"我说,"可我多么希望她在这里。"

"她的确来过,"阿尔里克说,"尽管时间很短暂。"

我鞠了一躬,又走回到先前看护的那个沦为奴隶的战士身边。这个让我讲故事的战士脸上带着笑意,口中没有了呻吟。我碰了碰他,他的身体也不再颤抖。我忽然对我讲的故事生出了信心,也许口中的词句真的能够召唤来女神,也许故事真的能够塑造世界。这样的力量让人感到既兴奋又害怕。

我去向阿尔里克讨教。

"我知道你的感受,"他说,"你发觉,你如今拥有了创造神祇、勇士和巨龙的力量。"

"是的,"我说,"可是故事能让之前或许并不真实存在的东西成真吗?"

"那是对谁而言呢?"

"对所有的人。"

阿尔里克用手指捻着胡子尖:"我自己都难以判断什么才是真实,更何况是他人眼中的真实。"

"阿尔里克,"我摇摇头,"有时候,我真怀疑你的话里有没有真实的东西。或者,你故意营造了这种效果。"

"永远别相信讲故事的人,"他说,"我们全是骗子。"

那天下午剩下的时间里,被毒素折磨的战士们似乎安稳了些,大殿里的气氛轻松了一点。我们护理的措施与过去几天并没有不同,是我的故事使大家乐观了起来。傍晚,我拿了些吃的去喂曼尼。这几天我没顾上它,所以想着放它出笼透透气。可它没有停在我的肩膀上,而是飞上了房梁,怒气冲冲地瞪着我。

"对不起,一直没放你出来,"我说,"你要想生气就生吧。"

它冲我大叫了一声。

晚上我在殿内走动时,我发现曼尼总停在我头顶正上方的房梁上。我不知道它是想再在我头发上拉泡屎呢,还是想提醒我,它没有像我希望的那样停在我肩上。但它就在我的头顶上,我还是很高兴。

可后来它不见了。哈克的咆哮声响了起来。

"哪个人偷了钥匙?"

大家毫无头绪地东张西望。我急忙在房梁间寻找曼尼的踪影。

"储藏室的钥匙?"佩尔问道。

哈克径直冲向贝拉,居高临下地盯着她:"没错,储藏室的钥匙。它在哪儿,女人?"

贝拉双手叉腰:"我不知道。"

这时,我发现了曼尼。它正叼着储藏室的钥匙,趾高气昂地朝敞开的笼门走去,一双眼睛闪

闪发亮。

"曼尼!"我朝它扑了过去。它一拍翅膀,冲向鸟笼,似乎想在被我抓到以前把钥匙藏起来。但我一把揪住它的尾羽,把钥匙夺了下来。"淘气鬼!"我说。

大家都笑了起来,包括哈克。

曼尼盛怒地岔开羽毛,冲我尖叫。然后,它跳进鸟笼,蹲在角落,将屁股实打实地对着我。那样子可真像人,叫人难以置信。

"你的小渡鸦是想管理城堡吗?"我把钥匙交还给哈克时,他调侃道。

我关上了笼门:"我想它只是喜欢窝里有金属的物件。"

"咳,我说过的吧,它很聪明。"哈克站在鸟笼边,骄傲地看着曼尼,"只不过有这么个小贼在周围,我得要多加小心。"他轻笑着走开了。

曼尼朝我甩了甩头。

"我会多放你出来的。"我说。

这之后不久我就上了床。阿莎没有睡着,她侧着身,面对着我躺着,我甚至无须伸手就能触到她。但是我不想理她。我依然无法相信,她竟然不为贝拉辩护,而且她还在与佩尔纠缠。我们俩的脸只隔着几英寸,但我从来没有像现在这样感觉与她如此疏离。被困在这里的几个月已经将我的姐姐变成了陌生人,我感到前所未有的孤单。

"我喜欢你的故事。"她说。

我真想远离她,但我说了声谢谢。

"你给那些人带去了安慰。"

我点点头。

"真是个出色的故事。"她说。

"你那个时候为什么不说话?"

她皱了皱眉:"什么时候?"

"哈克指控贝拉的时候,你没有为她说一句话。"

"你怎么知道不是她做的?"

"什么?"我从床上一下坐起来,"你怎么能说这种话?"

"你根本不知道一个人能干出什么样的坏事,索尔薇格。谁知道贝拉心里想什么?"

她的声音不对。现在我已经学会了编故事,所以我听了出来。也许今晚我讲的故事并不真实,但我的故事并不像阿莎的这些话那样,是为了欺骗。

"你说的对,"我又躺了下去,"是没有人知道一个人能做出怎样的恶事。"

"是啊。"

"我从未想到,佩尔竟会这样怯懦。"

阿莎沉默了。我不想看她。

"佩尔他不是懦夫。"阿莎生硬地说道。

"他也没有为贝拉说话。虽然他想要开口,

但他不敢顶撞哈克。"

阿莎把身子背转了过去："我气恼的不是这个。"

"那你为什么生气？"

"晚安，索尔薇格。"

次日，我又去看护那个沦为奴隶的战士。他还没有醒。贝拉把燕麦捣碎，煮成了稀稀的燕麦糊。我在他身边坐下，打算喂他吃一些。我轻轻推了推他，他的身体冷冰冰的，已经硬了。我张皇地倒退了几步，手中的碗砸落在地上。

"出什么事了？"贝拉在一旁问道。

我说不出话，只是盯着那个战士的脸，他的嘴角还带着笑意。

贝拉快步走过来，弯下腰用手背探了探他的脸颊。探过后，贝拉垂下头，闭了闭眼："对不起，孩子。"

"他死了？"我问道。

"是的。我会叫哈克和佩尔把他抬出去。"

贝拉去叫人了，我留在那个死去的战士身边，呆呆地望着。我想要跑开，心里却又有一股强烈的冲动，想像贝拉那样再触摸一次他的脸颊，感受生命的离去。我忍下那股冲动，深吸了一口气，用毯子蒙住了他的脸。我哭了，一直哭到哈克和佩尔他们来抬人。

这一次，我跟着他们出了大殿，去了场院另一侧的牛棚，看着那个战士被停在了地上。哈克和佩尔呼出的白气落在他身上，仿佛是徘徊不去的灵魂。现在，牛棚中已经停了两个死去的战士。还会有多少个战士死去？

"我马上回来。"哈克说。我和佩尔在沉默中等待着。

哈克把三天前从那个战士手中收走的佩剑拿了过来。他跪在地上，把佩剑放在遗体上，又将死者的双臂曲在胸前，覆在剑柄上。

然后他挺身立起，转过身来，走了出去。

佩尔清了清喉咙："对不起。"

"你为什么道歉？"我说。

他叹息道："为所有的事情。我不应该……我没能尽责地保护你。"

"还有我姐姐。"

"索尔薇格，请相信我的话，我从未做过任何会让她名节受辱的事。我不对你撒谎，因为我重视你。是的，我爱她。来这里之前，我就爱着她。我的所作所为都是出于对她的爱。"

他的话像针一样刺着我，使我心中产生了痛苦的怀疑。"你是因为爱她才对我这么好的吗？因为她是我的姐姐？"在问他的时候，我的喉咙发干。

"什么？"他一抬双手，"不，不。我亲近你，是因为我欣赏你。你知道的。"

我低下了头。我想相信他的话，想像以前那

样看待他,但却忘不了他那些令人失望的行径。

"索尔薇格,我……"

哈克又走了进来。"走吧,佩尔,"他紧皱着眉头说道,"又死了一个战士。"

佩尔挫败地闭了一下眼睛:"是哪个战士?"

"是你手下那个受了伤的叫艾吉尔的战士。"

佩尔把手放在我的肩上:"剩下的话我们以后再说。"

我点点头。他也点了点头,就跟着哈克离开了。我环顾着牛棚,脑中是棚内堆满尸体的景象。尸体一具挨着一具堆放着,盖住了封冻的地面。这一刻我才清醒,我的故事并不能疗伤,不能塑新创造,它们不过是一些词句,在出口的一刻就消亡的词句。之前那种充满力量的感觉荡然无存,我只觉得无力。

在我穿过场院时,哈克和佩尔抬着死者迎面走了过来。我退到一旁,让他们过去。他们从傍晚到天亮,抬了一趟又一趟。在我入睡前,已有五个战士死去。夜里,殿门又开了四次,将我从梦中惊醒。等到天亮,还活着的人只剩下了古纳和九个巴萨卡战士。但是早饭刚上桌,古纳也没了。

我端着我那碗一口没碰的冷饭,看着他们把尸体抬了出去。没多久,又死了五个战士。晚些时候,奥勒走了过来,坐在我身边,拾掇着那张他已经补好的渔网。

"你是个有恻隐之心的人,索尔薇格。"

哈克把三天前从那个战士手中收走的佩剑拿了过来。他跪在地上,把佩剑放在遗体上,又将死者的双臂曲在胸前,覆在剑柄上。

我没有说话。不是我不想回应,只是我想不出该说什么。

奥勒把身子向后靠了靠:"大概正是这份恻隐之心让你成为了如此出色的歌者。"

"我不是歌者。"

"你想当歌者吗?"

"我想是吧。"

"歌者的生活好像很苦。"

这一点我之前真没有想过。我第一次开始想象自己孤身走在寒冷的路上,从一座城堡去往下一座城堡,寻找庇护者的情景。幸运的话,会有某个首领留用我,就像父王留下阿尔里克那样。父王会让我当他的歌者吗?可那样,阿尔里克怎么办?

"你愿意牺牲王室的生活,去当歌者吗?"奥勒问道。

这是一个难以回答的问题。讲故事给我带来了前所未有的自豪感。站在众人面前讲故事的时候,我是个有价值的人,是有所作用的人。

可猛然,我想起了停在牛棚里的那些死者。在现在这样最痛苦的时刻,那些故事有什么用?如果终究没有用,那还值得为之牺牲吗?

"我不知道。"我说。

奥勒环顾了一眼大殿,点了点头。我也看了一眼。

贝拉和罗迪母子俩坐在椅子上。哈拉尔德枕着阿莎的腿在睡觉,似乎我们熟悉的长姐又回到了我们身边。哈克蜷缩在角落。我好像听见了他的哭泣声。可他真会哭吗?

"就像刚打过一场恶仗,"奥勒说,"可是还没有结束,最糟糕的情况恐怕还没有来。"

"这还不是最糟糕的情况,怎么可能?"我问道。

奥勒看向手中的渔网。

"你在成为奴隶以前是个战士,"我说,"你打过很多仗吗?"

"打过很多。"他咬了咬牙关,"但那已经恍如隔世了。"

阿尔里克朝我们走了过来:"索尔薇格,请跟我来一下。"他拿开我手里的碗,放在一边,拉着我起身,将我带到屋边。"他们想听故事。"他说。

我眨了眨眼:"现在?"在这样悲伤的时刻,讲故事似乎毫无意义。

"是的,他们需要你再讲一个故事。"

"他们死了!"

"什么?"

"他们都死了!"

阿尔里克向后缩了缩身子。

我指着殿门,十八具尸体已经从那里抬了出去:"我的故事没有任何用处!"

"我不那么认为。"

"那些故事有什么用？它并没有拯救他们。"

"你给他们带去了平静。"

"只是那么一小会儿。"

"在痛苦的时候，一刻就是永恒。"

"可是那一刻结束以后呢？"我哭了起来。

"你就再讲一个故事，用一个个故事将时刻填满。"

用不断讲下去的故事对抗无尽的痛苦？这在我看来令人绝望："我做不到。"

阿尔里克环顾了一眼大殿："那么我来。"

那时夏季刚刚到来,早晨还残留着凉意,罗迪,你被佩尔带着在校场练习格斗。你那会儿持枪的样子,多少看着像是枪会在手里打转,扎到你自己。佩尔,一开始你可能是有点过于严厉。虽然我知道练武就该这样,男孩必须成长为男人,但每次你把罗迪击倒在地,我还是觉得不忍。

不过,你每次说声"再来"后都会扶罗迪起来。

当时,你们两个知道我在偷偷看吗?罗迪,我眼见你越来越坚强。还有你,佩尔,你把罗迪塑造成了他应当成为的样子。

罗迪,你记得吗?那天你哭过。我说这个不是想让你尴尬。当时我见你丢下长枪,垂头丧气地窝在地上,我真想跑过去问问是怎么回事。可那时候,你已经不大和我讲话了。所以,我观望着。

佩尔,我以为你会发火,会责骂罗迪,把他从地上一把拽起来,将他揍得眼泪横流。

可是,你没有。你跪在罗迪身边,扶着他的肩安慰他,令我对你十分感佩。

我离得太远,听不见佩尔说了些什么,现在我也不想叫你复述,罗迪。但不管他说了什么,当时确实鼓舞了你。

你站起身,加力握紧长枪,说道:"再来。"

第十三章 融 化

阿尔里克大步走到壁炉边,在火光中挺直身子,举起双臂说道:"大家,请听我说。"他的声音不大,却很有分量,把我们拉向了他,并像铁锚一样牢牢拴住。等大家都看向他以后,他讲了起来。

"古时,先知早有预言,有一日兄弟将会相争,手足将会相残,忠义将被抛弃,战争将会横行。那将会是刀剑肆虐,盾牌不敌的时代,是末日前狂暴残忍的时代。巨蟒将会翻腾,搅得海水泛滥,山脉震动,群山崩塌,令巨狼芬里尔脱身而出。"

我不明白,阿尔里克为什么挑了这个故事。现在,我们被困在堡中,战斗力又被削弱,正是精神最低落的时候,他却给我们讲世界末日的故事?我对他生出了怒气。

"芬里尔将会吞噬太阳和月亮。星星将会坠落。接天的大火将焚烧大地。奥丁会在与芬里尔的对战中牺牲。与巨蟒战斗的雷神索尔也将陨落。洪水将淹没大地。在众神应劫,洪水毁灭一切之后,世界将陷入一段黑暗的时期。"

我真想站起来,质问阿尔里克讲这个故事是什么用意。他要干什么?可不等我起身,阿尔里克已经改变了姿态和声音。

"但是,从这片深重的黑暗中,"他说,"崭新的太阳将会升起。天空将会放晴。恢复了生机的沃土将会浮出海面,粼粼的波涛会从升起的土地上退走。在这片土地上,幸存的神灵们将集合起来,再次创造世界。人类不会消亡,新生儿将会诞生。人们会在新垦的土地上播种收获,会做出酸奶和奶酪,会喝上麦芽酒。新人将会迎娶,君王将会加冕,四季会像以往那样更替。因为,即便世界会崩塌,失去的一切令所有人绝望,生命的力量却总会重现。"

故事结束了。

我的心里升起了希望。我为逝去的人难过,为那些奄奄一息的巴萨卡战士难过,但我会等待重现的生命。我看向身边的人,看向阿莎和哈拉尔德,看向罗迪和贝拉,还有佩尔,从他们的脸上我看得出来,他们也感受到了希望。他们被泪水洗过的眼中闪烁着光芒。

大家没有鼓掌,而是发出了叹息。阿尔里克就近在一张椅子上沉重地坐了下来,累得仿佛一个在田里打了一天谷的农民。我走了过去。

"有什么能效劳的吗?"

"给我拿杯水吧。"

我从桶里给他舀了些融化的雪水,他一口喝了下去,淌了一些在胡子上。

"这个故事真精彩。"我说。

他微微一笑,说了声谢谢。

"真不知道你哪儿来的力量。"

"这力量你也有。"

我又给他添了杯水,他大口喝了下去:"你知道,我为什么讲这个故事吗?"

我迟疑着想了想。这个故事对我有什么启发?"如果苦难没有尽头,那么人们退而求其次追寻的大概会是受苦的原因。这个世界上,苦难是生命的组成部分,它构成了轮回。"

阿尔里克合了合眼睛:"故事为人提供了看待事物、理解事物的角度,哪怕人们在听故事的时候没有意识到。"

傍晚过去了,没有更多战士死去,大家都怀着希望上了床。尽管我们依然身在险境,但大家的睡眠安稳了一些,被故事燃起的希望在黑夜中长存,就像木柴的青烟那温暖的香气萦绕在我们身边。我又开始相信故事的力量。它与我所想的不同。

之前,我只是考虑故事在讲述时的意义。我以为我是耕田的农夫,听众们的心能像土地一样被我犁开,随我的意愿改变。但故事拥有的却是更潜移默化的力量。现在我明白了,我还是农夫的妻子。我走在农夫身后，播撒下种子，让种子在故事的意义中成长。我意识到，我以前听过的每一个故事都成为了我的一部分，它们在我的脑海里深深扎根，在我的思想中轻声低语。

但是怀疑也在心里徘徊不去，我担心那个内奸要不了多久又会动手。

早上，剩下的那几个巴萨卡战士都还活着。也许毒素已经行遍全身，夺走了所有那些能夺走的性命，剩下的人将得以幸免。不过，他们虽然保住了性命，身体却依然虚弱，需要照顾。

贝拉派我去洗他们的脏衣服和脏床单。我盛了一盆雪，放在火边，用受热融化后的雪水搓洗布料上的污渍。水变黑了，我将洗得尽可能干净的衣服和床单一件件挂在梁上。有些梁比较高，奥勒就会帮我一把。

"我有答案了。"我说。

"什么答案？"

"你问我愿不愿意放弃王室的生活，成为歌者。"

"那答案是？"

"我愿意。"

奥勒手上一顿："你是认真的吗？"

"是的。"

"那么听着,索尔薇格,"他的语气变得很硬,"你一定要记着刚才的话,千万不要忘记,记住你是认真的。"

"可为什么?"

"生活中,最艰难的决定往往要做不止一次。但是每做一次,都会容易几分。记住了吗?"

我有点糊涂。他指的是将来我必须面对父王的时候吗?

"我会记在心里的。"我轻声说。

奥勒的语气缓和了下来:"好。快来帮我晾一下这床单。"

和奥勒晾完衣服和床单后,我歇了一会儿。透过湿床单,我能看见火光和往来的人影,但床单干了以后就看不清了。奥勒刚才对我说的那番话,背后似乎别有他义。他有什么艰难的决定,需要下不止一次的决心呢?

一天过去了,佩尔和哈克再没有踏上那条去往牛棚的长路。阿尔里克的故事点燃的希望,加上这些好转的迹象,减轻了大家心中的绝望。虽然大殿里气氛依然紧张,大家都彼此提防,但是偶尔有了笑声。哈拉尔德又缠上了哈克,还获准尝试举一举哈克的战锤。在我看,哈拉尔德举起锤柄都困难,更别说顶部的铁锤了。哈克轻笑着看哈拉尔德使尽了吃奶的力气。

我走了过去:"差一点就举起来了,哈拉尔德。"

"我看不是。"哈拉尔德咬着牙说。

"你很快就举得动了,"哈克说,"小王子。"

哈拉尔德气喘吁吁地放弃了。他瞪着地上的铁锤说："我是还小。"

哈克单手抄起铁锤："但你很有狠劲。"

"也很勇敢。"我说。

"没错。"哈拉尔德上气不接下气地说。他自我鼓励地点了点头，走开了。

我扭身对着哈克："谢谢你逗着他玩儿。"

"他是个好孩子，意志坚强，将来会成为一个出色的君主。"

哈克的话让我想起了父王，我很担心他的安全。要是我们之中都隐藏着谋害者的话，那父王身边会不会也有？"但愿家乡的战事顺利。"

哈克把锤头轻轻落到地上，像倚着拐杖一样撑着锤柄。"我真想在陛下的身边，而不是被困在这冰封的地方。不过，你也不用担心。陛下他不光是无畏的勇士，还是出色的战略家，他知道怎么打胜仗。回去以后，你看吧，保准什么事也没有。"

"回去以后。"我说。对于那一天，我既期盼又害怕。

"是啊。"

"那贝拉回去以后呢？"

哈克用手摸了摸脑袋："那是另一回事。"

"下毒的人不是她，我想你清楚。"

"对,"哈克叹道,"我知道不是她。那会儿是我气疯了。"

"如果不是贝拉,那会是谁?"

"我不知道。"哈克扭头看了一眼,"很难想象他们会干出下毒的事。也许终究还是肉变质了吧。"但他的语气毫无把握。

我也希望是肉变了质,但心里却总有声音在说事情并不是这样,搅得我心里乱糟糟的。我还记得那个梦里的场景。外头的牛棚里僵硬地躺着战士们的尸体,他们的死亡与我梦中的灾祸并不是巧合,是有人想让我们没有食物,没有勇士,来削弱堡中的力量。这个人就在我们之中,甚至有可能就是我眼前的巴萨卡战士们的统领。

恶狼来了,它正在吞噬。

傍晚,我去找罗迪。自从那晚哈克指控贝拉下毒以后,他又一直闷闷不乐。我想如果把哈克不再怀疑贝拉的事告诉他,他一定会高兴起来。

"我很高兴,"他淡淡地说,"谢谢你。"

"我还以为你会很欣慰呢。"我说。

"其实,哈克已经跟我说了。他道了歉。"

"哦。"

"不过还是谢谢你。"

可这又让我生出了新的疑问:"那你一直在烦恼什么?"

"没什么,我没事,索尔薇格。"

我回想了一下那晚的情形:"是因为佩尔说你的那句话吗?"

罗迪垂下了眼睛。

"别听他的。"

"可是陛下会听取他的话。他说,我不过是板凳上的装饰。"

我用手搭着他的肩膀:"你并不懦弱,罗迪。"

罗迪深吸了一口气,似乎想要说什么,后来却没有开口。我等待着。他又吸了一口气,但还是不说话。

"你想说什么?"我询问道。

"我的确是板凳上的装饰。"他说。

他竟会这样看待他自己,我很难过,可不管我怎么安慰,都没让他转过弯来。

那天夜里,我睁着眼睛躺着,一直等到旁的人全都入睡以后,我轻轻唤醒了阿莎。

"索尔薇格?"阿莎打着哈欠说,"什么事?"

"嘘,小声点。"

"出什么事了吗?"

"对。"我朝她探了探身,"阿莎,你必须告诉我真相。我能看出来你是不是在撒谎。"

"什么真相?"

"是不是佩尔下的毒?"

阿莎身子一僵,推开了我:"你说什么?"

"下毒的人是不是佩尔?"

"不!哈克说是贝拉……"

"下毒的人不是贝拉,你知道。哈克也知道。他今晚对我说,也许是肉变质了。"

"也许就是肉坏了。"

"不,不是。"

"你怎么知道?"

"我就是知道。所以,我需要确认。"

"索尔薇格,听我说,佩尔他没有下毒。"

阿莎的声音让我相信了她。至少我相信,她坚信佩尔是清白的。虽然这并不意味着佩尔就清白,但这说明即便是佩尔干的,阿莎她并没有牵扯其中。尽管我依然恼恨阿莎,心里却又对她生出了一丝微薄的信任。

"谢谢,"我说,"你、我,还有哈拉尔德是彼此唯一能依靠的人。"

"还有佩尔。"阿莎说。

我没有理会:"我们必须互相守护。"

"哦,索尔薇格。"阿莎把我拉进她的怀里,我有些抗拒,"我绝不会让你受到伤害。不管发生什么,你都会平平安安的。我保证。我们只需要坚持到春天。"

我点点头，努力想在她怀里放松下来，却办不到。我不希望春天来临。春天会令冰雪消融，会使冰封的峡湾通航，会带来我噩梦中那狼头状的云团，笼罩在城堡上空，还会带来敌人可怕的战船和他们风中的喊杀声。如果可能，我愿让城堡永远封冻在隆冬。

现在我们有了足够的食物，再也不用担心断粮，但是每一口嚼在嘴里都那么沉重，因为这是用绝不愿付出的代价换来的。早晚用饭的时候，大家都默默地围在火边，吞咽着我们的负罪感。

那几个巴萨卡战士的情况在接下来的几天里持续好转，他们的脸上又有了颜色，显出了活气。他们晚上不再发热，虽然偶尔还会战栗或者痉挛，但状态大体很好。我肩上架着曼尼，跟着阿尔里克和先前一样开始每天晚上讲故事。几星期后，随着冬天越来越临近尾声，那几个巴萨卡战士能坐起来了，有一两个甚至能在殿里蹒跚地走动。

哈拉尔德今天去找他们挨个地掰手腕，他们都笑着答应了。每把都是哈拉尔德赢，他们全夸哈拉尔德很棒。

"你们掰赢了我，"哈拉尔德对他们说，"就知道你们的力气恢复了。"

"是啊，"他们说，"那样就确定无疑了。"

我叫走了哈拉尔德,好让巴萨卡战士们休息。

"你想跟我掰手腕吗?"我问道。

"这不公平吧?"

"为什么?"

"你是女孩。"

"女孩也能很强壮。"

"跟男的没法比。"

我揉了揉哈拉尔德的头发:"那你敢跟贝拉掰手腕吗?"

他猛力摇头。

"为什么,因为她是女孩?"

"她才不是。"

"不是?那她是什么?"

哈拉尔德像瞧傻子一样瞧着我:"她是位母亲。"

我笑了:"做了妈妈就大不一样了,是吗?"

哈拉尔德拧了拧嘴,突然冲口问道:"是她下的毒吗?"他问得这样急切,看得出来这个问题在他心里已经闷了好一阵子。

"不,不是。"

"你怎么知道?"

"我了解贝拉,她绝不会做那样的事。罗迪也不会。"

"那阿尔里克呢?"

"应该不可能。"

"佩尔呢?"

"我想不是他。"

"嗯,我知道不是哈克,"哈拉尔德说,"那奥勒呢?"

"他跟着父王已经很久了。"

"可那就没人了。"

的确是没有别人了。或许哈克说的对,终究还是肉变了质。但我还是不大相信。那毒发作得很晚,发作的症状也不像吃坏东西的样子,而且在体内存留的时间太长。这些事实就像随时落下的利剑一样悬在我的头顶。

"他们……"哈拉尔德的嘴唇颤抖起来,他低头看着双脚,"他们下毒,是想要杀我吧?是不是我连累了大家?"

"什么?不是!当然不是!"我伸出手,将他紧紧地抱在怀里,"这不是你的错。不会有人要杀你的。"我说的并不只是安慰之词。哈拉尔德活着,赎金更高。所以,我才不担心他跟佩尔和哈克他们睡在一起。"这段时间,你一直在忧心这个吗?"

他在我怀里点了点头。

"哈拉尔德,你不应该想这些事情。不管下毒的是什么人,那个人知道,你、我,还有阿莎不会吃,因为那是希尔达。"

"那他们为什么下毒?"

"我想,他们真正的意图是削弱城堡的力量。所以,他们弄走了那两头母牛,还毒害了派来保护我们的巴萨卡战士。如果他们想杀我们,

他们可以把毒下在别的、我们都会吃的东西里面,可是他们没有。"

哈拉尔德滑出我的怀抱,皱着眉头说:"我明白了。可我不知道心里是好受了呢,还是更难受。"

"坚强一点儿,就算是为了我,好吗?"

"好吧,"他应道,"还好冬天就快过去了。"

一周接一周无情地过去,白天越来越长,像是有人把冬天灰色的光线纺成了金丝。大家在户外待得越来越久,享受着温暖的阳光,我却躲在殿里。我开始害怕太阳升起,害怕看见它带着每日的时光在天空中移动。

我蜷缩在壁炉边,努力把那个噩梦赶出我的脑海。我假作它被锁在了卧房,假作一切醒来后都是虚妄。但是阿尔里克似乎也忧心着那个梦,这使我更加忧虑。他开始大声抱怨天气太冷,仿佛现在还是隆冬。他开始讲可怕的暴风雪的故事,讲冰霜巨人寒冷雪域的故事,就好像他能用故事阻挡春天似的。可我知道,故事没有这样的力量。不过,担心害怕的不止我一个人,也好。再说,我现在肩上还有了曼尼。

我记得那会儿,哈克刚把它送给我,我带着它一道晒太阳。我抬着头,闭着眼睛,阳光映得眼皮里发红,感觉暖洋洋的。还有我的小渡鸦在笼子里陪着我,我心满意足。

不知道我们一起度过这黑暗又漫长的几个月以后,曼尼有没有依恋上我。如果我带它去户外,它会不会飞走?我知道这个答案早晚要揭晓。我不能上哪儿都随身带着鸟笼,尤其我要当歌者,要去往各个城堡的话。

我扭头看着曼尼,它拍了拍翅膀。

"奥丁的鸟儿,我的记忆,你会待在我身边吗?"我站起身,朝殿门走去,"还是有机会就飞走?"

我走到门边,但望着眼前的大门,我停下了脚步。木门上的纹理已被烟熏黑,又被众人的手磨得发亮。我摸着门,摸着那些深深的纹理,轻声说道:"请不要走。"

然后我拉开了门,一股冷风扑面而来。我迈了半步,站在过梁下,一丝阳光照在我脚上。我只敢探出这么远。我看向肩上的曼尼,它一动不动,像是定住了一样。它似乎在努力回忆天空。

院子里,哈拉尔德正在朝奥勒和阿尔里克扔雪球,奥勒和阿尔里克也做着反击的样子。哈拉尔德发现了我,停下手,指着我让大家来瞧。大家都扭过头看我,但我没有理会。我站在那里等待着,看曼尼会做什么。还有时间,我还能把门关上。

曼尼把脑袋伸了伸,又歪了歪,接着又转了转,似乎想向各个角度都张望一下。在我肩上的小爪子动了动,它似乎在准备飞开。我咽了口唾沫,等待着。

突然,我感到一滴冰凉的水落在额头上。我

抬眼看去，是融化的冰柱在滴水。我又看了一眼场院，阳光下雪堆已经开始叹息着塌倒。

　　风中有隐隐的声响，在峡湾中轻轻回荡。我仔细聆听，发现声响不是来自于海上，而是发自于峡谷，而且只是一种声音。我心头一紧，急忙关上殿门，把那声音紧紧地关在门外。那是冰川的呻吟声。

　　我们头顶的冰川正在醒来。

风中有隐隐的声响,在峡湾中轻轻回荡。我仔细聆听,发现声响不是来自于海上,而是发自于峡谷,而且只是一种声音。

现在，距离父王吩咐将我们送走的那天，似乎已经过去了很久。那天凌晨，我们在夜色的掩护下上了船。准备的时间很仓促，但是能带的东西都带上了。陪同我们的人每一个都经过父王精挑细选。

佩尔，我想父王选你，是因为在父王所有的臣子之中，你是仅次于哈克他最信任的人。因此，他也信任你带的两位战士，艾吉尔和古纳。

贝拉，父王选你，我想是因为你忠诚服侍了多年，证明了你对王室的爱。奥勒，你也是一样。

罗迪，我觉得父王选你，是因为他知道，你与你的哥哥一样勇敢。他知道，在别人靠不住的时候能够依仗你。

哈克，父王之后将你和你手下的战士们派了来，理由很显然，能护住我们的勇士只有你们。

阿尔里克，虽然你坐在那里默不作声，但你大概比这里任何一个人都更了解父王，了解他的想法和意图。在许多方面，你甚至比我们这些亲生子女更了解他。这大概就是他选择你的原因。

再剩下，就是我们姐弟几个了。

那么，你们之中谁是父王看走眼的人呢？

第十四章　恐　惧

峡湾上的冰越来越薄,黑色的海水在下方舔舐着,逐步逼近冰面,雪白的冰面下露出一道道隐约的暗影。只要冰不化,我们就还安全,战船驶不进来。可我不知道,不断变薄的冰层还能坚持多久。

"父王很快就会派人来,"哈拉尔德说,"告诉我们能回家了。"

"但愿如此,"哈克说,"走吧,得回堡了。"

"谢谢你,又陪我出来。"回去的路上,我对哈克道谢说。

哈克点点头。他大概有点烦我。

我每天都去崖上观望冰层的状况。我们还不知道几个月前藏身在林中,在那块墓碑边留下脚印的到底是什么人。尽管我们都开始怀疑我们之中出了内鬼,哈克还是不敢掉以轻心,坚持陪我同去。他和哈拉尔德一样,认为我是急于看到峡湾通航。

但其实不是。

进堡后，哈克闩上了堡门。现在，堡门多数时候无人把守。幸存的几个巴萨卡战士还十分虚弱，没有足够的人手，如果敌人来袭，城墙无论如何也守不住。大殿是我们唯一有保护的地方。

我们进殿去吃早饭。早饭一如既往，还是燕麦粥。若是能吃上一抹黄油或者一滴蜂蜜，我怕是什么都肯换。我实在吃厌了燕麦粥。

早饭结束后，阿尔里克把我拉到一旁："我们要考虑考虑，你应该给你的父王讲一个什么样的故事。"

"你在说什么？"

"嗯，我想你跟他说要当歌者，他肯定会让你展露一下本事，会想亲眼看看，你有没有天赋。"

我慌了："不行，对着父王我讲不了。"

"你必须讲。你能做到的，只是需要练习。所以，我建议你现在就开始。"

"不，我还没有准备好。"这段时间我一直沉浸在对那个噩梦的忧心恐惧中，没有考虑回去以后要面对父王的事。

"你需要做好准备，索尔薇格。冬天快要结束了，你知道。"

我摇摇头："就再给我几天吧。"

他叹了口气。

"就几天，"我说，"真的，我保证。"

"那好吧。但是这样拖延没有用，有用的是练习。"阿尔里克摇摇头，走开了。

又过了几天，我们站在悬崖边上的时候，吹上来的风已暖得能闻出大海的味道。忽然，哈拉尔德蹦跳起来，我顺着他指的方向看去。

冰上有一道裂缝，一道正在渗水的裂缝。

"这下我们要回家啦，不是吗？"哈拉尔德说。

哈克伸出磨盘似的大手，扶在哈拉尔德肩上："等有消息让我们回去才能走。陛下在确定安全以前不会派人来。"

"可现在父王的信使能联系到我们了呀。"哈拉尔德说。

"是啊。"

我的心一紧，如同滚烫的石头掉进了锅里，直往下沉。我扭身往悬崖下走去："走吧，哈拉尔德。"

哈克抬起眉毛诧异地看了我一眼。

"怎么啦？"哈拉尔德问道，"你不高兴吗，索尔薇格？"

我不高兴，我很害怕。但我没有告诉哈拉尔德："我有点累。这个冬天可真漫长。"

"是啊，"哈克说，"我们回堡去吧。"

一回到大殿，哈拉尔德就把冰层已经开裂的消息告诉了大家，引起一片欢笑。只有我和在大

殿另一头的阿尔里克没有笑,我们对视了一眼。

那天晚上,阿尔里克问我是否已经准备好开始练习。

不管有没有准备好,我都已经应下了。"我们开始吧。"我说。

"好。首先,我们要选定故事。陛下喜欢比较新的故事,太古老的不行。近代的英雄比较容易引起他的共鸣。"

我点点头。

"到时候他刚打完仗,肯定是大获全胜,所以欢庆胜利的故事或许会让他喜欢。"

这样子把父王当作听众来琢磨有点奇怪。以前,我从来没有留意过父王对歌谣和故事的偏好。在这方面,我完全不了解他,阿尔里克比我这个亲生女儿更熟悉他的脾胃。这么一想,我更深感心虚,目光都垂在了地上。

阿尔里克接着说道:"我们可以考虑讲一个歌颂陛下的故事。你的案子我们得竭尽全力。"

"我的案子?先生,你这话说的好像要接受庭审似的。"

"在某种意义上来说,就是庭审。你的请求需要佐证,而且需要证人。我会替你说话,推介你的才能,但你也必须证明自己的能力。"他顿了顿,"你必须相信你自己,索尔薇格。如果你自己都没有信心,怎么能够指望陛下有信心呢?你有信心吗?"

我抬起眼来:"我想要信心。"

"现在这就够了。"

接下来的几小时,我们讨论着可选的故事。有些故事我没有听过,阿尔里克会简述故事重要的情节,把故事迅速讲上一遍。不过后来讲的都是父王的经历,这些故事早被传颂开来,我已经烂熟于心了。

"就没有什么以前没讲过的吗?"我问道。

"也许……"阿尔里克轻点着下巴,"是应该……"

"应该什么?"

他带着诡秘的笑容看着我:"说真的,这或许是最好的时机。"

"什么的最好时机?"

"讲陛下登基以前的故事。你知道他是如何成为国王的吗?"

我出生时,甚至阿莎出生时,父亲就已经当上了国王,我不知道他其他的身份。虽然我试着去想象,却想象不出来。不过,他曾经也是个武士,跟佩尔一样。据说他效力的国王死在了战场上,战友们都逃了,父王却杀了上去,单挑敌军的首领,取得了胜利,赢得了两顶王冠。"你讲给我听听吧。"我说。

"你的父王并不是贵族出身,他是渔民的儿子,但他离开家去当了兵。据说,他年轻时非常自负,脾气火暴。那时候他还没有学会控制脾气,成为你熟悉的那个人。那会儿,他受不了一点挑衅,忍不得

丝毫屈辱,一丁点的羞辱就会让他不管不顾地跟人打架,凶蛮的劲头人人害怕。"

我的脑海中浮现出父王沉默寡言,不动如山的样子。威武的父王怎么可能是那样的莽汉?

"一天,你父王穿着打赌赢来的体面的新斗篷,走在路上。忽然,身边跑过一匹快马,溅了他一身泥。你父王勃然大怒,追在马后叫骂。马上的人掉转马头,折返回来。

"'消消气,孩子,'那个人说,'我买件新的赔你。'

"可你的父王不听他的,要求单挑。骑马的人同意了,他下了马,脱去了斗篷。你父王这才发现他是个老人。老人没有披甲,但全身布满了战场上留下的伤痕。"

"他是巴萨卡战士?"我问道。

"对。你父王看见对手的年纪,得意地一笑,认为会赢得不费力气。可是开打后他使出浑身解数,你父王才惊觉这老人依然拥有埋在骨子里的力量。他们打了一天一夜,路上被他们踢砸出一个个凹坑。到第二天天亮,你父王精疲力竭,终于倒了下去。但是老人没有杀他。

"'你很强,'老人说,'但如果你克服了恐惧,你就能够更强大。'

"'我什么也不怕!'你父王叫道。

"'你害怕你体内的兽性,'老人说,'你担心挑战它会失败,所以才把拳头转向了我。'

"你父王啐了一口:'少废话,杀了我吧!'

"'我不会杀你,'老人说,'虽然杀了你很简单,但是我不杀你,我会教导你。'

"'我才不想当巴萨卡战士。'你父王说。

"'那你想当国王吗?'老人问道,'你有当王的潜质。我可以引领你登上王位。'你父王过了良久,握住了老人伸出的手。他们一道游历了多年,你父王通过了三次试炼,每次试炼都可以单独讲一个故事。"

阿尔里克的故事让我入了迷。父王的形象在我脑中如同风中的云朵一样,随着阿尔里克的每一个词句变化着,原本的印象下了马,却又不知道该落于何处。

阿尔里克接着讲了下去:"你父王曾对战过黑武士化身的可怕僵尸。那个肿胀的尸怪在自己的家乡为非作歹,但最终被你父王送回了坟墓。

"你父王也曾深入熊洞,猎杀过食人的巨熊。他与巨熊缠斗时,连山脚都在震动。那张熊皮足以盖住城堡大殿里的四条长椅。

"后来,他爱上了你母亲。为了证明自身的价值,他为你母亲的父王效力多年,争得了迎娶你母亲的权利。

"随着时间推移,他逐渐掌握了巴萨卡战士们采用的方法。他学会了用祈祷平息体内的兽性,也学会了在开战前用反复的呼喝激发狂怒。

那些年,你父王打的是生命中最艰难的仗,但最终他控制住了自己。剩下的故事,你就都知道了。"

我屏着呼吸听着:"那个老巴萨卡战士怎么样了?"

"在别的王国,巴萨卡战士并不受人尊敬。许多地方的人都怕他们,他们遭人唾弃,被人驱赶。但是陛下给了他们地位,让他们担任精锐的御前护卫,以纪念那位路边偶遇,教训过他,也教导过他的老人。"

这是一个精彩的故事。我知道,是阿尔里克为它镀了一层传奇的金,在修饰折射的光芒下,能依稀看出它平凡的本相。可是阿尔里克为什么要为我这个唯一的听众大费周章?过了一会儿,我才想明白。这个故事的主题是恐惧。父王似乎始终对恐惧免疫,现在我知道了,人应当克服恐惧,而不是否认恐惧。

"我知道你的用意了。"我说。

"你的意思是?"阿尔里克扬着眉问道。

"我心里害怕,你是想让我讲一个克服恐惧的故事。"

阿尔里克笑了。"我不是想戏弄你,只是想让你事先没有预料。"

我点点头:"这个故事很精彩,就讲它吧。"

"这的确是个好故事。"

"我父王应该会喜欢吧?"

阿尔里克点点头:"他肯定喜欢。"

只怕他不会给我讲的机会。

又是几天过去,我站在悬崖上望着冰面上的裂缝,一道道裂缝越来越大,我多希望它们闭合起来。现在,哈拉尔德天天跟炉子里蹦出来的火星似的在大殿里面窜,在我们耳边提醒船能进峡湾了。他想即刻就走。

但是我们没有动身。

我也希望离开这里,虽然我也害怕回到家里。但我们在这里多留一天,那个锁在卧房里的噩梦就多一分见到天日的机会。

悬崖下方,奥勒正独自一人甩着勾,撒着网,在水边钓鱼。哈克想和他一起来,但奥勒坚持说他能顾好自己,而且他说,敌人再怎么样也不会对他一个毫无价值的老奴感兴趣,所以哈克没有跟来。我离得太远,不知道他运气怎么样,但想到晚上有鲜鱼吃,我流出了口水。

傍晚,奥勒拎回一串白亮亮的鱼,不少人发出了惊叹,没有发出惊叹的人也都笑开了花。贝拉叫我和罗迪跟她一道收拾鱼,鱼内脏留下来,当后头菜园的肥料。收拾好的鱼被铺在炭火堆里的石板上。略带咸味的水汽从鱼身上冒了出来,然后鱼眼睛被烤得缩了下去,再接着鱼皮开始焦裂。我从没想过,盯着食物被料理成熟竟是这么快乐的事。

很快,大家就动手撕下香脆的鱼皮,片下鲜嫩的鱼肉,吃了起来。我喂了些散碎的鱼肉给曼尼,它从我手上一口叼了去,看样子它跟我一样吃烦了燕麦。哈拉尔德吃得手指油腻腻的,我也是一样,我们吮咂着鱼骨,相视而笑。这些鱼骨也会和鱼杂一起被当作肥料。贝拉舒了口气,坐倒在椅子上,说道:"明天,我想该收拾东西了。"

佩尔朝她扭过脸去:"收拾东西?"

"回家啊。"贝拉说。

"我们不走,"佩尔说,"我们得待在这里。"

听到这句话,快乐这个短暂的访客匆匆离去了。

"为什么不走?"贝拉问道。

"佩尔说的对,"哈克说,"我们不知道战局如何了。即便信使来了,带来的也不一定是好消息。"

"荒谬。"贝拉说,"我不明白为什么还要待在这里。峡湾已经解冻了,大海也很平静,现在是动身最好的时候。"

"可要是陛下的子女还有危险呢?"哈克质问道,"你要为了你自己,让他们冒险吗?"

"当然不是,"贝拉说,"但你真觉得这里安全吗?也许你应该再去牛棚里面看看。"

哈克勃然大怒:"不许以这样的口吻提及我死去的部下!"

"你为什么这么想让我们留在这里?"奥勒问哈克。

哈克瞥了奥勒一眼:"钓你的鱼吧,奴隶。"

"我看,"奥勒说,"一定有原因。没准是你在这儿还有事情没干完?"

哈克大笑一声:"比如呢?"

但是奥勒不需要明说,哈克已被他指为了叛徒。我看向哈克。我知道哈克不是叛徒,我记得他那晚的祈祷,我见过他的心,但是其他人不知道,从他们脸上警惕的神色可以看出,奥勒的话已像寒风一样在大殿中留下了怀疑。

"我支持哈克。"佩尔说。

"你当然支持了,"奥勒说,他看了看阿莎,"你怎么会想回陛下的城堡去呢?"

佩尔冲上去,反手给了奥勒一记耳光:"放肆!"奥勒摔下了长椅。我震惊地捂住了嘴。

奥勒揉着脸颊,挣扎着站了起来。

"奥勒的话不假!"贝拉说,"内奸可能就是你,佩尔。"

"我?"佩尔一副像是连贝拉也要打的样子,"你说我是内奸?炖那锅该死的羊肉的人是你!"

这话让罗迪跳了起来:"你竟敢……!"

佩尔的手摸上了剑柄。贝拉倒吸了一口凉气。

哈拉尔德哭了起来。叫嚷升级成咆哮,漫天的指责像箭矢一样在空中飞舞。

压力终于超过了极限,把我们大家压得四分五裂。分裂我们的不是饥饿,不是有毒的羊肉,

也不是给我们造成创伤的死亡。猜疑是另一种毒药,一种借助私语,由空气传播的烈性毒药,而我们全都中了这致命的毒。

我知道下一刻就会有人受伤。不能这样!我必须做点什么。

"大家静一静!"我挺身叫道,"我有故事要讲。"

殿中安静下来,大家都望向了我。

"我们大家不能因为这个内奸产生分裂!我们不能胡乱猜疑,不然会毁了我们自己。是的,我们之中也许是有内奸,夺去了可敬的勇士们的性命,但如果我们自相残杀,却是在帮助那个内奸更快地达到目的。"

我环顾着大殿,看着眼前的一张张面孔,他们都是我爱的人。

"我们不能迷失自我,"我说,"不能忘记我们曾经的样子。如果你们在听的话,请仔细地听我说,请想一想……"

你们在听吗？

你们还不明白我讲这些故事的用意吗？

我们之中有叛徒，是你们其中的某一个。我接受了这种可能，是因为种种迹象表明我必须接受，但是我的心碎了。

我不忍心指责你们任何一个。你们都是我熟悉的人，是我了解的人，是我爱的人，我怎么能忍心？你们之中，我应该指认谁是凶手？佩尔？贝拉？罗迪？奥勒？哈克？还是我自己的姐姐或者弟弟？我不相信会是你们其中的任何一个，就如同我不相信星星会湮灭一样。无论指控哪一个，那就是我亲手毁灭了星星。

我问你们，指责谁是嫌犯，才能避免堡里分崩离析？谁是嫌犯，才能让你们心里不再怀疑他人？怀疑一人就是怀疑你们全体。不要再猜疑了！

我知道，邪恶潜藏在这里，但是揭露邪恶的不能是我，也不能是你们。时间会替我们揭开一切。

可我畏惧真相大白的那一天，因为我知道，那个叛徒会是我以为了解的人，会是我心里依然爱着的人。

第十五章　信　使

　　故事结束后我没有鞠躬,我想看着他们每一个人的眼睛,与他们对视。在我的注视下,他们一个个转开了目光。
　　最后,哈克清了清嗓子:"我们最好听索尔薇格的。"
　　虽然没有人应声,但是我能感到屋里的愤怒和仇恨正在慢慢退去。我紧绷的身体渐渐放松下来,这才释了心头的重负。
　　"这件事情以后我们不再讨论,"哈克说,"在陛下派人让我们回去以前,我们不走。不是因为我不想走,或者佩尔不想走,而是因为这是陛下的命令。"哈克环顾着大殿,"大家都没有意见吧?"
　　还是没有人应声,大家都低垂着头。
　　"看来没有人有意见,大统领。"阿尔里克说。
　　阿尔里克单独坐在角落里。我这才记起,生变期间,他从头到尾没有说一个字,只是坐在那里看着。现在,他望着我,脸上的表情很痛苦。

后来,他来找我,我才知道了原因。

"当时我不知道该做什么,该说什么,"他说,"你却挺身而出。再一次看出,你是比我优秀的歌者。"

"可是我并没有作为歌者在讲故事,"我说,"当时,我只是索尔薇格。"

我头一次意识到,原来做自己就够了。

六天后,奥勒回殿时手里没有拿鱼,他逆着白雪和日光站在门口,说道:"有船!"

大家全飞奔出大殿,出了堡门,朝悬崖跑去。我已在提前打算,若是敌人像梦里那样袭来,我该如何带着哈拉尔德、阿莎和罗迪去山上的秘洞。我顶着怦怦的心跳瞪大了眼睛,竖起了耳朵,我以为会看见敌军的战船,听见敌人的喊杀声,然而没有战船,也没有喊杀声,快速驶入峡湾的是一艘小船,张着白色的帆,仿佛一只飞翔的鸟。

"来的是什么人?"哈拉尔德问道。

"是信使。"哈克说。

哈克和佩尔留在海边迎接信使,我们其余的人都回了堡。我努力静静地坐着,喂着身边鸟笼里的曼尼;贝拉在烦恼我们食物匮乏,该拿什么招待客人;奥勒捅着炉火;哈拉尔德在我和殿门之间窜

来窜去,过来一回就报告一声:"还没见他们来。"我一次次应道:"马上就来了。"

终于,又冲去门口的哈拉尔德没有再跑回来,他指着院子叫道:"他们来了!"

大家都站了起来。

"来了两个信使。"哈拉尔德说。

哈克和佩尔把信使引进了大殿。

两位信使一个一头黑发,另一个头发花白,我认得他们,但叫不出名字。他们垂着肩,身上的衣服已被浪花打湿了,胡子上方的脸颊满是风霜,显然十分疲惫。

"快到火边来吃点东西吧。"贝拉说。

贝拉把他们带到火边的一条长椅上坐下,他们点头道谢,接过了餐盘。

"不好意思,我们的食物只剩下燕麦了。"贝拉说。

他们谢过贝拉,吃了起来,看他们吃的样子,似乎根本不在乎吃的是什么,味道怎么样。我们围到了他们身边。

"路上顺利吗?"贝拉问道。

在那个年轻一些的信使回答的时候,我注意到远处佩尔和哈克在低声交谈。看来,他们已对父王派来信使的原因有所了解,也许他们已经听过了口信。

两个信使吃完后,年纪较长的一位站起身来。

"谢谢你们的款待,我们一路急行,没怎么吃,也没怎么

"快到火边来吃点东西吧。"贝拉说。

贝拉把他们带到火边的一条长椅上坐下,他们点头道谢,接过了餐盘。

睡。我们是来传信,让大家回去的。"

哈拉尔德蹦到了空中,贝拉欢喜地鼓起掌来。我等待着余下的口信。

信使继续说道:"陛下有诸神护佑,赢了战事。古劳格被打退了,而且我方伤亡或被俘的战士很少。战事结束了,我们的家园又安全了。"

父王胜了,我们的城堡安全了,阿莎安全了,我们可以回家了。看来,那个梦终究只是场梦而已。我满怀着欣慰和感恩,放松下来,虽然没一会儿,一丝不安又隐隐横在了心间。

"古劳格被打退了?"哈克问道,"那现在他人在哪里?"

"他的军队都溃散了。"信使说。

哈拉尔德紧紧地抱了我一下,然后跑向了阿莎。贝拉用手指抹去了眼泪。阿尔里克扣着手,拍了拍胸口。哈克是我们之中唯一一个没有喜笑颜开的人。他皱着眉俯身坐在火边,用拳头支着下巴,定定地望着炉火。

"我现在就收拾。"贝拉说。

"赶紧收拾。"年长的信使说。

我发现佩尔也沉默不语,阿莎正望着他。堡里两个最有经验的战士都没有放松,使得我也不安起来。傍晚,哈克立在火边,我走了过去。

"你怎么了?"我问道。

他低头看着我:"为什么这么问?"

"你好像有点不安。"

"什么也逃不过你的眼睛,是吗?我是有点担心,但是你不必烦恼。"

"你担心,为什么我却不用担心?"

"因为我是战士,习惯了不停歇的战斗,而你是公主。"

"是古劳格的事,对吗?"

他看了我一眼,火光在他的眼睛里跳动着:"对。"

"可是他已经被打退了,认输了。"

"是吗?"

我想说是,但哈克这一问,我一时间又犹豫了。

哈克在我犹豫时笑道:"你就别操心了,去吧,交给我,好吗?"他慈爱地在我背上轻轻推了一把,把我向阿尔里克推去:"跟阿尔里克练习去吧。"

"好吧。"我只好说道。

接下来的几天,我们都在做着动身的准备工作。贝拉和罗迪把剩下的吃的全都打了包,又用奥勒捕来的鱼做了不少咸鱼和熏鱼。我和阿莎收拾毯子,归置其他所有的衣物。哈克和佩尔在备船。

这期间,曼尼一直被我关在笼子里。它大叫着,在笼子里拍着翅膀转圈。它大概很恼火。我有点内疚,但是大家都在乱哄哄地进进出出,我

不能冒险放它出来。

那几个幸存的巴萨卡战士在鲜鱼的滋补下已经能走动了,他们也帮了忙。虽然大多数时候,他们只是负责努力拦着哈拉尔德,让他别碍事,但我们确实需要他们帮忙,才能把船推回水里。现在没有足够的人手操控巴萨卡战士们的战船,所以我们要开几个月前我们姐弟来时坐的那艘较小的船回去。

回程的速度会很慢,没有了人划桨,我们只能依靠船帆航行,但只要船在动,我想我一点也不会介意。

牛棚里战士们的遗体也必须得到安置。我们没有时间安葬他们,但尸体不能停在棚中,夏天一到,尸体就会腐烂,招来食腐的动物。战士们的灵魂若不得安宁,我们将面对他们的怨愤。所以,我们一定要带他们回家,让他们能在家乡体面地落葬。

所有的东西都装载好以后,哈克和佩尔去了牛棚。他们打开棚门,将一具遗体抬了出来。我们其他人都像墓碑一样,肃立在场院中。

哈克和佩尔抬着遗体穿过场院,出了堡门,在我们的跟随下经由树林朝海边走去。林中春意萌动,没有了寒冬的枯干死寂,周围的树木都从融化的雪衣下探出了枝条。海边的波涛也醒来了,正迎头撞击着岸边的礁石。哈克和佩尔把遗体抬上船，停放在墓室般的货舱中。

他们停放好遗体后，目不斜视地反身折回林中，朝堡中走去。我们也跟了回去。他们两个又进了牛棚，将另一位死去的战士抬了出来。出于对死者的敬意，大家都保持着肃静。

我们又一道把死者送上了船，与前一具遗体停放在一起。哈克和佩尔走了一趟又一趟，我们也护送了一趟又一趟。每一位死去的战士都值得我们的爱和怀念，他们配得上这样的送葬。

尽管空气清新，我在走第四趟的时候，呼吸已沉重起来。第六趟时，腿上的肌肉开始酸痛。第十趟时，双腿都开始颤抖。我不知道这是因为身体紧张，还是心情沉重。

这是一项残忍的任务。停在那里的船就像坟墓，提醒着我们，背叛从我们身边夺走了什么，让我们失去了什么。这些战士本无须牺牲。最后一趟时，我的悲伤已转为愤怒。这怒气在我们为了归途，将冰雪装入船中掩盖遗体时，更是化为了难以遏制的怒火。狂暴的怒火虽然烧去了我心中先前的悲痛，但仇敌不明，这一腔盲目的怒火却没有去处。这一刻，我越发难以忍受罪魁祸首就在我们之中。

牛棚空了，痛苦的煎熬结束了，大家都觉得还是明天再走的好。那艘船重重地压着我们的悲伤，我不知道它如何浮得起来。两个信使想驾

着他们的小船当晚就动身,被贝拉劝了下来,让他们在出发以前再好好吃上一顿,睡上一觉。

我们食不下咽,沉默地吃完了晚饭。阿尔里克站了起来。我们没有讨论讲什么故事,而且今晚我感觉无法组织任何词句,我真怕他会叫我,但他没有朝我点头,连看都没看我就讲了起来。看样子,这个故事他打算自己讲,我又能作为听众,放松地倾听了。

"索尔薇格在下面的林子里发现那块石碑,好像已经是很久以前的事了。"他说,"我仔细研究了那块石碑,确定了它纪念的是什么人,后来又着意从所有的传说中忆起了他的故事。现在,我就给你们讲一讲。"于是,他讲了起来。

"诸神设立人王后,千百年过去了,一个勇士选择了在我们过了这一冬的地方筑堡安家。那时候,冰川还刚才开出这里的峡湾。这位勇士的家族越来越兴旺,他的儿子们个个勇武善战,女儿全都生得赏心悦目。

"但后来,从高山上的黑森林里下来了一群霜雪巨人。他们身如高塔,狡诈又凶残,一个巨人的力气便抵得上十个人。他们窥视下方峡湾时看见了勇士的女儿。他们商定要把姑娘们抢走,掳去他们荒凉寒冷的地界,与他们成亲。"

这个故事让我想到了阿莎,于是悄悄看了身边的阿莎一眼。她探着身,两手紧握在胸前,双眼凝望着阿尔里克,仿佛阿尔里克正在卜算她的过去和未来。

"巨人们冲了下来,"阿尔里克讲道,"大地在他们的脚下颤动,堡墙被震得摇摇欲坠。勇士让女儿们藏进山洞,然后带领儿子们拿起刀枪,站在冰川的阴影中,扼守住峡谷,准备迎战。"

在故事声中,我们城堡的围墙似乎也晃动了起来。

阿尔里克继续讲道:"那些欠缺胆气的人见了巨人就会丢了刀枪,但是勇士举起宝剑,高叫道:'谁也不能从这片土地上掳走我的女儿。想要动武,就拿命来吧!'"

我心中一暖,父王就是这样保护阿莎的,我知道他也会这样保护我。

"霜雪巨人们哄然大笑,"阿尔里克说,"他们推倒大树,扒开巨石,冲进了峡谷。

勇士骄傲地望着儿子们,说道:'把他们的命留在这里,没有人能突破我们的盾墙。'整整几小时的鏖战,果然没有一个巨人通过峡谷。勇士率领儿子们扼守住的谷道极为狭窄,巨人们只能一个个地往上冲,结果被勇士和他的儿子们逐个砍倒。峡谷中堆满了巨人的尸体。"

阿尔里克的神情前所未有地认真,似乎他终于讲到了真正相信的故事。

"最后一个巨人倒下了,巨人的血在地上流成了河。勇士把巨人们的金指环当场分与每一个儿子,奖励他们的英勇表现。但其中一个儿子

收取了巨人的财宝,要谋害勇士。在勇士把奖赏递给他的时候,这个邪恶的叛徒拔出淬毒的匕首,刺向了勇士的手。"

一片惊呼声和愤怒的低语顿时在我身边响起。"毒"这个字眼沉重地砸在了我们心上。

"那个懦弱的叛徒逃走了。"阿尔里克说,"勇士的女儿们出了山洞,却发现父亲已毒发身亡,死在了血泊中。她们用眼泪洗净父亲的伤口,用歌声奉养他的灵魂,直到奥丁的盾女前来接引他的英灵。

"他的儿子们伴着称颂他最后英武一战的悼词,将他下了葬。落葬的船中①堆满了刀枪、盾牌、金子、宝石、美酒和蜂蜜。他们还立了一块石碑,纪念他的牺牲。"

阿尔里克没有鞠躬行礼,看来故事还没有结束,所有的人都屏息等待着下文,只有炉火在噼啪作响。

"我没有评论自己故事的习惯,"阿尔里克说道,"但今晚我必须说两句。现在,林子里的那块石碑再也不是仅仅纪念那一位勇士。这个冬天,许多勇士死在了这里。虽然他们是被叛徒害死的,但他们同样光荣。他们在危急时刻,都会为了保护陛下的子女而自愿牺牲。他们为了陛下来到了这里,也为了陛下献出了生命。

"明天我们就要起航了,但是在这里我们并非什么也没有

---

① 古时的维京贵族落葬时,死者的战船会作为陪葬品,与死者一道落葬。

留下。在林中的那块石碑上,我们刻下了我们的爱和感激。那块石碑现在纪念的是新一代的英雄。"

阿尔里克鞠了一躬。

在深深的喘息声后,掌声响了起来。所有的人都在鼓掌。哈克竟走过去,一把抱住了阿尔里克。我又一次对阿尔里克心生敬畏。今天我们悼念无谓惨死的战士,伤心难过了一整日,但阿尔里克为我们的哀痛赋予了意义,助我们走出痛苦,让我们能够平静地离开这里。父亲虽是国王,但阿尔里克似乎也拥有引领大家的力量。

我带着新得到的力量,迎来了天亮。大家吃完临行前最后一顿燕麦粥配鱼肉,用雪盖熄了炉火。哈克把储藏室的钥匙还给了贝拉。罗迪走到鸟笼旁。

"我帮你拎到船上去吧。"

"谢谢。"我说。

罗迪拎起鸟笼,大家鱼贯出了大殿。哈拉尔德窜前跑后,在大伙的身边蹦来跳去。贝拉大步去了储藏室,锁上了门。储藏室已经空了,但走时锁门这一动作大概能让贝拉心里舒坦一些。

大家下到水边,开始登船。信使坐他们的小船,我们其他人坐我们姐弟来时那艘大一些的船。我上了船,找了一张不挡路的凳子坐了下

来。哈拉尔德在边上兴奋得发抖,几乎完全坐不住。被锚拉着的船微微摇晃着,脚下传来了船板下面潺潺的水声,空气中是大海咸咸的味道。罗迪把鸟笼放在我脚边,又去帮巴萨卡战士们登船。一个巴萨卡战士倚着哈克上船时,朝峡湾外望了一眼。他的眼睛猛然一缩,抬起手高叫道:

"有船!"

哈克抬起眼,扶着那个巴萨卡战士坐下后,重步走到船头。大伙一窝蜂跟在他身后。

"会是什么人?"佩尔问道。

"大家快下船。"哈克说。说完,他又叫对面小船上的信使也下船。

我们不解地下了船,候在岸边,哈克和佩尔盯着海面。我回头看了看曼尼,不过我想它暂时留在船上应该没事。

"有两艘船,"佩尔说,"上面的旗帜已经隐约可见了。"

"是战船,"哈克沉默了一瞬,说道,"是古劳格。"

我倒吸了一口凉气。阿莎的脸顿时没了血色。

"不可能,"贝拉说,"他已经败了。"

"他退了兵,"哈克说,"把战火转来了这里。"

第十六章　战　斗

黑色的战船起着桨,鼓着帆,驾着起伏的海浪驶来。我想尖叫着躲藏,想钻到坚硬的地下去。噩梦成了真,恶狼来了。

年长的信使跑来:"我们大家得赶紧走。"

"峡湾太狭窄,"哈克说,"我们的船过不了。"

"我们的可以。"年轻的信使说。

"不行,"哈克说,"你们的船也冲不过去。而且我们这里需要你们。"

"现在多两把剑对你们也不会有用。"年长的信使拉着同伴,朝他们的小船退去,"再说我们得把情况告诉陛下。"

哈克摇摇头:"你们过不去的。"

"我们要试试。"年长的信使说。他们两人一道转身,全速朝小船冲去。

"懦夫!"佩尔骂道。他看了看哈克,"要不要拦下他们?"

哈克扭身离开海岸,快步朝回堡的小路走去:"拦他们做什么?他们一有机会就会跑的。让他们死在海上吧。诸位,快回堡去。"

三个巴萨卡战士和佩尔集结到哈克身边,我们则同时撒开腿跑了起来,有几个已经冲上了小路。阿莎拉着哈拉尔德的手,一起飞跑着,我想追上去,却突然想起曼尼还在船上。我扭身跑了回去。

"你去哪儿?"阿尔里克问我。

我没有回答,冲上船一把抓起鸟笼。曼尼拍着翅膀叫了起来,在笼子里动来动去。我飞奔下船,朝哈克跑去。哈克一面挥手让我快跑,一面紧盯着海面。我匆匆瞥了一眼,信使们的小船已经下水进了峡湾,前方敌人的战船正在逼近,我几乎可以看见船头狰狞的龙首,听见敌人嗜血的喊杀声。他们很快就会登陆。

"快走!"哈克说。

我扭身冲上小路,但是鸟笼太重,曼尼还在里面扑棱,我跑了没两步,脚下被雪中的什么东西一绊,趴倒在地上。鸟笼飞了出去,在空中打着转,啪的一声砸在树上碎裂了,曼尼振翅飞了出来。

"不!"我叫道。

曼尼飞上最近的一根树枝。它在树枝上腾挪跳跃,我抓不到它。

"曼尼!"我几乎歇斯底里了,"曼尼,回来! 马上回来!"

阿尔里克冲到我身边:"索尔薇格,别管它了。"

"不行!"

"那会儿它在林子里都活了下来,它不会有事的。"

"曼尼,回来啊!"

"索尔薇格,快走!"阿尔里克拼命推着我往上走。

我挣扎着。曼尼垂着眼,漫不经心地看着我,还梳理起了羽毛。

"你这个愚蠢的笨鸟!"我在阿尔里克的拖拽下尖叫道。

我哭泣着上了山顶。阿莎和哈拉尔德来到我身边,试图安慰我。"曼尼它……"我说,但是我难以呼吸,什么也说不出来了。我的朋友,我的小渡鸦飞走了,我的身体像是被撕扯走了一部分。为了平息胸中摧心的绞痛,我深吸了好几口气。

哈克和佩尔扶着三个巴萨卡战士也上来了。他们俩顶着风冲到崖边,我们悄悄掩在他们飞舞的斗篷后面。下方的海面上,古劳格的战船已离信使们的小帆船越来越近。战船乘风破浪,小船却逆着风艰难前行。

"他们完了。"哈克说。

我们眼看着第一艘战船驶到了小船边,近得足以让两名信使看见对面敌人的眼睛。我不知道信使们此刻是在讨饶,还是在不屈地怒骂,抑或还在弓着身划桨,做着绝望但徒劳的努力。我满心恐惧,我不想看他们死去,但却移不开眼睛。

战船上放出了宛如黑色芒针似的利箭,雨点般落下,撕碎了小船的船帆。紧接着,空中划过几道火光,小船的船帆和甲板顿时燃起了大火,几息间便吞噬了小船。古劳格的战船继续前行,我才意识到它刚才甚至没有减速。

"我们以后再悼念他们。"哈克说。

哈克领着大家走进场院:"现在得让陛下的子女藏进秘洞。我带着部下在这里抵挡。"他朝巴萨卡战士们转过身去,与他们无声地交流了些什么,"或者在大殿,好让敌人以为孩子们藏在殿里。"

三个巴萨卡战士挺直身体,点了点头。

"我领他们去秘洞。"佩尔说。

"好,"哈克说,"你负责带他们去安全的地方。"

佩尔领了领首。

"奥勒,贝拉,罗迪,"哈克指着峡谷说,"你们也都去吧。快走。"

罗迪站着不动:"我要留下来战斗。"他咽了口吐沫,"枪我用着更顺手。"

不。我惊骇得差点伸手去拽罗迪。他想证明自己不是懦夫,但现在不是时候。

哈克摇摇头,但神色间带着敬意:"会让你证明你自己的,但不是现在。你得跟其他人走。"

大家分成了两拨,巴萨卡战士们朝堡门走去,我们这群人

哈克领着大家走进场院："现在得让陛下的子女藏进秘洞。我带着部下在这里抵挡。"他朝巴萨卡战士们转过身去，与他们无声地交流了些什么，"或者在大殿，好让敌人以为孩子们藏在殿里。"

则去往大殿的方向。我看着战士们离去的身影。罗迪让我意识到了我之前没有反应过来的事。

"索尔薇格,快走啊。"哈克说。

但我不想抛下任何一个人。巴萨卡战士们留下抵挡的话,他们都会死。这一刻我才意识到,哈克在我心中已有了分量,虽然我还不清楚这是种什么样的情感,但我知道我不想失去他。

"跟我们一起走吧。"我说。

哈克抄起战锤:"这是陛下派我来这里的任务。"他朝我微微一笑,"我心甘情愿。你快走。"

罗迪过来拽我,我无奈地跟随大家朝场院的另一头跑去。混乱中,我感到有人抓住了我的胳膊。我扭脸看去,是奥勒。他把我拽到身旁,压低声音在我耳边严厉地说道:"记住你对我说过的话,你现在是歌者,不是哪个国王的女儿。"说完,他松开手,无声地跑开了。片刻后,我见他拍了拍佩尔的肩:"我要去大殿里拿样东西。"他说。

佩尔刹住了脚步,我、阿莎和哈拉尔德也停了下来:"什么东西要……?"

"我的骨刀,是从小带着的物件。"

阿尔里克、贝拉和罗迪在前头飞奔,似乎没有注意到我们停了下来。

"我们不会等你。"佩尔甩出这句话,抛下奥勒,头也不回地带着我们从侧面绕过大殿,穿过几个月前我和罗迪拔胡萝卜的菜园,冲到堡后,进了野地,这才放慢了脚步。

"我们赶不到秘洞了,"他说,"但我知道一个更好的藏身地。"

我的身体在皮衣下一寒。"哈克说要去秘洞的。"

"他大概没有考虑去秘洞的路有多远,"佩尔说,"不等我们跑到秘洞,我们就被古劳格的人抓了。"他改变了方向,快步朝野地北侧的一片小树林跑去,"快,跟我来!"

哈拉尔德跟了上去,我看阿莎也要过去。

"那不是哈克让我们去的地方。"我说。

"佩尔熟悉这里,"阿莎说,"他来过。"

"他来过?"

"是啊,这个地方是他向父王建议的。快走吧。"阿莎跑开了。

我感觉有点不对劲。我看了看已经跑远的罗迪、贝拉和阿尔里克,他们快到峡谷口了。我犹豫了片刻,险些要向他们奔去,但最终还是快步追上了阿莎和哈拉尔德。他俩站在一小块空地上,佩尔绕着圈踢开了积雪,然后弯下腰在地上摸索。

"在这儿。"他说着用力往上一拉。

地上现出一个黑乎乎的洞口,积雪扑簌簌地掉了下去。佩尔托着活板门,说道:"这是多年前

用来储藏食物的地窖。你们快下去藏起来,他们找不到的。"

哈拉尔德咬着嘴唇:"里面很黑。"

"来,"阿莎说,"我拉着你的手。"她拉住哈拉尔德的手,带着他走下泥土砌成的台阶。他们俩就像是走进了坟墓。

"我们应该去秘洞。"我说。

佩尔瞪着我:"快点儿,索尔薇格,快下去。"

我的头脑在尖叫着反对,身体却从了他的话。我发着抖,目光瞄看着左右,钻过佩尔的腋下,走下台阶,进了地窖,窖底的霉味和土味令我窒息。我又抬头看了一眼佩尔,但他的脸背着日头和雪光,蒙在了阴影里。

"别出声,"他说,"不会有事的。"

地窖门合了起来。

很快,从地窖门边透下的微光也不见了,一定是佩尔又用雪把窖门掩了起来。转眼间一片黑暗,仿佛是无尽的虚空,我们姐弟三人被封在了里面。我的眼睛反复聚焦,但什么也看不见。我知道是窖里太黑,但一些模糊的暗影却在更浓重的黑暗的衬托下在眼前飘忽着,叫人心头不安。脚下的泥地硬邦邦的,鼻端是木头朽烂的味道,还混着一股陈酒的酸气。

哈拉尔德似乎在摸索着寻找我的手:"给我讲个故事吧,索尔薇格。"

"不要出声。"阿莎说。

"以后我讲给你听。"我小声说。

哈拉尔德应该是点了点头。

阿莎说的对,我们不能出声。空荡荡的时间在慢慢流逝,我屏住呼吸,捕捉着每一丝传入地下的模糊的声响。那是剑砍在盾牌上的声音吗?那是战士的呐喊吗?我判断不出这些是我真正听见的声音,还是与我眼前那些虚幻的暗影一样是我想象出来的。

我们在地窖里等待着。

等待着。

似乎等了没几分钟,又似乎等了很久。我集中起精神,却发现头脑无法感应时间的流动。时间是需要眼睛感知的东西,它在炉中燃烧的柴火里,在渐渐熏干的鱼肉里,在抽长的麦秆里。没有了这些痕迹,我不知道时间是否在前行。我与哈拉尔德和阿莎还在时间之中吗?地面上那个没有我们的世界里,时间还在流逝吗?

这些念头吞噬了我,一道道虚影在我身边环绕,成团的黑暗向我袭来,寒气和无边的空洞在四面拉扯着我,要将我化入虚无。我需要真实、稳固的世界。

"索尔薇格?"哈拉尔德低声叫道。

"嗯?"

"别出声。"阿莎说。

突然,头顶上砸下一声响亮的叫喊:"有动静!在这里!"那是一个陌生的男人的声音,那声

音撕碎了黑暗。我的五感已经混乱,一瞬间我还以为那声叫喊在我眼前化成了闪电,过了一会儿才意识到是有人拉开了窖门。

无边的黑暗崩解了,周遭只是一个小小的地窖,阿莎和哈拉尔德眯着眼睛站在我身旁。我抬眼看去,上面赫然是三个敌兵。

"出来!"一个敌兵喝道。

我与阿莎对视了一眼,脚下却没有动。哈拉尔德也没有动。

"别逼着我们拽你们出来。"另一个敌兵说。

我知道他们做得出来,我不想让哈拉尔德和阿莎受到更多的惊吓,于是说道:"好,我们出来。"

我拉着哈拉尔德的手,艰难地踏上台阶,用手遮挡着眼睛走入了日光下。阿莎跟在我们身后。那三个敌兵披着重甲,全副武装,神色冷酷。其中一个朝我和哈拉尔德得意地一笑,但见到阿莎,他的眼神变了,淫笑起来。

"是她。"他用剑指着阿莎说。

另外两个敌兵点了点头。

"我也会为这样的女人开战。"

阿莎羞愤得红了脸。我怒火中烧。

"你们带这小子和另一个去见古劳格,"第一个开口的敌兵说道,"这个大奖我来押送。"

他走上前,伸手去抓阿莎。我无法忍受他那双脏手去碰阿莎,我一巴掌打了过去,虽然没有扇到,但指甲挂到了他的鼻子,留下一道白印。他猛一缩身,瞪起双眼望着我。那道抓痕开始发红。

我努力迎着他的目光,显出无畏的样子。

他举起剑,将粗大的剑柄挥向了我:"你是什么人?"

我张嘴正要回答,却被不远处传来的一声呼喊打断了。

"索尔薇格!"是阿尔里克的声音。

在那个敌兵四下张望的时候,一旁突然冲出一头巨熊,狠狠地撞向了他。是哈克。我扭过头,只见哈克已抓起那个敌兵,将他拍在了树上,那个敌兵体内发出一声脆响。哈克把尸体举过头,抛进了树林。直到这一刻,我才看清哈克的眼睛,看清他那身染满鲜血的熊皮。我知道他认不出我,他已经陷入了狂怒。

阿莎吓得直往后退。

"哈克!"哈拉尔德叫道。我掩住了他的嘴。

哈拉尔德的这声呼唤引来了哈克对我们发出的狂吼,但杀向他的另外两个敌兵使他转移了怒气。哈克一抡战锤,几乎立刻击杀了一名敌兵。另一个敌兵更为强壮敏捷,他纵身避开了战锤,与哈克互相绕着圈。不一会儿,哈克又攻了上去。

"索尔薇格!"阿尔里克从我身后的树林里冒

了出来,"哈拉尔德,阿莎,快过来！快！"

他一手拽着我,另一只手拽着哈拉尔德,把我们拉进树林。阿莎也跟着跑了过来。

林中积雪拖伴着我的脚,树枝抽打着我的脸。我们冲出树林,又跑了好一段,进了开阔的野地,这才歇了口气。阿尔里克气喘吁吁地环顾着四周,他先抬头望了望峡谷,接着又朝城堡的方向看去。一群人正朝着我们冲来。是古劳格的人。

"我们能赶到秘洞吗?"我问道。

忽然,又传来了一声狂吼,是哈克从林中冲了出来。他用疯狂的目光扫视着野地,发现了我们。

"快往这边走!"阿尔里克说。他带着我们径直朝古劳格的人跑去。

"我们会被抓住的!"阿莎叫道。

"但是他们不会杀你!"阿尔里克说。

我扭头向身后看去,哈克正以惊人的速度穿过野地向我们杀来,有一瞬间我觉得我们肯定逃不脱了。但这时一个敌兵撞开了我,从我身边掠了过去。阿尔里克扶住我的时候,又有十几个敌兵冲了过去。混乱中,有人从身后扣住了我和阿莎,还有哈拉尔德。阿尔里克也被两杆枪顶着,举起了双手。我们全都被俘了。

哈克滑步急停,准备应战。古劳格的人蜂拥而上,哈克低吼一声,咬住盾牌,抡开了战锤。霎时一众兵器相交,发出骇

他走上前,伸手去抓阿莎。我无法忍受他那双脏手去碰阿莎,我一巴掌打了过去,虽然没有扇到,但指甲挂到了他的鼻子,留下一道白印。他猛一缩身,瞪起双眼望着我。那道抓痕开始发红。

人的声响,让我心口发紧。不过片刻,五个敌兵便血淋淋地躺在了地上,余下还能活动的已没有几个。

哈克重步冲入剩余的敌兵之中,宛如一个霜雪巨人,使我又敬又畏。他击碎了盾牌,震折了宝剑,打断了长枪,敌人的尸体在他身边越堆越高。可是不等他结果最后一个敌兵,又一批敌人涌了上去。看守我们的敌兵避开战斗,拽着我们直往后退。我趁着看押者胆怯,拼命地往前探。

突然,身后响起了弓弦声,我抬起头,一支利箭飞过了我们的头顶。哈克将将躲过,利箭重重地扎在他脚边的地上。但随即又是三声弓响,三支利箭飞出,其中一支射中了哈克的肩膀,使他向后一仰。哈克怒吼起来。

弓箭手在我们身边停下脚步,冷酷决绝地又齐射了一轮,然后继续前行,逼向哈克。

这时,古劳格在贴身卫兵的护卫下大步穿过野地,从城堡的方向朝我们走了过来。他的盔甲外披着一件狐皮大氅,头盔下那双眼睛跟发狂的哈克一样空洞。

"结果了他!"这个强盗头子喝道。

又是一轮齐射,哈克腿上中了一箭。他抓住箭杆,把箭拔了出来,鲜血喷涌而出。可腿上的箭才刚拔出,又一支利箭穿透了他的胳膊。哈克低吼着,想朝弓箭手们冲去,却被堵在了盾墙后。他已越来越虚弱,敌兵已经围住了他。弓箭手们再次扣好了箭。

我扭脸对阿尔里克叫道:"他们要杀了他!"

阿尔里克张着嘴,无助地摇了摇头。此时古劳格的卫兵已将我们团团围住。古劳格在我身后,叉着腰说道:"如果你知道别的办法,拦下发狂的巴萨卡战士,那就说吧。"

虽然眼下我还不知道该怎么办,但我恳求道:"我能让他停下来,请不要杀他。"

古劳格侧了侧脑袋:"不要放箭!"他用手一指哈克,对我说,"你这样的小丫头能拦下巴萨卡战士?这个我可得瞧瞧。"

"就让我试试吧。"

古劳格摸着腰间没有出鞘的宝剑:"好啊。不过我觉着,我们要看的是你的死法。"

我咽了口唾沫。押着我的敌兵松开了手,古劳格的卫兵们也让开了路。

"你要做什么?"阿尔里克悄声问道。

我没有理会,毅然走向围住哈克的那圈盾墙,从盾牌间挤了过去。盾牌在我身后合拢,把我和哈克困在了一起。哈克狂乱的眼神中夹杂着疼痛和愤怒,那两支利箭还戳在他的肩膀和胳膊上,鲜血从伤口里流淌下来。他颤抖着蹲伏在地上,似乎要向我袭来。我感觉虚弱又无助,但我努力保持着镇静。

"哈克?"我开口说道,"哈克,你认得我的。你杀了我的希尔达,但后来你送了我一只小渡鸦。"

哈克低吼一声,我看见了他龇着的牙。

"我给它起名叫曼尼。"我的喉头发紧,"是你把记忆赠给了我。哈克?"

哈克的眉头一皱,口中停止了吼叫。

我朝他迈出了一步:"我看见你在寒夜里祈祷,听见你祈求奥丁赐予你力量,避免发狂。你说如果你再次失控,希望主神能够摧毁你,好让你不会伤人。可我不想让你死。你能听见吗,哈克?"

哈克皱着眉,颤抖的身体平静下来。

"清醒过来吧,哈克,听听我的声音。你熟悉我的声音。我给你手下的战士们讲过慈悲女神的故事。"我又朝他迈了一步,"你还记得吗?"

他眨了眨狂乱的双眼。

我再次上前一步:"慈悲女神下了神山,来到中毒的巴萨卡战士中间。战士们奄奄一息地躺着,但女神的故事给他们带来了安慰。"

哈克好像渐渐认出了我。我迈出最后一步,走到他身边,抬起手指,吻了吻指尖,然后将指尖轻轻放在他染血的唇上。

"哈克。"我呼唤道。

指尖的碰触令哈克眯起眼睛,发出了叹息。他单膝跪了下来。大概他终于认出了我。

"怎么可能?"古劳格叫道,他震耳的声音让我厌恶地皱起了眉,"强大的哈克竟然当了俘虏?哈!"

盾墙向我们逼来,这一回上面探着枪尖。哈克昂起头,抬手把我拉到他身边,似乎想要护住我,膝下却突然一软,撒开手闭着眼睛倒在了地上。

"哈克!"我伸手去扶他,却被强行拉开,拽回到古劳格面前。古劳格已撤了盾墙,四个敌兵围到哈克身边,拖着他朝城堡走去。"哈克!"我叫道。

"冷静点儿,小丫头。"古劳格说。他摘下头盔,露出了他那颗泛着粉色的秃头:"你凭借口才,这会儿救下了他。不过,我看统领大人并不会感谢你。"他的目光转了一圈,落到了阿莎身上,在阿莎身上滑腻腻地上下游走,"你好,阿莎,很高兴又见面了。"

阿莎扭开了脸。

古劳格纵声大笑:"城堡是我们的了,带他们去大殿。"

第十七章　叛徒和谎言

我们姐弟三人和阿尔里克在敌人的包围下,被枪尖抵着朝城堡走去。我脑中唯一的念头是脚下的雪地踩上去真响,其余的一切似乎都是假的。

"你刚才的举动愚蠢极了。"阿尔里克语气愤怒地悄声说道。

"我知道。"我说。

"古劳格说的对,哈克不会愿意被生擒,他宁愿战死。"

我扭开了脸。阿尔里克怎么说我不在乎,我很高兴救下了哈克。

走到城堡近前时,我发现堡门周围堆满了尸体。我忍不住想要流泪,那三个巴萨卡战士一定也在其中,他们中了毒,身体还很虚弱。他们早知道了结局,却选择留下与哈克一同战斗。

我不知道我们会是什么结局。古劳格应该会用哈拉尔德去换取赎金。杀死哈拉尔德是很不明智的,父王会展开血腥的报复,烧掉古劳格治下所有的农田。阿莎大概会被逼着嫁给他。可是我呢?我没有被赎的价值,又不值得娶。

想到这里,我这才发觉不见了佩尔、贝拉和罗迪。还有奥勒,他在哪里?

我掉转头,轻声问阿尔里克:"其他人呢?"

"我不知道。"阿尔里克透过嘴角说道,"在峡谷里走到一半,我发现你不在,便回头去找你。贝拉和罗迪继续往秘洞去了。"

"可是佩尔和奥勒呢?"

阿尔里克咬了咬牙:"他们的好坏,我想应该很快就见分晓。"

"你这是什么意思?"

他摇摇头,让我小声一点儿。

敌兵押着我们走进大殿,让我们在壁炉边待着。我环顾着大殿,炉火已重新燃了起来,但殿内却再没有熟悉的感觉。大殿里除了桌椅,没有一样我们的物件,我们的东西都已上了那条还在等候我们的船。而且,殿里挤满了那帮可恨的陌生人。连头顶房梁映在天花板上的阴影都显得那样邪恶。

眼前的木梁让我想起了曼尼。但愿它在外头的林子里没有危险。

古劳格在左右两个卫兵的护卫下进了大

殿。"你们都出去。"他命令道。除了那两个贴身卫兵,其余的敌兵都退出了大殿,并关上了殿门。古劳格脱着手上的手套向我们走来。他走到火边站定,伸出手烤了烤火,盯着我们看了好几分钟。那几分钟真漫长。

"事情非得走到这一步,我很遗憾,"他说,"我给的聘礼再丰厚不过,你们的父王却不收。他下了我的面子,我别无他选。"

"太幸运了,靠烧杀掠夺就能赢回面子。"阿尔里克说,他的脸上又挂起了那种抹不去的古怪笑容。那笑容深深地安慰了我,令我的眼中凝起了泪花,"面子通常不是这么容易得的。"

古劳格沉下了脸:"我记得你,你是那个北地歌者。"

"没错。"

"这另外几位嘛,"古劳格说,"你是哈拉尔德,对吗?"

哈拉尔德高高地抬起了下巴。

"难怪你父王以你为傲,"古劳格说,"你显然很有胆气。"

殿门开了,来的是奥勒,但他身边没有押送的人。他面无表情地缓步走进殿内,我目不转睛地盯着他,想看明白他在做什么。古劳格抬头瞥了一眼,朝他点了点头。原来他们认识。奥勒认识古劳格。

"阿莎,我可是牢牢地把你记在心里,"古劳格接着说道,"你比我第一次求娶的时候更漂亮了。"

阿莎把头垂到了胸口。古劳格伸出两根手指,想抬起阿莎的下巴。阿莎硬顶着不抬头,古劳格眯起了眼睛,脸上的笑容一瞬间透出了凶恶,但转眼他又敛去了那丝邪恶的微笑。奥勒这时走到了古劳格身边。原来一直隐藏在我们之中的叛徒是他。

古劳格看着我:"至于你,应该是二公主吧。"

"她不是。"奥勒说。

我抬眼看向奥勒,看向这个潜伏在我们之中的罪犯,他侍奉了我们这么多年,他还用碎绳头给我做过娃娃。

"不是?"古劳格问道。

"她是歌者的徒弟。"奥勒说。

奥勒让我要牢记的话出现在我的脑海,我这才明白了他的意思。他早就知道会有这一刻,他在阴谋摧毁我们的时候为我备下了这一说词。我知道我应该愤怒,应该像哈克那样,杀了他,但我的心里没有怒气,也没有杀意,只有浓浓的哀痛,痛得我难以呼吸。

阿尔里克疑惑地眨着眼睛看向奥勒,脸上的笑容险些要维持不住。

古劳格迟疑了片刻:"那时候我没有留意过那个二公主。她叫什么来着?"

"索尔薇格。"奥勒说。

古劳格的眼睛死死地盯着我:"对,索尔薇

格。我去她父亲城堡拜会的时候,几乎没注意到她。"

阿尔里克探身说道:"希芙她是我收过的徒弟之中最有天赋的。"

阿莎和哈拉尔德看样子还不明白,我很担心他们会暴露实情,但他们一句话也没说,古劳格应该没发现什么。

"希芙。"古劳格说,"那么那位二公主在哪儿?"

"她的父亲没把她送来,"奥勒说,"她在她父亲眼中没什么价值。"

这话很伤人,但我的心里一直就有一部分相信这是事实,现在这一部分更是得了势。

古劳格的目光在阿尔里克、奥勒和我三个人之间来回打转。他大概还是有所怀疑。我努力保持着平静的神色,平稳地呼吸着。"好吧,"古劳格说,"那堡里其他的人呢?"

"有人正在把那个厨娘和她的儿子从峡谷里带下来。佩尔在哪儿,我不知道。"

所以,佩尔还活着,而且没有被俘。

"我们会找到他的。"古劳格说,"现在,先把哈克抬到殿里来,确保他撑过今晚。我们伤亡如何?"

"没有伤的,"奥勒说,"只有死的。"

"把尸体停在牛棚里吧。"

"遵命,大人。"奥勒迈步要走。

"你这个叛徒!"哈拉尔德冲着他的后背喊道。奥勒扭转身来。我伸手想让哈拉尔德安静下来,手伸到半路又缩了回来,一个歌者的徒弟不会跟王子这样熟稔。但是古劳格已经看见了我伸手的动作,他冲我挑起了眉。

"我确实背叛了你的父亲,"奥勒说,"但却没有背叛我的君主。我在被俘前效忠的是古劳格的父亲,所以现在我为他的儿子效力。"奥勒看了我一眼,"被囚禁的人绝不可能有忠心。"他掉转身离开了。

过了一会儿,几个敌兵抬着哈克走了进来。他们把哈克抬到桌上,剪去哈克的衣服,擦洗掉伤口上凝结的血液,准备动手拔箭。哈克昏昏沉沉地发着抖,口中说着胡话,他的身上还在流血,流出的血量让我心惊。古劳格背着手,远远地看着。

不久,又一队人将贝拉和罗迪押进了大殿。贝拉连踢带挠,但一见哈克,她惊呼一声,挣开了敌兵。"离他远点儿!"她高叫着扑到哈克身边,用力推开古劳格的人,"把你们的脏手拿开,我来护理他。"

古劳格看了看贝拉,示意手下退开:"让她干吧。"

贝拉急忙脱下外衣,开始检查哈克的伤口。她招手叫我和罗迪过去,然后撕了围裙,让我和罗迪拿着布条用力按压在伤口上。温热的鲜血从我的手掌下面汩汩地流出,渗入指缝之间。贝拉伸出手,在殿内索要铁剑。古劳格点点头,一个敌兵摘下佩剑给了贝

拉。贝拉把剑尖架在炉火中央灼烧着,然后回身走到我和罗迪身旁。

趁我们三人一道俯着身的时候,我尽可能压低声音,尽量清晰地说道:"古劳格不知道我是谁。他以为我叫希芙,是阿尔里克的徒弟。"

贝拉和罗迪对视一眼,点了点头,表示他们明白了。

古劳格走近了一些:"他能活下来吗?"

"你们的药呢?"贝拉以指责般的语气问道。

另一个敌兵递来了一个小包。贝拉翻了翻,将一个个小袋子挨个闻了闻,剔下了几个,然后把药混在掌中,加水调揉成膏。做这些的时候,她不时瞥向留在火上灼烧的铁剑。

"这个伤口太深了,"她把膏药填进哈克肩上的伤口时说道,"需要敞着排排脓水。"

我正用全身的力量按压着哈克腿上的伤口,手中的布条已经被血浸透了。我心慌得难以控制,头脑也无法冷静。真不知道贝拉是怎么做到的。她另拿了块布裹着铁剑,把剑从火上撤了下来,剑尖已经被灼烧成了刺目的深红色。

"你们都让开,"她拿着剑走来,"快点儿……希芙。"

我站到一旁,但我一走开,原本渗流着的鲜血顿时涌了出来。贝拉把剑尖平放在伤口上,用力一压。皮肤嘶嘶作响,冒出了黑烟,那股烤肉的味道令我喘不过气。贝拉继续按压了片刻,之后撤开了铁剑。伤口的皮肤焦了,但是血基本止住了。贝拉在伤口上也敷了些药膏,然后包扎了起来。接下来包扎胳膊上的伤就容易多了,贝拉处理得很迅速。

"他也许能挺过去,"贝拉擦着手上的血对古劳格说道,"就看今晚了。"

古劳格点点头。忽然,他伸出了手:"你胸针上挂着的应该是储藏室的钥匙吧。"

贝拉的怒视我见了都会怕得不敢跟她睡一张床,但是古劳格却不闪不避地迎着她的目光。贝拉摘下钥匙,拍到了古劳格手上。

"谢谢。"古劳格说,"现在,我的人肚子饿了。"

"那么,希望你自带了吃的,还有厨子。"

"吃的我们有,但要你来做。"

贝拉气得嘴唇都发白。

"我会派人盯着你,"古劳格说,"我们可不想有人悄悄投毒,是不是?"

贝拉气冲冲的怒色被疑惑取代了几分,但转瞬她便似乎也明白了过来,古劳格知道投毒的事,而且极有可能就是授意者。

"我的人这就把吃的搬上来。"古劳格说。

贝拉垂着头,转身走开了。

"北地歌者,"古劳格又戴上了手套,"今晚给我唱唱赞歌。"

阿尔里克跟在父王驾前一样朝古劳格深深地鞠了一躬，说道："理当如此。"这一幕气坏了我。

"还有你这个女歌者，"古劳格看向了我，"也得开口，让我瞧瞧……你的天赋。"他语气中恐吓的意味告诉我，他依然不是十分相信我的身份。

我点了点头，但没有鞠躬。

"走，"古劳格对卫兵说道，"佩尔还在外头，我们去抓人。"他们朝大殿外走去，我担忧的心也随了出去。我担心佩尔，不管他藏去了哪里，希望他没事。

古劳格留下了几个兵看守我们，我们无法自由交谈。贝拉走回到躺在桌上的哈克身旁，摸了摸他的额头。他已经烧得颤抖起来，桌下的草垫上全是血。流了这么多血，真有人能活下来吗？我又忧又惧，转开了眼睛。"我们需要毯子，可毯子在船上，"贝拉说，"这样吧，把你们的斗篷都拿来。他烧起来了。他要是能撑过今晚，可真是个奇迹。"

"他会挺过去的，"哈拉尔德说，"父王的领土内没有比他更强壮的人了。"

贝拉勉强笑了笑，拿起我们的斗篷盖在哈克身上。但是斗篷都太短，盖不住全身，于是贝拉东拼西凑地盖住了他的胸部和腿部。我们找了几张椅子，坐在哈克身边守着他，他烧得牙齿都在咯咯打战。哈克是我们最后的巴萨卡战士。佩尔是我们最后的武士。如果到时佩尔也倒下了，还有谁来保护我们?

我朝阿尔里克忽地转过身去:"你怎么能向他行礼?"

"你说什么?"

我的怒气直往上冲:"你怎么会想给他歌功颂德?"

"希芙,"阿尔里克说,"故事仅仅是故事,并不懂得效忠守节。"

我抱起双臂:"那讲故事的人呢?你可以在所讲的故事里体现忠诚和气节。"

"是啊,可是这所讲的是谁的故事呢?如果是巨龙杀死了西格尔德,那么我们传颂的该是谁的传奇呢?末日之后,我们该讲什么故事?已死去的诸神的故事吗?我想不是。交锋过后,谁正谁邪已无关紧要。作为歌者,我们讲的是胜者的故事,并通过讲述把胜者塑造成英雄。"

我怒视着他:"先生,听你的意思,像是说我……我们的陛下,你的君王已经败了似的。"

阿尔里克扫了一眼大殿:"你觉得不是这样吗?"

我气得都不知道该说什么。看守的敌兵还在盯着我们,我只好把怒气忍在体内,让怒火在耳中和眼中灼烧。

我压低声音说:"谢谢你的教导,让我对歌者的真义有了更深的了解。"

阿尔里克叹道:"我知道这很难让人接受。"他拍拍我的胳膊,我强忍着没有抽开。"我服务过

许多君主,"他看了一眼敌兵,"以后还将为更多的君主效力。"

我擦去眼中的泪水,问道:"你从来不想真正拥护哪一方吗?"

"我必须要抵制选边的诱惑,"他直视着我,"你也一定要抵制住。"

我不想抵制,也不想再与他讨论下去,于是走去了哈克身边。哈克脸色惨白,脸颊上还残留着一抹干涸的血痕。我拿了块湿布,轻轻擦去了那道血痕。哈克的眼皮颤动了一下,不知道是不是他发着高热的头脑中闪过了什么梦境。但愿那些梦境中没有痛苦。

"哈克,"我轻声说,"请不要离开我们。没有你,我们就没有力量。"

哈克没有反应,他不知在什么梦境里,没有听见我的话。

阿莎来到我身边:"我觉得你是我们之中最勇敢的人。"

"我不是。"我说。

"别人谁敢走进困着他的盾墙里?"阿莎瞟了一眼哈克,似乎还心有余悸。

我扯着手里的湿布:"没有力量的勇气什么也不是。"

"可是你拥有力量。"

我没有吭声。

"你比我坚强。"阿莎说,"你的勇气和坚强中蕴含着美。"

"但不是你那样的美。"

阿莎来到我身边:"我觉得你是我们之中最勇敢的人。"
"我不是。"我说。

"对,与我的美貌不同,你的美永远不会褪色。"阿莎走开了,留下了这句余音甜美的话。以前还从未有人用"美"这个词形容过我。

一些敌兵扛着麻袋,抬着大桶,进了大殿。食物,大量的食物,敌人是有备而来,他们早谋划好了一切。我曾经那样地渴求食物,但现在看见它们,我竟只是满心憎恶。我下定决心一口也不吃,嘴巴却流出了口水。敌兵把东西交给了贝拉,贝拉叹了口气,将里面的食材翻检了一番,然后带着身边的罗迪娴熟地开始准备做饭。

"你们有多少人?"贝拉询问一个敌兵。

"来的时候差不多一百个人,现在还剩六十四个。"

我吃了一惊,巴萨卡战士们竟然给敌人造成了这样的杀伤,但剩余敌人的数量还是令人恐惧。不过,我告诉我自己,佩尔还没有被俘,他会想办法来救我们。虽然他令我很失望,失望的刺痛还残留在心里,但我知道他绝不会让阿莎嫁给古劳格。

"这座城堡很小,"贝拉说,"你们今晚在堡里会很挤。"

"凑合着吧。"

贝拉耸耸肩,赶开了那个敌兵,反回身去做饭。她要保住好厨艺的名声。

哈拉尔德还守在哈克身边,一个人坐着。我走了过去。

"你说的没错,"我说,"他会挺过去的,他很强壮。"

哈拉尔德摇摇头："我想的不是这个。"

"那你在想什么？"

他坐直了身子："万一哈克没有挺过去，万一佩尔死在了他们手里，那我就是最后的战士了。"

我想伸手抚摸他的头发，亲吻他的额头，但却不能那么做："是啊。"

哈拉尔德的眼中盈满了泪："可我没有准备好。我以为我随时能够战斗，可我还没有那个能力。"

"你的能力远超你的认知。古劳格现在就怕你，因为你是父王的儿子。"

哈拉尔德点点头。我与他一道默默地坐着。在沉默中，我听见了冰川的叹息，它在为我们哀叹。低沉而痛苦的叹息声从地下涌出，似乎即将爆发灾祸。

第十八章　奥丁的神鸟

去抓人的古劳格怒气冲冲地回了大殿。他去哈克身边看了一眼,然后就在火边生闷气。看见他气得胡子发抖,我松了一口气,心头暗自雀跃——这个强盗头子没有抓到佩尔。

古劳格往火里丢了根木柴:"吃的什么时候才能做好?"

贝拉搅动着大锅里的食物:"很快就好。"

"多快?"

贝拉抬起眼:"马上。"

锅中炖煮着肉、洋葱、芜菁和胡萝卜。火上烤着的大饼已经暄软焦黄。贝拉还准备了熏鱼、奶酪、浆果干和蜂蜜。殿中弥漫着食物的香味,勾得我的肚子咕咕直叫。我的身体背叛了我,食欲已经盖过了我立下的决心。

奥勒站在古劳格身旁:"我们会抓到他的,他不可能离开峡湾。"

"哼,"古劳格说,"拖得越久,越不好抓。"

"他一定是知道上了当。"奥勒说。

"我不在乎,他的戏份已经结束了。"炉火中一根木柴烧尽了,"不过,我要按着我的风格收尾。"

我站在不远处,这话落在了我耳中,使我满心疑惑。佩尔扮演了什么角色?他知道奥勒是叛徒吗?难道佩尔可能也是叛徒?这个念头令眼下的我几乎难以承受,心像是被沉重的大斧劈成了碎片。阿莎也朝古劳格和奥勒的方向探着身,脸色煞白。我不知道,如果佩尔是帮凶,那么阿莎呢?

不多时,饭菜做好了,大殿里挤满了人,但是古劳格用铁腕管束住了部下,他们拿着盘子,在灶火前排队等候,让古劳格首先用餐。古劳格在落座前,招呼哈拉尔德和阿莎说:"来,你们可以和我同桌用餐。"

哈拉尔德和阿莎默默地走了过去。

"别客气。"古劳格指着对面的长椅说,那副架势仿佛这堡里的一切从来都是属于他的。哈拉尔德和阿莎坐了下来。古劳格走到贝拉身边,拿过她手中的长柄勺,自己动手盛起了饭菜,我还从来没有见过哪个王公首领这样做过。他把第一盘热气腾腾的饭菜放在哈拉尔德面前。

"给,一份大的,年轻人正在长身体。够了吗?"

哈拉尔德轻轻点了点头,接了过去。

"很好。"古劳格又走回到锅边,"还有阿莎,让我给你挑块好肉,又肥又嫩的。"

古劳格以十分精心的姿态为阿莎盛了一份,放在她面前。阿莎勉强挤出笑容,接过了盘子。

古劳格坐下看着他们,说道:"吃吧,吃吧。"

哈拉尔德和阿莎对视了一眼,各吃了一口。

"还可口吗?"古劳格问道。

哈拉尔德和阿莎点了点头。

古劳格向后倚了倚身,灿然笑道:"很好。"然后他招呼贝拉:"给我盛饭,女人。我的人都饿了,他们在等着呢。"

贝拉给古劳格盛好饭菜后,又依次给阿尔里克、奥勒和古劳格的一众手下盛了饭。我、贝拉和罗迪排在最后,不过我也不想吃。贝拉从锅里刮出三碗残羹,基本全是干硬的碎肉和从锅底刮出的焦黑的蔬菜。她想逼着我吃一些。

"你得吃东西。"

"我不吃。"

"可你靠绝食能得到什么?"贝拉说。

我推开了碗。

"你不吃我给的食物吗?"大殿另一头的古劳格问道,殿里顿时没了声音。大殿这样拥挤,古劳格却竟然注意到了我,或许他一直在盯着我。

我摇摇头:"我无意冒犯。"

"可你推开了饭菜。"古劳格说,"我很仁慈,不是吗?我并不用给你吃的,我可以让你在地上的稻草里捡食我的残羹冷炙。"

我垂着眼,盯着桌上的污渍,忍不住脱口说道:"你盘子里的东西我一口也不会吃。"

周围的一切似乎都凝固了。

"好,很好,"古劳格说,"一个歌者的徒弟竟有这样的傲骨。"

奥勒和阿尔里克都以绝望的目光恳求地望着我,我知道自己犯了大错。我吞咽下一口吐沫,伸手去拿碗。

"住手!"古劳格喝道,"现在要吃太晚了。"他起身大步走过来,站在我身后。我没有回头,在古劳格沉重的呼吸声中始终低垂着脑袋。突然,耳边响起了风声,我一缩身子,以为会是一记重拳。但是古劳格的手越过我,把那碗饭菜掀下了桌。碗当啷一声落在地上,饭菜溅了一地。

"现在,"古劳格说,"你可以吃了。"

我盯着洒落在地上的饭菜。

"吃完以后,给我唱赞歌。到时候我们就知道了,你是不是真有天赋。"

我逼迫着自己缓缓地站了起来,撤身离开桌边,跪在了地上。古劳格在我身前高高地立着,周围的敌兵投来了一片冰冷的目光。哈拉尔德

和阿莎一脸震惊而无助的表情。罗迪气红了脸,但被贝拉按在座位上。阿尔里克闭着眼在摇头。奥勒脸上那是同情的神色吗？在所有人的身后,似乎已经被遗忘的哈克无知无觉地躺着。

我伸出手,从地上捡起最近的一块芜菁,连上面粘着的稻草都忍着没有拿掉,就放进嘴里嚼了起来,但使我难以下咽的却并不是芜菁上的灰和稻草。古劳格一直等到我又吃了两口,这才点点头走开了。

古劳格走后,贝拉又等了一会儿才伸手将我拉了起来:"起来吧,应该没事了,上桌跟我们一起吃吧,他已经得到他想要的了。"

我在贝拉和罗迪身边沉重地坐了下来,羞辱使得塞下肚去的那几口食物泛着馊味。"是我坏了事。我没有控制住自己。"

"不,"贝拉悄声说道,"是你没有忘记自己的身份。不过,事情并不是无可挽回,你还可以用故事来挽救自己。"

为了不让贝拉担心,我勉强吃下了让她满意的量。然后,我去敌兵中间找阿尔里克。他对着站在他面前的我一脸怒容,眼睛看都不看我。

"对不起。"我说。但是我对他依然鄙夷,使得这句道歉少了几分真诚。

"我也很遗憾。"他语气尖刻地说,"不过,现在还是让我们想想你该讲什么故事吧。"

我的肩膀垂了下去。"我不知道那还有什么意义。"

"你在说什么?"

"我觉得讲什么都没用了,他不会相信……"

阿尔里克给了我一巴掌,我的头被扇到了一边,脸颊上火辣辣的。附近几个正在吃饭的敌兵抬眼瞥向了我们。阿尔里克是在演师傅教训徒弟的戏码给他们看吗?我不知道。

"够了,"阿尔里克说,"从这一刻开始,我要你不再怀疑,不再害怕,明白了吗?"

我用手捂着脸颊点了点头。

"打破枷锁,你不是被诸神蒙骗,上了铁链的芬里尔,束缚你的是你自己。把你心中的力量释放出来。"阿尔里克回头望了一眼,"今晚我会帮你一把,但是明天你必须做好准备。"

"好的。"我说。

阿尔里克看了看我的脸颊,皱着眉头轻声说道:"对不起,但我打你并不是只想装出发火教训徒弟的样子。"

"没关系。"我说。我今晚的行为应该挨巴掌。

阿尔里克又待了片刻,将脸上的表情换成一贯的笑容,然后缓步朝古劳格走去。古劳格在他鞠躬致意后,让他近前说话。听完阿尔里克的话,古劳格想了想,点了点头,挥手让阿尔里克退下了。

阿尔里克走回来,说道:"我们明天再讲。"

"你是怎么跟他说的?"

"我对他说,我们在为他编写一个新故事。若要精心地编写完,需要宽限一天。"

这宽限似乎来得太过容易,我回头看了一眼古劳格,却发现他在盯着我。察觉到我的目光,他笑了,之前他对阿莎露出的就是这样邪恶的笑容。这是掠食者自信的狞笑,他已经困住了猎物,可以慢慢地再下杀手。

等所有人吃完后,古劳格站起身来。"我的勇士们,今晚,我敬你们。担任你们的首领,与你们这样的勇士并肩作战,我与有荣焉。等我们返回家乡,我会均分财宝,给你们每一个人赏赐应得的金银。我们今天是损失了很多强悍忠诚的战士,但是我们俘虏了威名赫赫的哈克。而且,我们洗刷了耻辱。我们很快就将拥有美丽的王后,她的美将被世世代代地传唱下去。"

敌兵们鼓掌欢呼,一遍遍呼喊着阿莎的名字。阿莎一动不动僵直地坐着。

古劳格接下去说道:"我们很荣幸,今天席间有哈拉尔德。他是一位高贵的小伙子,注定会成就伟业。我们会保护他的安全,直到他的父亲奉上土地和财宝,把他赎回去。我们将收回那些曾经属于我父王的土地。"

又是一片掌声和欢呼声。

古劳格举起杯:"为活着的人们和死去的勇士,我们干了这一杯。愿我们大家顺风顺水,家中的灶火等着我们。"

敌兵们都举起了杯,并将口中的呼喊换成了古劳格的名字。古劳格坐了下去。没过多久,敌兵们开始争长椅,或者找夜里打地铺的地方,他们已经从船里搬来了毯子。贝拉和罗迪走到我和阿尔里克身边。我望向哈拉尔德和阿莎,看他们会去哪里睡,却见奥勒领着哈拉尔德向我们走来。

"古劳格觉得他应该跟自家的仆从睡在一起。"我们这位从前的老奴说。

"那阿莎呢?"我问道。就在这时,我发现古劳格领着阿莎朝卧房去了,我顿时慌了,"他要带阿莎去哪儿?"

"不用操心,"奥勒说,"阿莎会单独睡在卧房里。她是要当王后的,不能睡在丈夫的下属中间。"

"瞧你的样子混得不错,老人家。"阿尔里克说。

奥勒揉了揉手腕:"你也可以,北地歌者。还有你的徒弟,只要她别再犯傻。"

"她不会了。"阿尔里克说。

奥勒走开了。

"走吧,"阿尔里克说,"我们找一处安静的角落,大家一道休息。"

可是阿莎不在。不管奥勒怎么说,古劳格瞧阿莎的眼神我可都看在眼里。要是我能在卧房

里陪阿莎就好了。

"我们得睡在哈克边上,"贝拉说,"晚上我才好照看他。"

大家很快便在哈克身边的长椅和地板上安顿了下来。贝拉把哈克身上盖着的斗篷换成了毯子。不知道是不是我的幻想,但哈克的状态好像平稳了一些。哈拉尔德睡在我旁边,我想搂着他,把脸埋在他的发间,但我不敢那样做。

"我们会怎么样?"哈拉尔德问我。

"我不知道。不过,别担心,"我探在他身边悄声说道,"父王会来救我们的。"

"对,父王他会来救我们的。"哈拉尔德说。

这样短小的一个故事。我闭上眼睛,希望自己能够相信。

可是我睡不着。迷迷糊糊中,我好像站在了梦境的分岔口。白天在大殿里难以听到的声响在黑暗中渐渐成形。附近正在睡觉的那群敌兵变成了巨怪。梦中的呓语变成了生者和死者之间的低语。忽然,我听见了爪子抓挠的声音,有黑色的爪子正在把死灵刻成墓石。

"哪儿来的抓挠声?"有人问道。

"好像是门上传来的。"有人回答说。

"什么东西在抓门吗?"

"开门看看。"

金属合页的吱嘎声让我睁开了眼睛。

"是只渡鸦。"某个人说道。

我一下坐了起来。

"渡鸦?"另一个人质疑道。

"它一下就进来了。"

阿尔里克和哈拉尔德也坐了起来。在大殿的另一头,一个黑色的小身影正在地上蹦跳着,拍着翅膀越过遍地躺着的敌兵。

"曼尼!"我叫道。

小渡鸦应了一声,朝我扑来,搅醒了小爪子下的一众敌兵,有的敌兵迷迷糊糊地扇开了它,有的敌兵坐了起来,目光茫然地望着它飞了过去。

曼尼飞过来,停在了我的肩膀上。我抚摸着它的脑袋、它的脊背、它变形的翅膀和它漆黑的羽毛,流着眼泪笑了起来。

"你好,奥丁的神鸟。"我说,"你好,我的记忆。你回来了。"

"这是怎么回事?"古劳格越过敌兵,吼叫着朝我重步走来。

古劳格的吼叫声惊起了肩上的曼尼,它扑棱到了躺着哈克的桌上。我跳了起来,古劳格这时也走了过来,只见曼尼落在哈克的胸膛上,换着脚尖叫着。

这一幕令古劳格猛然刹住脚步,愕然地瞪大了双眼。

阿尔里克悄然走了过来:"巴萨卡战士毕竟

是奥丁神佑的战士。不知道奥丁的信使飞来,带来的是什么消息?"

古劳格用手指着我:"你叫它曼尼。"

"那是它的名字。它是哈克送给我的。"

"它停在希芙的肩上,"阿尔里克说,"把故事悄悄说给希芙听。这样的歌者你见识过吗?"

古劳格狐疑地皱起了眉。他似乎没了主意,一个敌兵说把曼尼赶出殿去,但他摇了摇头。

"北地歌者说的对,巴萨卡战士是奥丁的战士,渡鸦是奥丁的鸟。这只渡鸦只要想待,就让它待着吧。"古劳格扭身走开了,"统统都睡觉去。"

我望着古劳格的后背笑了。看样子,这个强盗头子很迷信,他相信传说,敬畏鬼神。

故事有左右他的力量。

第十九章 佩 尔

我带着喜悦的心情醒来。发生了这一切,我本不可能这样喜悦,但是曼尼回来了。它站在我的膝上,和昨天早晨一样吃着我碗里的食物。它似乎离开了远不止一天。从古劳格像咆哮的恶狼一样闯入峡湾,时间似乎已经过去了很久。

白天那顿饭结束后,我帮着贝拉和罗迪清洗收拾。收拾了好久,刚收拾完,贝拉就得动手准备晚饭了。

贝拉磨着牙低声抱怨说:"他们最好找别人给他们洗衣服。"

罗迪探身对我说道:"我认为阿尔里克说的不对。你不应该隐瞒真相,哪怕那意味着要支持某一方。虚假的故事有什么好?"

"你认为,我只应该讲真实的故事?"

"反正不是那种谎言,那种欺瞒信念、欺骗自己的谎言。"

"我想阿尔里克会说,故事本身与说故事的人并没有关系。"

"我认为这种说法是某些想要自保的人在设法宽慰自己。"

我笑了:"也许你说的对。阿尔里克才是板凳上的装饰,不是吗?不是你。之前你还主动请缨,要留下来跟其他人一起战斗。"

罗迪转开了目光。

"实话说,罗迪,哈克没让你留下来战斗,我很高兴。但在生死面前,你很勇敢。"

"我并不怕死。"罗迪的语气很激烈。

我过了好一会儿才悟到他话里的意思:"什么?"

罗迪发出一声叹息,那声叹息在他心里似乎已经憋了很久:"我怯懦并不是因为怕死,而是因为我害怕杀人。"

我不知道该说什么好。

"我哥哥战死后的那段时间我太痛苦了,"他说,"妈妈天天以泪洗面。我也总是抹眼泪。自从哥哥走后,一切都变了。"他扭过脸来,"我怎么能让他人也这样痛苦?每一个战士,哪怕是敌军的战士,都有在家中等待的家人。"

我与罗迪认识这么多年,可是这一刻我才意识到,我多么地不了解他。他内心的善良令人感佩。我环住他的肩:"那天在校场你是因为这个才哭的?"

罗迪点点头。"但是为了你,"他说,"为了妈妈,我愿意留下来战斗。"

"罗迪,"我说,"你是我认识的最勇敢的战士。"

罗迪的脸红了。我环着他的肩,过了一会儿才松开了手。后来罗迪被贝拉叫走了,我决定去看看哈克的情况。哈克的烧已经退了,呼吸平缓下来,脸上恢复了一些颜色。贝拉为他检查了伤口,更换了药膏和绷带。他腿上的伤看着很骇人,但是贝拉说慢慢地应该会养好。

"只是我不知道为什么要治好他。"贝拉将哈克身上的毯子减去了一条,"十有八九,他会成为古劳格的奴隶。"

我咬住了嘴唇。也许救下哈克,我终究是错了。哈克当日是怎么评述那个被驱逐的巴萨卡战士的?当奴隶比死亡更痛苦?昨晚的经历让我毫不怀疑,古劳格会热衷于羞辱哈克。

"你觉得他大概什么时候会醒?"我问道。

"我不知道。就算没有受伤失血,巴萨卡战士在战场上爆发狂怒以后也会虚脱好几天。不过,他是哈克,不同于其他人。"

"我希望他现在就醒过来。"

贝拉慈爱地看了我一眼:"我也希望他醒过来,但是这个愿望很自私。他沉睡着就什么也不知道。"

我摸了摸哈克的脸颊,起身去找阿尔里克。曼尼在房梁上待着。现在曼尼回到了我身边,我

又发现了古劳格的弱点,我对今晚讲故事有了一点信心,但还是不知道讲什么好,一想到要给古劳格歌功颂德,厌憎和愤怒就在我胸中结成了团。

阿尔里克不在殿里,他一定是去了院中。古劳格对我们的看管有所放松,我们可以在堡里自由走动。山口还封冻着,古劳格知道我们不靠船无法离开峡湾,而船只始终有人看守。

阿尔里克在和敌兵说笑,见到我,他辞别了那几个敌兵,走了过来:"我为今天晚上打听到了古劳格的一些事迹。我们去安静点的地方编故事吧。"

我点点头。我们没回大殿,去了后面菜园边的柴堆。我坐在满是斧痕的木墩上,阿尔里克在一旁踱着步,列举了古劳格早年的几件壮举:猎杀了一头巨大的雄鹿;击败一位竞争者,迎娶了第一任妻子;以及在他父亲死后登上了权位。

"他听你提及这些事情会很高兴。"阿尔里克说。

我点点头。

"还有,"阿尔里克深吸了一口气,"我们必须讲述你父亲的落败。"

我开口想要说话。

但是阿尔里克举手拦住了我:"我知道你心里在想什么。这将是你最后的考验,考验你作为歌者的素养。你能否放下自身的愤怒和仇恨,夸赞古劳格的机变和谋略?能否歌颂他对你姐姐的爱,并谴责你父亲拒绝结亲的不公?这是歌者必须要有的素养,你也必须这样做才能向古劳格证明,你是在学习要成为歌者。"

我紧咬着牙:"我只能尽力试试。"

"话是没错,但如果你失败了,古劳格会因为我骗他而杀了我,也许还有奥勒。我们的命就靠你了。"

我的决心动摇了。我没有想过对于阿尔里克,甚至是那个叛徒奥勒,我的失败将意味着什么。

"而且如果我没有记错,"阿尔里克说,"之前是你自己说想要当歌者的。"

沉重的压力比最深的积雪还要重,压得我喘不过气来。我在重压下轻声说道:"我没有想到当歌者意味着这些。"但不管我怎么想,如果阿尔里克的性命系在我身上,我也只能给古劳格歌功颂德了。

阿尔里克挨着我在木墩上坐了下来:"这就是作为歌者的阴暗面。我本来希望你永远也不用体会。我原本的打算是你也许可以取代我,在你父亲的城堡里舒舒服服地当他的歌者,等你的弟弟继位以后,再当你弟弟的歌者。"

他的话使我一愣:"可是……你怎么办?"

"我会再找一位君主或者首领。他们不难找。"

我不知道该说什么。虽然我很生他的气,但他愿意为了我牺牲自己的职位,还是令我心中感动。"谢谢你,阿尔里克。但我真的无法取代你。"

你是出色的歌者,我永远也比不上。"

"我并不出色。"阿尔里克一拍大腿站了起来,"我们开始吧。"

我们琢磨了好几个小时,斟酌词句,推敲停顿的时刻和最重要的高潮的时刻。我努力把阿尔里克的指导和练习的内容记在心里,但是这个故事泛着腐烂变质的味道,我迫不及待地想把这脏污从嘴中吐出去,摆脱掉它的污染。

"我看先这样吧,"阿尔里克说,"你自己花点时间,练习准备一下。晚饭前,我们再一起过一遍。"

"好。"

"那你自己练着。"阿尔里克朝场院走去。

我在木墩上又坐了一会儿。天空中是一块块沉重的云团,被山峰刮蹭着,高高地笼罩在城堡上方。风揉搓着它们,改变着它们的褶皱和形状,我看得入了神,只是看了一会儿之后,感觉有点头重脚轻,头晕目眩。忽然,白色的云团中现出一根长长的獠牙。紧接着是洞开的大嘴、满口的利齿和毛发根根直立的脖颈。高空中的云团构成了一个大如峡湾的狼头,简直可以吞噬我们的城堡。我吓得直往后退,这是梦境中的狼头。

先是敌船,现在又出现了狼头,接下来就会是烧毁城堡的大火,然后是冰川崩塌,我们都将毁灭。

我惊恐地跑了起来。

可是我逃不脱,巨大的狼头始终在头顶凝望着我。我要躲开它,但那是天空,人怎么躲得开天空呢?我在野地中飞跑,我多么希望我是一只小鼹鼠,能够窜到地下去。一片小树林出现在左手边,是之前佩尔带我们去的那片树林,我急忙奔入林中,冲向那片空地。不知是谁掩起了那个旧地窖的活板门,我在湿漉漉的雪中又踢又刨,终于挖出了那扇门。我用力抬起活板门,顾不得将门合上就冲下台阶,冲入隐蔽的地下。

我心中惊惶,呼吸凌乱。我感觉已经被逼到了危崖的边缘,即刻就会落入海中,粉身碎骨。

"索尔薇格?"

我尖叫一声,惊跳起来。一只手捂住了我的嘴,我喘不过气,拼命踢打,想要挣开那个捂着我嘴巴的黑影,但是黑影的力量太大。

"索尔薇格!"一个熟悉的声音说道,"别怕,是我,佩尔。"

我停止挣扎,睁开了眼睛。掩在我嘴上的那只手撤开了。

"佩尔?"

佩尔撒开身向后退去。我扑向他,将他紧紧抱住,用力地捶打他,哭得浑身发抖。这几天的悲痛、恐惧和愤怒一股脑全涌了出来。佩尔抱着我,直到我耗尽了所有的力气。我擦了擦鼻子,抹去眼泪,从他怀中撒开了身。佩尔已不是我上次见他时的样子,他发辫散乱，疲惫和被抓捕的惊恐已将他熬得双眼通红，身形也好似缩了水。

"你还好吗？"我问道。

他点点头："还行，就是饿。古劳格有没有带吃的来？"

"他带了食物来，可是我身上没有带吃的。"

佩尔盯着地面，点了点头。

"你一直藏在这里吗？"

"大部分时间都在这里。"

"古劳格在抓你。"

"他不知道这个地方。发现这里，找到你们的那三个敌兵被哈克杀了。"

"你怎么知道的？"

"我看见了。"

"你当时在林子里？"

他点点头。

那为什么不帮助我们？我想质问他。

"一切发生得太快，"他好像听见了我心中的质问，说道，"我不知道该怎么办。后来阿尔里克就来了，你们都跟着他跑走了。"他撕扯着头发，来回走动起来，"我能做什么？跟哈克对战吗？他会杀死我，然后杀死阿莎，杀死你和哈拉尔德。当时我只能做一件事，一件最理智的事，就是藏起来。我知道阿尔里克会带你们去安全的地方。"他这番话说得顺畅，仿佛是

"索尔薇格!"一个熟悉的声音说道,"别怕,是我,佩尔。"
我停止挣扎,睁开了眼睛。掩在我嘴上的那只手撤开了。

造访过多次的熟路。

可我却无法随他走上这条路:"哪里有安全的地方!"

他装作没有听见:"阿莎怎么样?"

"古劳格要逼她成亲。"

佩尔停下脚步,喃喃自语道:"我就知道……"

"知道什么?"他的话让我想起了古劳格和奥勒的那番对话,那番说佩尔的戏份已经结束的对话,"你知道什么?"

他避开从敞开的活板门里落下的光帘,扭身缩在黑暗里。

"佩尔,你之前做过什么?"

"你该回去了,索尔薇格。"

"佩尔,我要你告诉我。"

他叹了口气:"你就当没有见过我。走吧。"

"你不告诉我,我不走。"

"快给我走!"

我惊得退了一步,心头升起了怒火:"那你呢,佩尔?你要在这地底下藏多久?阿莎她怎么办?我们怎么办?你信誓旦旦地说过,要保护我们的!"

"对不起,但我无能为力。"

"可阿莎她……我还以为你爱她。"

佩尔沉默了许久才发出一声断续的叹息:"我是爱她,我做的一切都是为了她,可我没有力量。"

他语气无力,脖颈弯垂,双肩垮塌,这一切的一切都说明他已经被击垮了,曾寄在他身上的那部分希望破灭了,我心中失望悲凉,如同新坟周围翻出的阴冷的新土。但我了解这种无力感,所以即便在这一刻,我对他还是生出了怜悯。

我转身离开:"我会想办法给你带点吃的来。"

他咳嗽了一声:"我不希望你为我冒险。"

"不必了,这种虚礼的时候已经过去了。"我走上台阶,出了地窖,关上活板门,尽全力用雪把门掩住,把佩尔掩藏在地下。

我完全灰了心,拖着脚朝城堡走去。我们已一败涂地,没有人能够救我们。哈克已经受伤倒下。我又舍不得贝拉和罗迪涉险。阿尔里克永远不会与听众为敌。哈拉尔德还是个孩子。而佩尔……他躲了起来。

幸好构成狼头的云团已经散成小块,飘去了海上。我想起几个月前站在堡墙上看见的那只灰瞳的狼王。披着霜雪转身消失在林中的它是那样气派,那样自信而笃定,让我不禁疑惑狼怎么会被认为是邪恶的动物。我见到的那只狼王惊人的高贵,不见丝毫的邪恶。

我停下了脚步。如果狼不是天生邪恶,我为什么要那样害怕?为什么要把云团构成的狼头视成是古劳格?那个强盗头子没有丝毫高贵的地方。而且在我的梦里,毁灭我们的并不是狼,而是大火和

之后崩塌的冰川。或许那个狼头另有含义,指的是某个还没有出现的人。

"希芙!"阿尔里克在城堡旁边朝我招手。

我加快脚步穿过野地,进了菜园。

"出什么事了?"我问道。

"哈克醒了。我认为你会想知道这个消息。"

我深吸了一口气:"他怎么样?"

"他跟贝拉聊了聊,没和我说什么。"

"谢谢你告诉我。"

"你去哪儿了?"阿尔里克朝我身后的树林看去。

"没去哪儿,"我说,"就是随便走走,想想心事。"

阿尔里克挑着眉点了点头。

我从他身边匆匆走了过去:"我想去看看哈克。"

"去吧,快去吧。"他催促我说。

我一路小跑穿过城堡,冲进大殿。哈克已经被挪到地铺的草垫上,他用没有受伤的那一侧肩肘支着身子斜躺着。他看见了我,脸上却没有任何表情,也没有和我打招呼,而是转开了眼睛。

我硬着头皮走过去:"哈克?"

他哼了一声。

"哈克,你感觉怎么样?"

"像是散了架。"

他的话证实了我的担忧。他是宁愿战死的。我垂下眼睛,转身想要离开。

"等等,"他说,"你别走。"

我垂着头转过身来。

"事情的经过贝拉告诉我了。"

我跪倒在他身边:"哈克,我只是想……"

"我没有生你的气。"

"你没生气?"

"嗯,你这样冒险,我是很生气。我很愤怒阿尔里克竟然让你这么做。"他忍着疼,伸出伤臂,用粗大的拇指和食指托住我的脸,"但我并不恼恨你救了我。你的勇敢让我心生敬意。敢走进那道盾墙的人万中无一。"

"可你是不是希望我没有救你?"

"我之前没能护住你们姐弟。"他松开手,望着自己的伤腿,"现在也无法保护你们。所以,我不配当巴萨卡战士,不配跟他们一道尊严地战死,成为古劳格的奴隶也是罪有应得。"

我握住他皮肤粗硬的手:"你手下的战士们不应该牺牲,他们全都不该牺牲。你也不应该成为奴隶。不应该,不应该,哈克,你是唯一一个还令人尊敬的人,是唯一一个始终对我坦坦荡荡,毫无隐瞒的人。"

哈克反握住我的手。"我和阿尔里克谈到了你。"他翻身仰卧,闭上了眼睛,"你应该坦诚地对

待自己。"

"我对自己不坦诚吗?"

"虽然经历了这一切,但你好像还是害怕……"

"害怕什么?"

哈克已昏昏欲睡。

"哈克,你认为我害怕什么?"

"害怕尝试。"他睁开眼睛说道,"有时候,在我们迫切地想要得到某样东西的时候,比起得不到那样东西,我们更怕的是失败。"他发出一声叹息,"首先,你要正视自己。"

我坐在地上,望着哈克,他已经又闭上眼睛,陷入了昏沉。哈克的话呼应着我脑中有关那头狼王的思绪,令我心中战栗,无法掩藏。阿尔里克曾经说过,我不清楚自身的力量,而且畏惧着它。

哈克的胸膛缓缓地起伏着。

也许我是害怕探测自身的力量,因为我担心会不够强大。是我把自己束缚住了吗?那个笼罩在城堡上空、令我恐惧的狼头状的云团,有没有可能代表的是我自己?

不,那个狼头不可能是我,我只是索尔薇格。

我替哈克拉了拉毯子,说了声好好休息,然后站了起来。贝拉在灶火边望着我,我走了过去。

"没想到他恢复得这么快。"贝拉说。

"他是哈克。"

"是啊,没错。"贝拉揉了一些香草碎,放进正在烹煮的炖肉里,"你知道的吧,哈克他很喜欢你。"

"他爱戴父王。"

贝拉点点头:"是啊,但他喜欢你却不只是因为这个。不知道什么缘故,你打动了他那身厚实熊皮下的心。"

想到哈克心里也许有我,我很高兴,因为我也渐渐喜欢上了亦父亦友的他。我又朝睡着的哈克望去,好一会儿才收回目光。

古劳格夺走了哈克的武器,他把巨大的战锤放在壁炉边,让所有的人观瞻他的战利品。我知道这意味着什么。哈克将再也不会抡起战锤,在战场上立功,他将改拿着锄头,在田间播撒种子,收割庄稼。搭建的牛棚和猪圈将会是他仅有的成就。

我为他难过。

但我忍住泪水,帮贝拉准备好了今晚的晚饭。还有不到几小时,我就要给古劳格讲故事了。对我们的战士、对哈克、对我的家人,他的所作所为死有余辜,我却要称颂他。

我自觉无法做到。

第二十章　枷　锁

开饭了,与昨晚一样,古劳格把哈拉尔德和阿莎叫到了他那张桌上,再次帮他们盛了饭,放到他们面前。但是哈拉尔德和阿莎还没有吃,古劳格就对哈拉尔德说:"你端走吃吧,去跟自家的仆从一块吃。"

哈拉尔德握着刀叉,有些发蒙。阿莎紧紧抓着哈拉尔德的胳膊。

"从我的桌上下去。"古劳格说。

哈拉尔德端着碗起了身,阿莎朝他的背影伸出了手。哈拉尔德紫涨着脸穿过大殿,从敌兵们的中间走过,但他始终高昂着头,脊背挺得笔直。在羞辱面前,他保持着自尊。

"这是故意羞辱,"阿尔里克轻声说道,"哈拉尔德是贵族,理应在首领那边用餐。"

"古劳格还在宣战。"哈克说。

哈拉尔德走了过来,在我身边坐下,一直等到我们大家都领取了饭菜,他才吃了起来。刚开始他很沉默,但不一会儿就高兴起来,哈克每吃一口他都眉开眼笑,还对大家说,他就知道哈克会挺过来的。被哈拉尔德盯着吃饭,我想哈克有些尴尬,但我很高兴哈拉尔德在我身边。要是阿莎也在这里就好了,可是她还坐在古劳格的桌边,戳着碗里的饭菜。古劳格凑在阿莎身边,笑呵呵地开怀畅饮。

我突然意识到了不对,心头一阵发紧。

"为什么古劳格赶走了哈拉尔德,却把阿莎留在桌上?"我问道。

"古劳格是要让她孤立无援,"哈克说,"让她感觉敌众我寡,逼她屈服。"

"阿莎不会屈服。"我说。

但我瞥见了哈克脸上质疑的表情。贝拉和阿尔里克也是一脸不相信的神色。他们都认为这场仗已经输了。

曼尼享用了我的饭菜,我只勉强硬塞了一点儿,心中的紧张慌乱让我没有半分胃口。时间就要到了,我不能失败。

但是看着古劳格挨着阿莎,我哪有心思讲故事。担心、愤怒、恐惧使我的脑中一片凌乱,努力构建中的思绪支离崩塌,词语也避我而去,像空气中的灰尘一样难以捕捉。与我第一次当众起身讲故事的时候一样,我已经记不得打算要讲的故事,那个与阿尔里克一道演练、要在今晚给古劳格歌功颂德的故事。

在大殿的另一头，古劳格抬起手臂，搭在了阿莎的脖子上。

大家都瞧见了这一幕。有些人像阿尔里克那样假装没有看见。哈克紧握着拳头，凝望着自己的腿。贝拉和罗迪摇了摇头。但是没有人能够阻拦那个强盗头子。谁也救不了我的姐姐，救不了我们。

"希芙！"古劳格叫道，"站起身来。"

我站了起来。

"上前来。"

我架着肩上的曼尼，脚步虚浮地朝他走去，站到了他的桌前。

古劳格用手指着我："我已经给了你时间，按说不用准备这么久。到时候了，讲吧。"

一旁的阿莎在哭。虽然她努力遮掩，但泪水在她眨眼的时候落了下来。古劳格的手臂是绕颈的锁链，缚住了她，而她接受了这副枷锁，甚至没有挣扎。她望向我的目光不是无助，而是全然没有了希望，就像哈克说的，她已经屈服了。

我必须要救她。可是该怎么救？

可惜故事不是武器。不然，我会用唇枪直刺古劳格的心脏，用舌剑割开他的喉咙，让他的血在地上流淌成河。

"我在等着呢，"古劳格说，"你是不是已经发不出声音了？"

周围的敌兵窃笑起来。

"不是。"我轻声说。

"你说什么?"

"我说不是。"

古劳格慢悠悠地用手背抚摸着阿莎的脸颊,一双眼睛却紧紧盯着我。在他抚摸时,阿莎把目光投向了天花板,抑或是天花板之外更远的地方。古劳格压低声音,对我说道:"我看你已经气得说不出话了。好了,你是谁,你和我都心知肚明,索尔薇格。"

不。

古劳格的话使我心头一片清明。这个强盗头子也许知道我这个名字,但他并不认识我这个人。他不知道我心中的力量,我却能感受到力量正在我胸中涌起。风中的长号驱开了束缚着我的疑虑和恐惧。

古劳格探身说道:"这场戏现在就结束吧?"

肩头的曼尼展了展双翅。

我抛开了枷锁,说道:"这场戏是应该结束,却不是以你想要的方式。"

"是吗?"

"没错,因为你是闯来的贼寇。"

周围顿时响起一片气冲冲的低语声。

但是古劳格挥挥手,让手下安静下来:"你说

我是贼寇?"

"对。这片土地也曾来过其他的贼寇,他们跟你一样,想要满足心中的贪婪和欲望。我的渡鸦已在耳边给我讲述了他们的命运,那也将是你的命运。"

一时间,殿中鸦雀无声,所有的人都盯着我,然而奇怪的是,我没有丝毫的不安,因为我知道,这意味着他们全都在聆听。故事在我脑中渐渐成形。它是我讲过的最真实的故事,它将是武器,是利剑。我之前瞥见的疑惑的神色又回到了古劳格的眉间,他放开阿莎,将双臂环在胸前,倚靠在椅中。

阿尔里克先前讲过的一个故事给了我灵感:"山下海岸边的那片树林里有一块墓碑,纪念的是一位勇士。一个背信之徒想要夺取他的妻子和土地,谋害了他。你看见那块石碑了吗?"

古劳格摇摇头。

"它离你此刻坐着的地方并不远。那地方很有些灵异。你想听我讲讲碑文上的故事吗?"

过了好一会儿,古劳格才点了点头。

我提高了声音:"自冰川第一次流着泪退缩上高山默默呻吟,千百年过去了,土地变得富饶肥沃。一位勇士带着妻子来到这里,建起了城堡。他的妻子比大海还要美丽,连天空和高山都为了证实谁更能讨她欢心而开了战。她像太阳一样以温暖和灿烂迢迤闻名。"

我直接看向了阿莎。古劳格的眼睛也同时望向了她,仿佛是第一次见到她。我继续说道:

"可是这世上有一个恶徒觊觎着勇士的妻子,他狭窄的心胸中暗含着妒恨。"

我凝视着古劳格。

"他怀着鬼胎率军来到勇士的城堡,假称要效忠,却在进入城堡后,立刻亮出了刀枪,杀害了勇士和他手下所有的战士,院中染满了屠戮的鲜血。"

我不知道古劳格有没有察觉我的意图,人们通常会感到战斧劈落时的风声。不过,就算他察觉到了,也没有关系。我继续讲了下去。

"恶人把勇士埋在海边,没有坟冢,也没有记述生平的墓碑。然后,他在堡中强娶了勇士的妻子,像寂静森林中号叫的恶狼一样,以杀戮夺来的战利品吃喝到了深夜。"

说到这里,我直直地看向了古劳格的眼睛。他歪着脑袋,回望着我。也许他还没有察觉,但他应该很快就会意识到了。

"这时,从海边突然远远传来一声嗜血的怒号,像海上生成的暴风雨一样不断逼近,令人耳中生寒,骇得发抖。恶人令手下拿起武器,带领全部人马战战兢兢走进了月夜。那刺耳的声音呼号着勇士妻子的名字,此刻已越发地近了。"

我顿了顿,环顾了一眼大殿。

"来的是死去的勇士。仇恨令他发黑肿胀的腐尸化成了坚硬如山的巨大僵尸,从墓穴中爬了出来。"

我住了口,让殿中的人在冰川阴森森的呻吟声中静悄悄地坐着。古劳格瞪着双眼,脸色发白。现在他和阿莎之间隔开了一段距离。我吓住了他。

"这一幕,"我说,"吓疯了恶人的手下。那些胆小的想要逃走,却被死去的勇士一把抓起,像折嫩枝一样折断了脖子。寥寥可数的几个忠实手下虽然在坚持战斗,但是僵尸不是斧钺刀枪能够杀死的,最后只剩下那个恶人孤零零地面对着死去的勇士。"

古劳格探着身,像跟随闪光鱼饵的鱼一样跟随着我抛出的词句。

"他们杀到了一处。虽然恶人并不弱,但是僵尸更厉害,他盛怒地撕碎了恶人。他站在残碎的尸骸中,痛苦地再度呼唤妻子的名字。妻子听见他的呼唤,从城堡的藏身处跑了出来,拉住他沾满血污的颤抖的手,将他引回海边的墓穴,他这艘黑暗的战船就是从那里出的海。深爱着他的忠实的妻子在他身边躺下,抱着他陷入了最后的沉眠。"

阿莎泣不成声。我想告诉她,她的勇士也在地下。但我不能说,因为我知道,阿莎也会不顾一切地去往他的身边。

我接着说道:"妻子的侍女埋葬了这对爱人,并为他们服丧。他们的爱如寒冬般坚实,被后世长久地传唱。"

故事结束了,但我没有行礼。曼尼在我肩头叫了一声。古劳格一动不动,静得宛如故事里的墓碑。

"那位勇士还在这里,"我说,"他就躺在这座城堡下方。你们能感受到他的目光吗?"

周围的敌兵在椅中不安地移动着,僵尸附在了他们每一个人的肩上。

我抬起手,轻轻地摸了摸曼尼:"他还在守护峡湾中的女人。"

古劳格默不作声,我没有动,静静地等待着。可他始终一言不发,我的信心像脚下裂了缝的冰一样开始渐渐衰减,我咽了口唾沫。忽然,古劳格悄悄抬身,从阿莎身边不着痕迹地移开了。也许旁人没有留意,我却看在眼里,我知道自己做了什么。

至少此刻我救下了阿莎。

"我相信,"古劳格说,"你确实是歌者。"

我猛然间难以置信,但紧接着心头一宽,绷紧的双肩松了下来。

古劳格用双拳撑着桌子,探身说道:"可就算你的故事没有作假,但是没有哪个歌者敢跟我讲这样的故事,除非那个歌者也有贵族的血统。"

他的话落在我耳中,我却好一会儿才意识过来,心中一片慌乱。

"你就是索尔薇格。"他说。

"大人,我……"

"闭嘴!"古劳格猛地一拍桌子,震倒了一只酒杯,"我不会上当的!你只会害得他们更加悲惨。"他指向哈克、贝拉、罗迪和阿尔里克,"明白吗?"

我点点头。我的眼前一片模糊,脑中混沌。

古劳格把一样东西丢给了手下:"拿着,把这些骗子锁到外头的储藏室里去。"

"不。"我叫道。

一旁穿着皮衣、套着磨损皮靴的敌兵起身列队,抓住贝拉、罗迪和阿尔里克,又把哈克硬拖了起来。贝拉哀求说外面冷,让他们放过罗迪,罗迪则喊叫着要保护母亲。阿尔里克叫着我的名字,哈克在他身边摇摇欲倒。我眼睁睁地看着他们被敌兵拖出了大殿,就像我无法阻挡海浪和潮汐一样,我无能为力。心中的那股力量消失了。不管我怎么想,我并不是狼王。

我朝古劳格转过身去:"请不要把他们关在外面。"

古劳格朝我皱了皱眉:"歌者索尔薇格,今晚你就和你的姐姐一道睡在卧房里。"说完,他转身背对着我们朝大殿中央走去,"奥勒那个叛徒在哪儿?"

我用目光寻找着奥勒,然而殿内没有他的踪影。

"他跑了。"一个敌兵说。

"不可能,他跑不了。"古劳格朝敞开的殿门看去,"他躲去了外面。明天,我们就把他,还有那个懦夫佩尔翻出来,把他们的尸体跟那个僵尸一块埋在地下。"

这不是我原本设想的样子。可是原来我是怎么想的?怎么会以为凭一个故事就能救下大家?我怎么能信了我自己?现在却害得其他人更加危险。

都是我的错。

卧房像留在雪地里的大铁锅一样空洞寒冷,曼尼似乎不愿进去,于是我把它留在了房梁上,但愿古劳格的迷信能保它平安。我本想叫哈拉尔德也睡到卧房里来,但是古劳格一定要让他睡在敌兵中间。

我和阿莎彼此分开躺着。阿莎在抽抽噎噎地哭泣,哭得我心中愤恨。她为什么向古劳格屈服?她怎么能屈服?如果当时她坚强一些,我或许就不会那样不顾一切,或许讲的就会是阿尔里克帮我定好的故事,那样大家就会留在大殿里,而不是在储藏室里挨冻。

"索尔薇格?"

我应了一声,但心中却已压不住怒火。

她一点一点凑了过来:"谢谢你。"

我没有理她。

"你救了我。"

我翻开身,但她伸手拉住了我的胳膊。

"你真勇敢,"她说,"挺身对抗……"

"你为什么不反抗?"

"什么?"

"当时你为什么不反抗?"

她松开了手,我厌恶地移到床边,尽可能地远离她。

"我不像你那样坚强。"她说。

我对着墙低声说道:"可你能够坚强起来。"

"不,我不行。再说,我也只配嫁给古劳格。"

这话让我出于同情的心大半又对她回转了一些,但我不想让她知道,我希望她克服剩下的距离,对我坦诚以待。

"这全都是我的错。"她说。

我等待着下文。

"我们没想到会发生这一切。索尔薇格,对不起。"

她走得还不够远。"你做了什么?"

她呼了口气:"我爱他,但是父王绝不会同意的。"

"所以呢?"

"我们这么做,只是为了让我们能够在一起。仅此而已。"

"阿莎,你们做了什么?"

"古劳格第一次来到父王城堡的时候,佩尔看出他更想得到的是土地,而不是我。所以,佩尔私下见了古劳格,跟他达成了协议。"

我不想听,但我必须知道内情:"什么协议?"

"如果古劳格同意我和佩尔在一起,佩尔就让古劳格得到他想要的土地。"

原来我的姐姐也是叛徒。我早该知道。不过我也许早就知道了,只是不愿承认。内奸竟一直藏在我睡的这间卧房里。我想呕吐。

"古劳格和佩尔安排好了一切。"阿莎说,"古劳格开了战,父王听从佩尔的建议,把我们送来这处峡湾,让我们躲在这里。这样事情会容易一些。古劳格只要来到这里,把我们抓住,父王就会用我和土地把哈拉尔德安全地赎回去,然后古劳格就会让我和佩尔在一起。非常简单。可是父王派来了巴萨卡战士,计划出现了问题。"

"是你毒死了他们。"我惊恐地轻声说道。

"不!当然不是,"她说,"我绝对不会……按说,不会有人受伤。"

我还来不及问下一个问题,她便说道:"也不是佩尔,我知道。"

"那是奥勒?"

"相信我,索尔薇格,在佩尔撞见他在那块石碑附近窥视你之前,我们真不知道他效忠古劳格。佩尔想找的是别的削弱巴萨卡战士的办法。"

"比如弄死母牛?"

"是的。但奥勒认为那还不够。古劳格就要来了,他不想迎战哈克和父王最精锐的战队。"

这些答案一句句都像巨石一样砸落在我身上。

"后来,"阿莎说道,"古劳格终于来了,佩尔要确保他守约,所以才想让我们躲在旧地窖里。"

我捂住耳朵:"别说了!"

"我从没有想过伤害任何人。"

"别再说了!"

她又哭了起来:"对不起。原谅我,索尔薇格,请原谅我。"

原谅她?我做不到,愤怒使我丝毫没有想要原谅她的意愿。原谅?多少战士因为她的自私懦弱失去了生命。除去一副好皮囊,她身上没有一点可敬之处,连那副皮囊都因为空空的内里褪了颜色。

所以我没有回应她。

"就算你不能原谅我,"她说,"至少我希望你理解我。"

"我永远也不会理解你。"我说,"你知道,我今晚讲那个故事是为了救你吧?可是罗迪、贝拉、哈克和阿尔里克他们呢?因为我要救你,他们在外头的储藏室里挨冻!你连古劳格都配不上。"

阿莎抽泣得越发凄惨。

但是满腔愤怒的我却认为她痛得还不够,于是说道:"佩尔还活着。"

我捂住耳朵:"别说了!"

她顿时停止了哭泣。

我继续说道:"他还活着,而且知道古劳格要娶你,但他是个十足的懦夫,根本不敢阻止。"

阿莎长久的沉默让我悄悄生出了一点愧疚。

"你怎么知道?"她轻声问道。

我犹豫了:"是他告诉我的。"

"你见过他?"

"对。"

"他在哪儿?"

"他在哪儿无关紧要。"

"索尔薇格。"阿莎紧抓住我的手,她的手指冰凉,"我知道你在心里怎么看我,我是罪人,但我求你告诉我,佩尔他在哪儿。"

她还是只想着她自己。我厌烦哭泣,但泪水从我的眼中涌了出来,我忍不回去。

谁也不是他们嘴上所说的样子,连我的姐姐也不是。我真是个傻瓜。几个月前,我还那样高看佩尔,觉得他那样善良,那样孔武,那样英俊,但是现在全被我看穿了。这几个月,多少的事情已经变了,我却现在才察觉。我自己也变了。我变得坚强,变得勇敢,我没有屈服。

"求求你。"阿莎说。

"我不会告诉你的。"

"为什么?"

"因为我信不过你。如果我告诉你佩尔在哪儿,你就会去找他,被古劳格发现,我们都会受罚。"

"我不会去找他。"

我翻过身去。

"索尔薇格,我不会的。"

"睡吧,阿莎。"

她没有再恳求。我闭上眼睛,努力不去想佩尔和阿莎,不去想那些被毒死的巴萨卡战士和哈克腿上的伤,不去想今晚有多冷,然而脑中却似乎很长时间想不了别的。愧疚和愤怒耗尽了一切,只剩下满心的疲倦。寒风在占据大殿,连冰川的呻吟都压不住风声。

第二十一章 烈 火

半夜,我被叫喊声惊醒了,有人惊惶地叫嚷着冲进殿来。

我坐起身:"阿莎?"

没有人应我。

我摸向身边,床是空的,阿莎不见了,我并不吃惊。我打开卧房门,悄悄朝殿中看去。一个敌兵正在一排排熟睡的敌兵中间来回奔跑,连踢带拉把他们叫了起来。

"着火了!牛棚着火了!"

敌兵们赶忙穿上衣服,套上皮靴,朝门外跑去,橘色的火光正朝殿中逼来,我已经闻到了烟味。

古劳格拽着身后的哈拉尔德,在敌兵们中间大发雷霆:"全给我出去救火!"

"是佩尔,大人!"守夜的敌兵大声报告说,"火烧起来的时候,我看见他在往林子里跑。"

这火是佩尔点的?我对他最后那番鄙夷的责问出现在我

的脑海,或许是那番话激起了他的行动。

古劳格点点头。"把人召集起来,救火尽量少留些人,加派人手去守船,剩下的跟着我去抓佩尔。"

"是,大人。"

敌兵们朝外跑去,古劳格扭身转向卧房。他发现了我。

"你们姐妹俩快出来,火可能会蔓延到大殿。"

"阿莎不见了。"我说。

他笑了一声:"她跑了,很自然。你出来,看着你弟弟。"他将哈拉尔德一把推给了我,"让他待在安全的地方,别捣乱。"

我点点头,出了卧房。古劳格大步朝殿外走去,殿内只剩下了我和哈拉尔德。我穿好靴子,绑紧了鞋带。

"阿莎不见了?"哈拉尔德问道。

"对。"

"她去哪儿了?"

"我不知道,大概是去找佩尔了吧。"我抬起头呼唤曼尼,眨眼间它拍着翅膀扑下房梁,落在了我肩上,"这回可要待在我身边。"我对它说。

"我们要做什么?"哈拉尔德问。

"眼下按古劳格说的做,要让你待在安全的地方。"

"那是什么?"

"什么?"

哈拉尔德指着曼尼:"它嘴里叼着什么东西。"

我扭过脸仔细一看,曼尼口中衔着一把黑黝黝的铁钥匙。是储藏室的钥匙。

我从它的喙间拿下钥匙,在它闪亮的双眼之间亲了一口:"你真是个会魔法的小坏蛋。"

"我们用这把钥匙帮哈克他们逃出来吧?"哈拉尔德说。

"好。"现在起火混乱,古劳格又在林子里追捕佩尔,或许这是我们唯一的机会。可是我们逃去哪里?虽然可以藏去秘洞,但不知道峡湾的情况佩尔和奥勒向古劳格透露了多少。秘洞可以保护我们,但也可能困住我们,成为我们的坟墓。船虽然停在海边,但是古劳格加派了人手,夺船绝没有可能成功。而且就算夺了船,我们的船速也绝对比不过古劳格全员起桨的速度。现在唯一的逃亡路径是山口,但山口或许还封冻着。可是我们别无选择。

"我们走。"我说。

我带着哈拉尔德朝殿外走去,经过壁炉时,我看见哈克的战锤还摆放在壁炉边,于是伸手想拿上它,可我心里没底能不能拿得动。哈拉尔德拦住了我。

"我来吧。"他说。他双手握锤,闷哼一声,将战锤架上了肩。沉重的战锤压得他脸上的肌肉有些抽搐。

"你真能拿动?"我问道。

他绷紧嘴唇,飞快地点了点头。

"那,好吧。"

我们出了殿门,外面是一片猩红狂暴的火海。一柱冲天的烈焰已经吞噬了牛棚,滚滚的热浪扑面而来。敌兵们扑打着风中的飞灰和燃烧的碎片来回奔跑,竭力避免大火烧及树林和其他的建筑。哈拉尔德看呆了。

"快走。"我悄声说着,拉着他不停脚地往前走。

朝储藏室走去时,我不断地回头张望。我们还没被发现。我插入钥匙,拧开门锁。门开了,罗迪站在我眼前,展开双臂护着他的母亲。阿尔里克跪在地上。

罗迪放下了手臂:"索尔薇格?"

"大家快跟我走,"我说,"时间紧迫。"

可在阿尔里克站起身后,我看见了躺在地上的哈克。我心头一跳,刚才没有考虑该怎么移动哈克。哈克在阿尔里克和罗迪的扶持下挣扎着站了起来。

"走吧,"他说,"我没事。"

"你那条伤腿没法走路。"贝拉说。

哈克轻轻推开贝拉:"没事,我能走。"他挣扎着走到门边,"走吧。"

"去哪儿?"阿尔里克问道。

"去山口。"我说。但是之前我没有考虑到哈克的情况。

哈克垂下了眼睛,但片刻后他就挺起了身。他指了指哈拉尔德扛着的战锤:"我想那是我的。"

哈拉尔德皱着眉看着哈克的伤腿:"我可以替你拿。"

哈克犹豫片刻后点了点头:"我们一个个地走,在殿后的柴堆碰头,不要引起敌兵注意。罗迪,你先走,然后贝拉再走。"

贝拉和罗迪点点头,他们潜身先后穿过了场院。然后,阿尔里克和哈拉尔德也依次行动。

哈拉尔德消失在转角后,哈克扭脸对我说:"你快走,到了柴堆就往峡谷去,不要停,我会紧跟在你身后。"

我刚要走,却又停下了脚步,他的语调不对。我掉转身来:"我要你先走。"

他没有理会我的话:"快走吧,这火拖不了他们太长时间。"

"我不会抛下你。"

哈克轻轻地握了握我的手臂:"你知道,我没有办法走到山口。我跟你们一起走,只会拖累你们。可我留在这储藏室里,还能给你们争取一些时间。好了,别管我,快走吧。"

我摇摇头。

"快走。"他嘶声说。

他想把我推出门去,但我硬顶着:"我不走。你效忠我父王,所以你也要效忠我。我命令你,作为巴萨卡战士的统领护卫我去殿后的柴堆,再从那里把我安全地送至山口。听明白了吗?"

哈克吃惊地看着我，我从未在他脸上见过如此惊讶的神色。

"我在等你听令，大统领。"

哈克扬起了眉，又翘了翘嘴角，说道："我们走。"

我扶着哈克，两人踉跄前行。曼尼拍拍翅膀，飞落到地上，蹦跳着跟在我们身旁。我们走进院中时，正好碰上牛棚被最终烧垮，燃烧的碎木纷飞，火星迸溅，余烬嘶嘶作响地落在周围的残雪上。我有点担心身边的曼尼，但它似乎还跟得上。

哈克倚靠着我的身体沉重极了，比我预想的还要沉重，我不知道还能支撑多久。我们终于绕到了殿后，大家已在野地边等待，可我已经疲惫不堪。

"我们走。"我喘着粗气，挥手叫他们继续前行。接下来的路才是最危险的，即便是夜里，在无遮无拦的雪地上也很容易被发现。

贝拉和罗迪拉着哈拉尔德的手朝峡谷跑去，但阿尔里克反身来到我和哈克身边。

"我来搭把手。"他说着，架起了哈克另一侧受伤的身体。我松了一口气，但我努力不让哈克看出来，与阿尔里克一道扶着他向前走去。

"帮我个忙，阿尔里克，"哈克在走了几步后说道，"讲这个故事的时候，把这一段略掉。"

阿尔里克笑道："那我说是你一手夹着索尔

薇格,一手夹着我,把我们从起火的城堡里救了出来,怎么样?"

哈克似乎想笑,但出口的却更像是呻吟:"这个故事我喜欢。"

虽然有阿尔里克帮忙,我们脚下的速度快了一些,但贝拉和罗迪带着哈拉尔德已经穿过野地,我们却还将将走到半路。哈克和阿尔里克应该也看在了眼里,他们都深深地凝起了眉。

"这样不行,"哈克说,"你们别管我了。"

我紧紧地拉着他,重申道:"这个我们早就说定了。"

身后熊熊的火光中是城堡的剪影,火势似乎更猛了,我全身一寒,因为我发现大火已经烧至储藏室的位置,就算敌人此刻还没有发现我们已经逃走,待他们要移出俘虏时就会发现。我们必须抓紧时间。

但是哈克脚下突然一顿,我们跟跄着停了下来:"你姐姐去哪儿了?"

我拼命拖着他往前走:"我不知道。"

"我们得去找她。"哈克说。

"不必去找她。"我现在不愿想起阿莎,她已经做出了选择,"阿莎、佩尔,还有奥勒,他们背叛了我们,哈克,是他们三个让古劳格来到了这里。"

哈克皱起了眉。

"这个我们以后再说,现在快走,好吗?"

哈克有些勉强地迈开了脚步,我们三个再度步履艰难地走了起来。在我们快走至树林时,身后远远传来了叫喊声。我无须转身就已知道,我们被发现了,但古劳格还不能集起全部的人手,我们还有一些时间。

我们进了树林,虽然在林中不易被发现,但枝条、树根和树丛下的积雪妨碍着并肩前行的我们,减慢了我们的速度。曼尼比我们轻松,它拍着翅膀在林间姿态笨拙地飞着。哈克摔倒时,我正看着曼尼,被哈克沉重的手臂一道带了下去,脸砸在雪地上,嘴里、鼻子里都是雪。我抬头吐出嘴里的雪,身上又冷又湿。

"索尔薇格……"哈克仰面倒在地上沉重地喘息着。

我咬着牙说:"那样的话就不要说了。"

阿尔里克扶起我,我们又合力把哈克扶了起来。终于,我们走出树林,到了峡谷口,贝拉和罗迪带着哈拉尔德等在那里。见到我们,他们快步跑到我们身边。哈拉尔德虽然汗水淋淋,但依然骄傲地扛着哈克的战锤。

"他们发现我们了。"阿尔里克说。

"那我们还是赶紧走的好。"贝拉说。

罗迪插到我和哈克中间,挤开了我:"好了,让我来扶一会儿。"

我没有反对,我已筋疲力尽。过了一会儿,

曼尼回到了我肩上,我感觉它前所未有地重。

谷道蜿蜒狭窄,我们只能鱼贯前行,贝拉打头,后面是哈拉尔德,再后面是扶着哈克的阿尔里克和罗迪,我在队尾。我们在大石间穿行,朝冰川和山口走去。这也是山泉水奔流入海的路径,按理这个时节泉水应该已相当汹涌,但我们脚下却只是一道涓涓细流。

"怎么没有水?"贝拉问道。

但是没有人理会她这个问题。

脚下崎岖不平,使得哈克行走越发缓慢,每走一步都神色痛苦,腿上的绷带已晕出红色的血迹。他一定疼得厉害,但是他没有吭一声。

我们向高处攀登时,天渐渐亮了,清冷的晨光笼罩着山顶。冰川痛苦而惊惶的呻吟声越来越响,似乎预示着灾祸的来临。很快,我们回头张望时,目光已能越过野地,瞥见远处的城堡和起火的建筑,此刻黑烟已盖过了火焰。

"那边,"阿尔里克用手一指,"古劳格追来了。"

敌兵像黑色的楔子已经插进雪地,逼近了下方的树林。

没有一个人出声,大家只是默默转身,又迈开了脚步。

不久,山顶终于近了,我却开始质疑我们逃上山来的意义。我们根本没有希望。哈克脸色惨白,目光已渐渐涣散无神。扶着哈克的阿尔里克和罗迪已累得直不起身,需要人换手,但我感觉比罗迪换下我时更无力。哪怕山口没有封冻,我们又有什么希望抢在古劳格抓住我们之前翻过山口？

我这才醒悟，我们不是在逃走，只是在选择不以俘虏的身份死去。

我又想到了秘洞。佩尔没有告诉古劳格那个废弃的旧地窖，也许他也没有说出秘洞的存在。虽然古劳格有可能听奥勒说过，但藏在那里我们或许还有一线机会。就算藏不住，我们在洞中至少也能做最后的抵抗。这个新计划或许只比先前翻越山口的计划强上那么一点点，但至少还有一丝希望。

"到了冰川后，我们转去秘洞。"我说。大家默默点头，步履沉重地向前走去。

可是待我们爬上最后一处峰峦，眼前的世界却已面目全非。

第二十二章　末　日

地面在颤动，我不知道这是预感，还是心中恐惧的臆想，但透过脚底我感到地面在与我皮下抽搐的肌肉一道颤动。刺鼻的蒸气从秘洞中翻涌而出，形成的雾气弥漫在峡谷中，遮蔽了上方的冰川。所有的石块和两侧岩石的山坡上都披上了冷凝的白霜，仿佛一层惨白的皮肤。我向前走去，心头敬畏又恐惧，这里仿佛已是冰之国的地界，是神话中那片终年迷雾的寒冷的死亡之地。

大家都默不作声，似乎也与我一样不知所措，连迈出每一步都好似要动用意志。我想即便我能组织起语言，也一定会在出口的一刻被这寒雾封冻在唇上。

秘洞口周围裸露的岩石湿漉漉的，在从山中滚滚而出的热浪中闪着微光，巨龙正在它的巢中呼吸吐纳。我记得之前秘洞中的温度，现在这温度怕是不可能在洞中藏身了。

"接着走。"哈克说，他的声音恢复了一点活力。

我们继续前行。不久,冰川已隐隐出现在迷雾中。我怀疑是我的眼睛出了问题,冰川的表面在雾气中扭动着,像是活了一样。我眨了眨眼,凝望着冰川向它走去,很快便站在了冰川脚下。

"天哪,"哈克轻声说,"这里困着一整片湖泊。"

贝拉在峡谷中的问题得到了解答。冰川似乎在冷热的双重锁链下,将融化的血肉蓄在了体内,它隆隆地呻吟着,发出了不堪重负的脆响。

"这个可一定要编成故事讲上一讲。"阿尔里克说。

冰川化成的水在透明的冰层后一股股地盘旋着,宛如压制着洪水的巨蟒。站在这条垂直峡湾的脚下,我感觉如此渺小。连曼尼在我肩上都一动不动。

"古劳格很快就会追上我们,"贝拉说,"我们要想想该怎么办。"

没有人回答。

"快想想办法呀。"贝拉说。

哈克看了一眼贝拉,又抬头看了看秘洞:"洞里太热,你们要争取去山口。"

我听不得哈克又说这样的话:"是我们大家要争取去山口。"我说。

哈克挣扎着走到哈拉尔德身边,伸出了手。哈拉尔德抬头看了看哈克,把战锤递到了他手上。

"谢谢你替我扛着战锤,"哈克说,"你已经是英勇的战士了,虽然身量还小,但内心已经很强大。"

哈拉尔德向哈克鞠了一躬。

"哈拉尔德,"我说,"你在干什么?你还得帮哈克拿着战锤。"

哈克朝我扭过脸来:"不,我不需要。"他紧了紧握着锤柄的手,微笑着看着战锤说,"我会把敌人挡在这里,拼死我也会杀了古劳格。"

我翻了个白眼,直接走向哈克,伸手想夺下战锤。这样的事我在几个月前是绝对做不出来的:"把战锤给我,哈克。我们早就说定了要一起走。"

哈克用没有受伤的手臂高高举起战锤,同时朝阿尔里克点了点头。阿尔里克上前温柔但坚定地抓住了我的肩膀。曼尼被惊得飞到了地上。

"走吧,索尔薇格。"阿尔里克说。

我挣开了他:"哈克,我命令你把战锤给我。"

哈克摇摇头:"对不起,我不能从命。"他用手指向环着冰川边缘去往山口的山路,"贝拉,带好你儿子和哈拉尔德。那条路是你们唯一的机会。"

贝拉牵起哈拉尔德的手:"谢谢你,哈克,谢谢。"

哈克点点头:"阿尔里克,带索尔薇格……"

"不!"我叫道。他不能抛下我,不能离开我,我无法忍受再失去任何一个人,特别是哈克。不能是哈克。我浑身发抖,紧紧抓住他另一只没有握锤的手,拽着他朝山路走去。"你要跟我们一起走!"我哭道。但是哈克没有动,他就像是一棵大树,我拽得更加用力。虽然哈克没有出声,但表情痛苦,我这才想到我拽的是他受伤的胳膊。我松开了手。

我流着泪恳求道:"求求你,不要这样,不要这样,我需要你。"

哈克脸上依然是坚定毅然的神色,但眼神却柔软下来:"之前两次你都不愿抛下我。但是,这一次我必须留下。"他把战锤放在地上,抬起大手,捧住我的脸,然后闭上眼睛,俯身将前额贴在我的额上。片刻后,他幽幽叹道:"我要是有一个你这样的女儿,我会多么骄傲。"

他撤开身,用拇指抹了抹眼睛的下方,然后拿起战锤,将身体转了过去。

"哈克。"我轻声叫道。

但是他没有回头。阿尔里克伸手搭住了我的肩膀。

我撤身甩开阿尔里克的手,呼唤着哈克,但是罗迪也过来帮着阿尔里克来拽我。

"走吧,索尔薇格。"罗迪说。我被他们硬拽着朝山路走去。

"哈克!"

哈克始终没有回头。

我脚步虚滑,被阿尔里克和罗迪拽上了山坡,朝山口走去。一旁的哈拉尔德一直在回头张望。曼尼虽然跟了上来,却似乎很不情愿,它总是落在后面,然后猛然拍翅追赶。它知道,我们抛下了哈克。它还记得吗,是哈克抓住它,把它送给了我。

我拼命想要挣开阿尔里克和罗迪的手:"你们怎么能这样?"

"他是哈克。"贝拉说,"而且,他这么做不仅仅是为了你。"

贝拉的话使正在拼命挣扎的我猛然一顿,她想让哈克为了她和她的儿子去送死。我沉默着向身后看去,我多么希望看见哈克在山路上大步追赶着我们,但是他将战锤垂在身侧,孤身站在冰川前,在雾气中等待着。忽然,他不顾伤势,顿着足跳跃转动起来。

"等等,"我说,"你们看。"

他们也都停下脚步,看着哈克舞蹈起来,至少那看上去很像舞蹈,但我以前从未见过。哈克是在祈祷,他在祈求奥丁,我们站在这里都能听见他的呼喊,他的动作凶猛狂野,充满了怒气、勇猛和力量,虽然令人心惊,却有着一种狂野的美,令人忍不住留在原地凝望。

"他是想激发狂怒。"阿尔里克说。

"他能挡下所有的敌兵吗?"哈拉尔德问道。

不,哈克无法挡下所有的敌兵,哪怕他爆发狂怒,也无法

他把战锤放在地上,抬起大手,捧住我的脸,然后闭上眼睛,俯身将前额贴在我的额上。片刻后,他幽幽叹道:"我要是有一个你这样的女儿,我会多么骄傲。"

杀光敌人,总会有敌兵突破他的防线,追上我们。我想其他人也一定心知肚明,但是没有人把答案告诉哈拉尔德。

"他这样救不了我们,"我说,"我们逃不了,他只会白白牺牲。"

哈克在下方反复地呼喊着。阿尔里克咽了口唾沫,看了看我。

"哈克想光荣地战死,"贝拉说,"你是不愿成全他吗?"

我朝贝拉眯起了眼睛:"不要假装你抛下他是为了他好。"

"别说话,"罗迪说,"你们听。"

雾气中传来了敌兵骂骂咧咧的叫喊声,他们上了山,已经快追过来了。这些仿佛出自于我梦境的粗俗的叫骂令空气中的寒意又增加了几分,但是我没有像之前那样恐惧,而是被激起了怒火,烧得比那晚给古劳格讲故事的时候还要旺盛。

我想成为狼王,成为芬里尔,挣开锁链,一口吞了古劳格。我希望灭世的巨蟒甩开尾巴,让洪水泛滥,溺毙我们的敌人。我想毁天灭地,救下我们。但这些都只是故事。

都只是故事吗?我望向眼看就要碎裂的冰川,望向哈克手中的战锤。虽然一开始故事或许是虚构的,但却有可能成真。故事最终的力量或许是在于如何激发我们的行动。我挣开旁人,朝下面飞奔而去。

"索尔薇格!"我听见罗迪叫道。

但是我毫不理会。

我冲到哈克身边,他吃了一惊,瞪大眼睛气喘吁吁地望着我。我不等他开口,一把夺过战锤,向着冰川奔去。手中的战锤虽然沉重,但是我会将它挥起。我在岩石上调整了一下站姿,抬眼望向冰川。可是我还没来得及挥起战锤,阿尔里克和罗迪已经追了过来,哈克一瘸一拐地跟在他们后面。

"别过来!"我叫道,"你们都别过来。"

罗迪伸手来拉我:"索尔薇格……"

"不要拉我,罗迪。"我挣开他,说道。

"你在干什么?"阿尔里克问道。

"我在让你的故事成真!"

敌兵的叫嚷声已越发地近了。阿尔里克朝声音传来的方向歪着头聆听了片刻,然后望向了我,他的眼神中有什么一闪而过。

他朝我伸出手:"索尔薇格,听我说。我告诉你的那些话,教过你的那些东西,你统统都忘了吧。"

"什么?"

"昨晚,你在讲故事的时候,我意识到,传奇就在我眼前,蒙昧的人是我。"

我有些拿不住手里的战锤。

阿尔里克上前一步:"我躲在陈规和传统的后面,而你却有能力打破一切的陈规和传统。你的声音中有着改变世界的力量。你已不止是一

个歌者,你将动摇这世界的根基,即便是你的父王也无法阻拦你。我多么希望能够目睹你将来的成就。"

"阿尔里克,我……"

他突然一个箭步,轻巧地夺下了我手中的战锤,我脚下一晃,罗迪将我死死地扣在了怀里。阿尔里克抬眼看了看冰川,迟疑了一瞬后,说道:"罗迪,带她往山上去。还有你,大统领。"

"你要做什么?"我问道。

阿尔里克将战锤高举过头顶:"我在选边站队。"说完,他抡下战锤,狠狠地砸向冰壳,沉重的击打声在峡谷中回荡。

"快走,罗迪!"阿尔里克说着,又是一锤砸下。

雾气中已现出敌兵追杀而来的黑影,宛如一群霜雪的巨怪。在他们的叫嚷声中,我听见了古劳格的喝令声:"除了那个男孩,把他们统统杀光。"

阿尔里克再度抡起战锤。这一次,冰壳剧烈地震动了一下,一声隆隆的巨响搅乱了盘旋的冰水,困在冰壳中的巨蟒似乎发现了我们。

"快走!"阿尔里克叫道。

古劳格率领敌兵从寒雾中冲了出来。哈克跃到我身边,推着我和罗迪往山路上走,但我不停地回头,望向阿尔里克。他像天神一样,汗水淋淋地一次又一次抡起战锤,在冰壳上留下深深的白印,敲击声充斥着整个峡谷,在群山中回荡。古劳格向着他冲杀,他却纵声大笑。突然,咔嚓一声脆响,地面猛地一震,巨蟒的束缚似乎又松了几分,它在释放力量。

哈克和罗迪与我一道停在了高处。古劳格眼看便要杀到阿尔里克身前,他已经拔出了剑。阿尔里克抬头看向了我们,看向了我。他在笑,那不是他一直挂在脸上的假笑,而是真正的笑容,像火炬一样灿烂的笑容,那是他一层层的面貌下真正的自我在燃烧。

阿尔里克又挥起了战锤。铁锤砸入了冰中,世界崩塌了。

冰川崩塌释放的力量将我和哈克一道震倒在地。一片白色的巨浪从冰中喷涌而出,汪洋般的大水冲刷下峡谷,也爬上了山路,攀到我们身前不过几英尺的地方。磨盘大小的冰块在水中翻滚着,相互碰撞着发出脆响。水浪越过冰块,涌下山去,荡平了途中的一切。

阿尔里克不见了。

古劳格和他手下敌兵们不见了。

所有的人都不见了。

水还在奔流,但速度慢了下来,冰川已经摆脱重负,源头已经枯竭。我扶着哈克站起身来,哈克用双臂环抱着我,似乎怕我离开,我也抱住了他。不一会儿,贝拉和哈拉尔德从山路上跑了下来。

"哦,谢天谢地,你们还活着,"贝拉说,她几乎都托不住怀里的曼尼,"我们还以为你们被水

冲走了。"

曼尼叫了一声,从贝拉的怀中振翅扑出,径直向我飞来,我把它架在了肩上。"是阿尔里克救了我们。"

"阿尔里克在哪儿?"哈拉尔德问道。

我望向满目疮痍的峡谷和堡墙,望向冲刷着每一处裂缝和坑洞的大水,喉头发紧。我咽了口唾沫,清了清嗓子。所有这一切似乎都不是真的,阿尔里克怎么可能真就这样死去,或许我们只是在他的哪个故事里,很快他就会把我们带出来,会和我们一道坐在大殿的炉火旁。

"阿尔里克死了,哈拉尔德。"哈克说,但他的目光却望着我。

大家全都看着我。

"他的故事并没有结束。"我说。阿尔里克的故事不可能这样结局,但是我不知道它本应如何结束。

太阳彻底升起来了,雾气散了,冰川中涌出的洪水减弱成了河流。我们一直等到冰川不再坍塌,水流已是这个季节正常的速度,才慢慢朝山下走去。

在冰川空荡荡的肚腹前,我们停下了脚步。曾经宛如纪念碑一般高耸的冰面上开出了一个晶莹剔透的穹洞。穹洞一眼望不到边,到处突刺着粗大如树的冰柱和冰锥,阳光从洞顶的裂缝洒落下来,水滴的叹息声和流水汩汩的私语声在洞中回荡。

"这样的宫殿,"罗迪说,"适合巨人和诸神来住。"

"我们得去看看船有没有被水冲走。"哈克说。

我点点头:"还有我们的城堡。"我们还得去找佩尔和阿莎,但愿他们躲开了奔涌而下的洪水。

我们离开冰洞,朝峡谷走去。下山的路比上山还要艰难,岩石被洪水冲得又湿又滑,哈克的脚下越发不稳,我们大家合力搀扶着他。不久,我们走到了能够俯瞰野地和城堡的地方。

但是,那片野地已经不见了,眼前是一片发黑的浅湖,冰块的岛屿散落在湖中。洪水的巨蟒越过浅湖,在雪地上冲出一道又长又宽的痕迹,去往了大海。

"我们接着走吧。"哈克说。

我们走到峡谷口,来到了曾是野地的浅湖边,那里的树木只剩下参差的残墩,但是两侧山边的林木逃过了一劫,看来洪水冲到开阔地的时候,力量已经减弱了不少。

哈拉尔德拉住了我的手。我低头一看,发现他正瞪着眼睛望着水面。我顺着他的视线看去。

前方,在泥水、冰块和断枝残叶中漂浮着一具残损的尸体。紧接着,我又发现了两具。到处都是残损扭曲、死不瞑目的尸首。洪水在这里弃下了部分运载的尸身。我将哈拉尔德转了个身,搂在怀里。我也转开了眼睛,我不想看那些尸首的脸。

大家默默避开漂满尸首的野地,一行人肃然

穿过淹水的世界,绕开山边残存的树林。

林中的高处没有淹水,我们很快就走到了那个废弃的旧地窖所在的空地上。我抛下其他人,跑去掀开地窖的活板门,低头呼唤阿莎和佩尔的名字,但是没有人应声。

"我们会找到他们的,"贝拉说,"他们肯定还活着。"

他们是有可能还活着,但那并不意味着我们能找到他们。他们应该不想被人找到,哪怕寻找他们的是我们。

我们回到了城堡。淹了水的城堡虽然没有被冲垮,但像是伤了一条腿似的,整体歪向了一侧,不过必要的话,还是可以住人。我们没有停脚,从烧焦的残损房舍旁走过,穿过漂着尸首的场院,出了破损的堡门,顺着穿林的小径朝海边走去。野草和灌木都朝向大海,倒伏在地上。有尸首卡在树根间,但我努力不去看那些尸首。

终于,我们到了海边。船的吃水深了一些,得把积水舀出去,但船体情况良好。不过,只有两艘船,最早载我们姐弟来到这里的那艘最小的船不见了。是洪水把它冲走了吗?但如果是洪水把它冲了出去,我们应该会看见它漂浮在外面的峡湾里。除非是有人在洪水冲下来以前开走了它。

"它会不会……是沉了?"我问道。

哈克摇摇头。

"单凭他们三个能把船开走吗?"贝拉询问道。

"不可能单凭他们三个,"哈克说,"奥勒和佩尔准是劝服或者收买了一些古劳格的手下。"

罗迪咬着牙说道:"那艘船上装着战士们的遗体。"

哈克双臂垂在身侧,紧闭着双眼垂下了头。佩尔和阿莎又一次谋害了哈克的战友,谋害了我们牺牲的勇士,他们夺去了我们安葬死者、悼念英灵的机会。谁能想到他们竟会这样过分,但是船已经被他们开走了,耳边空留着的是海浪拍岸和风吹树林的声音。

"他们会怎么对待战士们的遗体?"罗迪问道。

"也许会抛到海里。"贝拉轻声说,她的声音中带着一丝哽咽。

哈克抬起头:"靠我们几个开不了这些战船,我们得回去整理一下城堡。贝拉,你把吃的清点一下。也不知道陛下什么时候才会来接我们。但愿不会太久。好了,我们走吧。"

"我们扶你回去。"罗迪说。

哈克抬头望了望树林:"我自己走。我只需要休息一会儿。"

贝拉和罗迪有些迟疑,但他们还是点点头,带着哈拉尔德走上了小径。哈克背对着我,在海边徘徊。我不知道是应该跟贝拉他们走,还是留下来陪哈克。我不知道哈克是否要我安慰,或许他想一个人待着。但不多时,哈克便开始摇摇晃晃,站立不稳。我抢在他摔倒前冲至他身旁,将他扶到一块巨大的岩石边。他努力笑了笑,闷哼一声坐了下来。我在他身旁坐下,与他一道眺望峡湾。

过了一会儿,他清了清喉咙:"我希望他们在把战士们的遗体抛入大海前,至少做了祷告。"

"对不起,哈克。"

"我也对不起他们。"

我挽住他的手臂,坐直身子,把头靠在他肩上。我们没有再说话,这样默默地坐了很久,才慢慢回身朝城堡走去。

第二十三章　新　生

大殿里的东西都湿了,我们敞着殿门等炉膛晾晒干,才好生火。毯子被我们搭晾在了桌子和房梁上。储藏室里的吃的烧光了,但敌兵扛进大殿的食物还在,虽然量不多,但是我们只有五个人,应该能短暂地撑一段时间。

而且我们还能捕鱼。奥勒的渔网堆在他经常坐着修补渔具的角落里。

哈克拖着伤腿检查了大殿的每一根立柱和横梁。他说虽然房舍有些歪斜,但还是安全的,所以大家动手拾掇了起来。经过一整天的晾晒,待到太阳落山的时候,地面和毯子已经干了。我们围坐在微弱的炉火旁。还没有回过神来的我依然无法接受所发生的一切。大家默默地吃着饭。当这个世界除了眼前的炉火和食物以外似乎都是虚妄的时候,有什么话好说?

我看着仅存的几位亲友,心中生出了为他们

讲故事的念头,但这个念头被我打消了下去,我还不能开始我自己的故事。

虽然我知道阿尔里克已经不在了,但他的故事还没有结束。他还没有把故事讲完,他的声音还在我耳边,他怎么能离开?他还在这里陪着我,我感觉此刻他就站在我身边,其他人怎么就感觉不到呢?

接下来的几天,虽然脚下的大地在回暖,但一股寒流又杀回了峡湾。季节交替的战场上,战局不稳,哪一方都不能长期固守住自己的位置。哈克的伤腿尽管在峡谷中上下折腾了一番,但伤势已在渐渐好转。

只有我们五个人的城堡显得那样空荡,大家都不怎么出门,乌鸦和其他食腐的动物开始大快朵颐,到处都是死气,大家说话都压低了声音。我躲在大殿里。但好像大家在我身边时也变得战战兢兢。有时候,我听见贝拉、罗迪和哈克他们在悄声说话,话中似乎提到了阿尔里克的名字,但他们只要发现我在听,就姿态僵硬地闭上了嘴。

他们认为我还没有接受阿尔里克的死。他们不明白。我也无法解释,我才刚开始了解我自己。

所以,我假装没有听见。

一天早上我醒过来,发现哈克不在。我与哈拉尔德和罗迪坐到桌边,贝拉把白天那顿粥饭端了上来。

"哈克去哪儿了?"我问道。

贝拉将粥碗放在我面前:"好了,吃吧。"

"哈克在哪儿?"

贝拉没有回答。

罗迪递来了勺子:"他说要去活动活动腿脚。"

"那你们刚才为什么不告诉我?"

贝拉用手里的长柄勺指着我:"快吃吧。"

我把那碗粥硬塞了下去,然后在殿中踱着步,焦躁地等待着。哈拉尔德跟着我,他的手总挨在我的手边。

哈拉尔德每天至少要问上一回阿莎和佩尔的事。他们会去哪儿?他们安全吗?他们为什么走?阿莎什么时候回来?但我含混无力的回答满足不了他。这些问题没有答案,就算有,也改变不了任何事情。

哈克直到下午才回来。他蹒跚着进了门,我们全冲上去扶他,但他摆摆手,坐了下来,呼吸粗重地伸开了腿。他腰部以下的衣服全湿透了。

我抱起双臂:"你去哪儿了?"

他把头向后一仰:"我要保持体力。"

"你需要好好养伤。"

"等这条腿好了才能用,我可等不了。"

我摇摇头,气恼地走了。"你跟希尔达一样固执。"

第二天早上,哈克又不在殿里。

我朝殿门走去。"我要去找他,把他带回来。"

"随他去吧。"贝拉说。

"他需要休息。"

"他最清楚他自己需要什么。他也知道我们大家需要什么。"

"可是,我需要他,他却似乎不明白。"

贝拉揉了揉眼睛:"这一点他明白,比你认为的明白得多。耐心一点,索尔薇格,他很快就会回来。"

贝拉没有说错,没多久哈克就走了进来。他的裤子又湿透了,而且沾满了黑泥。袖子上也沾了泥,指甲缝里黑乎乎的。

"大家请跟我来。"他说完这句话后,转身朝殿外走去。

我们跟在他身后出了门。

阳光刺眼,我抬手遮住了眼睛。世界这样鲜亮,天空湛蓝,松树翠绿,山石青灰,这景象几乎令人心痛。过了好一会儿,我才注意到,院中的尸体不见了。哈克是一直在干这件事吗?

哈克领着我们出了堡门,走下穿林的小径。卡在树间的尸体也被移走了。我们走到海边,又随着哈克朝树林中的那块墓碑走去。

我不知道哈克为什么要带我们去那里，但在走上那片空地，见到那块隆起的石碑之后，我明白了。

石碑的脚下有一处新挖的土坑，坑边躺着阿尔里克的尸体。我转开了眼睛。哈克在洪水过后的残骸中设法找到了阿尔里克，并把他带到这里，为他准备了墓穴。

哈克背起双手，垂着头站在阿尔里克的遗体边，但眼睛却望着我。我看到了他脸上担心的神色，但我不知道该做什么，该说什么。

"索尔薇格，"哈克柔声说道，"我们要向他致敬。他的故事已经讲完了。"

哈克的话落在我耳中，令我胸中一阵剧痛，仿佛是五脏移了位。阿尔里克的故事怎么可能就这样结束？我开始发抖。

哈克伸出手："过来。"

我却躲开了他。

"索尔薇格，我们必须让他安息。"

"阿尔里克的故事只能由他来收尾，"我说，"我替不了他。"

哈克皱着眉，把头低垂在胸前。但片刻后，他抬起了头："难道以前不是他替你讲完了故事吗？"

"什么？"

"在你初学的时候，你起头的那些故事是他帮你讲完的吧？"

"是的。"

"那么，现在该是你回报他的时候了。你要帮他把没能讲完的故事讲完。"

"可我做不到。"我担心如果我替阿尔里克讲完了故事，他的音容就会渐渐消失。

"如果你都不帮他，那谁能帮他？"

我说不出话来。但哈克说得对，只有我能替阿尔里克讲完故事。我深吸一口气，团着身子，走完了与哈克之间相隔的那几步路，低头望向阿尔里克的尸体。我逼迫自己看向所有那些死亡的痕迹，看向他萎缩的双眼，看向他惨白的皮肤，把他没有一丝表情的脸印在心里。泪水突然涌了出来。

我捂着脸跪倒在地上，跪倒在阿尔里克的遗体前。阿尔里克死了。他是我们当中唯一一个，无论经历了什么，被带向何处，都能潇洒恣意，活得风生水起的人。但是这一次，他没有让自己随波逐流。这一次，他逆着风浪进行了抗争。

阿尔里克，我的师傅。在他牺牲之后，我才真正了解了他，不过他却一直莫名地了解我，看到了我的内在，看到了真正的我。在我畏惧的时候，是他引导着我寻找到自己。是他教会了我何为歌者，是他向我展示了故事蕴藏的无限可能。

哈克他们让我安静地痛哭了很久。

终于，我控制住了自己的情绪。我抬起头，深深地吸了一口气，起身看着哈克将阿尔里克安放进墓穴。我弯下腰，帮忙

我逼迫自己看向所有那些死亡的痕迹，看向他萎缩的双眼，看向他惨白的皮肤，把他没有一丝表情的脸印在心里。泪水突然涌了出来。

填土落葬。冻土尚未完全化开,哈克挖这一处墓穴,一定非常辛苦。

贝拉说的对,哈克知道我需要什么。

近一周过去了,一艘巨大的战船驶进了峡湾。虽然只是在悬崖上远眺,但我知道是父王来了。

大家迎到了水边。战船破着浪朝我们驶来,看上去就好像连海浪都在向父王躬身行礼。哈拉尔德在我身边蹦跳着。我的心跳得飞快,但我努力昂起了头。战船靠了岸,甲板上的战士将长长的跳板伸到了岸上。

父王下了船,他金光闪闪的盔甲外披着毛皮的大氅,纯金的头盔像太阳一样闪亮,显得他那样高大魁梧。他走到我们身前,摘下了头盔,露出满头浓密的黑发。我们这一伙幸存者的惨状让他吃了一惊,但他并没有表现出来。

大家都行过礼后,哈拉尔德冲向了父王:"父王!"

"我的好儿子。"父王摸着哈拉尔德的头说道。然后他低头看了看我:"还有我的女儿。"

我不自禁地低垂下目光:"见到您,我太高兴了,父王。感谢诸神保佑您身体康健。"

"我也要感谢他们,护佑你们平安。你姐姐呢?"

我抬起了头。父王当然会在拥抱我之前就问起阿莎。他一脸如临大敌的神色等待着我的回答,但我不知道该怎么跟他说。我不想当那个把实情告诉他的人。

"索尔薇格,"他问道,"阿莎在哪儿?"

哈克清了清嗓子:"陛下,有很多事情我要向您汇报。"

贝拉在忙着为父王和那一船随行的士兵准备晚餐。那两个信使没有回去复命,父王就知道大事不好,于是立刻率兵起航。他本以为会与古劳格对阵,结果看到的却是被淹的峡湾,受损的城堡和我们余下的寥寥几人。

哈克在壁炉边向父王汇报了大半天,父王毫无表情地听着。我不知道哈克有没有说我想当北地歌者,我希望他没有说,我想自己告诉父王。

晚些时候,父王向我走了过来,我感觉或许有了机会。

"索尔薇格,我想跟你聊聊。"

"好的,父王。"

我跟着父王出了大殿,走进场院。途中,父王看了看停在我肩上的曼尼。

"你不担心你的小渡鸦飞走吗?"他问道。

"不担心。"

"为什么?"

"因为它曾经离开过我,但后来它回来了。"

父王点点头:"原来如此。"

我们绕到了殿后的柴堆边,父王示意我在木

墩上坐下。

"哈克告诉了我很多事情,"他说,"我的心里很乱。佩尔的叛变,还有那么多忠诚战士的枉死令我心情沉重,但阿莎的背叛更是在我心上扎了一刀。"

"她令我们所有人都很失望。"

"是啊。不过现在我不想再提她,我想聊聊你的事。"

我等待着下文。

"哈克跟我说了这里发生的许多事情,我意识到,我并不像自己想的那样睿智。意识到这一点并不容易。"

我精神一振。

"我看错了身边最亲近的人。"他在我身边跪坐下来,"还忽视了你,我的女儿。哈克跟我说了,因为你,他和贝拉母子,还有你弟弟才活了下来。你令我骄傲。"

我将父王的话在脑中反复回味,确认它们真是字面听上去的意思。我享受着父亲的赞许。我等了那么久,就是为了听到这些话。但在那美妙的一瞬后,我开始思考,为什么之前我会那样迫切地想要得到父王的赞许。

父王揉了揉黑色的胡子:"哈克还告诉我,你有件事要跟我商量,还说我应该听你的。"

"我确实有事要跟您商量。"我说。而且父王是应当听听我的想法。在此之前,我觉得自己的话无足轻重,但也许情况已经不同了,我已经见到了我体内的力量。也许我已不再需要让父王来肯定我的能力。

父王笑了笑,这笑容令他暂时卸下了眼神中的防备:"你说吧。"

我深深地吸了一口春天的空气,我从未呼吸过如此清新的气息。我畏惧了这个时刻整整一冬,但此时我的心中却只有骄傲和喜悦:"我想当北地歌者。"

父王诧异地抬起了眉:"这个我可没有料到。"

"我跟阿尔里克学了整整一冬。"

"我想听听阿尔里克的事。哈克对我说,阿尔里克最后展露了非凡的勇气,但他的事迹应该由你来告诉我。"

哈克为什么要把阿尔里克的英勇事迹留给我来讲?我一时间有些茫然,但后来我明白了,哈克是想让我在纪念阿尔里克的同时,在父王面前展示自己的能力。

"今晚请让我成为您的歌者,为您讲一个故事吧,父王,到时候您就知道了。"

"你想为我讲故事?你和你的小渡鸦?"

我看了看曼尼,说道:"是的。"

"好吧,那就今晚。"父王站起身,他似乎又把心用铠甲披挂了起来,"我得去跟哈拉尔德谈谈,再巡视一下城堡。你去看看有什么帮得上忙的地方吧。还有,哈克好像有话要跟你说。"

"好的,父王。"

父王离开了。我的心中一片平和。

哈克站在悬崖上。我走到他身边,与他并肩望向大海。曼尼在我肩上整理着羽毛。峡湾已经畅通。空气虽然还有寒意,但却带着大海和松林的味道。天空澄澈,宛如枝条上萌生的翠绿的新芽。

"我要谢谢你。"我说。

"谢我什么?"

"谢谢你帮我发掘了自身的可能。"

"没有我,你也会做到。"

"我不知道自己能不能做到。要是没有你,没有阿尔里克,我不知道会成为什么样的人。"

"你会是你一直以来的样子。"哈克说。

我把辫子拽到身前,解开束发的带子,松开发辫,让风从散开的发丝间吹过。哈克的话或许有些道理,我还有很多事情需要学习。

"父王告诉我,你有事要跟我说。"

"是的。你今晚会讲故事吧?"

"对。"

"是关于阿尔里克的故事?"

我笑着应了声是。

他点点头:"陛下会为你自豪。"

"也许吧。"

他从眼角偷偷地望了我一眼。

"我好像不像以前那样在乎了。"我说,"无论父王同不同意,我都会成为歌者。"

"不管怎么样,"哈克说,"我都为你骄傲。只是你年纪还小,这个世界又很危险,所以我……我是说,如果陛下能确认你的安全,或许会比较乐意接受你的计划。也许……也许,我提出,不管你去哪儿,我都随行保护,陛下说不定会同意。"哈克咽了口吐沫,"如果你愿意让我随行的话。"

我的喜悦绽放成了笑容:"别的人我可不要。"

哈克深吸了一口气,又望向了大海:"我喜欢这个时节,一切都是崭新的。"

哈克说的没错,崭新的世界已从洪水中升起。在这个全新的世界里,我们可以书写自己的故事,塑造自己的传奇。阿尔里克说我能够撼动世界、塑造世界,我还不是很清楚他话里的含义,但我知道我正在醒来。我虽然没有阿莎的美貌,但是我的故事很迷人。我也没有哈拉尔德的体力,可我感受到了我内心的力量。

我发现了自我。

我是索尔薇格。